U0561841

LA LEGGENDA DI ELENA FERRANTE

寻找天才女友埃莱娜

［意］安娜玛丽亚·瓜达尼｜Annamaria Guadagni｜

陈英　陈乐佳　王佳梅　译

中国出版集团
中译出版社

一次小小的旅行

“我永远都不会忘记亲切而残酷的那不勒斯，我内心真觉得：这座城市展示了世界神秘的一面。”

《给弗兰兹·汉斯的信》

1990 年 6 月 12 日

安娜·玛利亚·奥尔特塞

目录

城区，去城区

火车慢了下来，高楼大厦的轮廓浮现出来，映入眼帘的是由水泥、钢筋和深色玻璃筑成的大楼，像个小曼哈顿。铁路的另一边是港口，在白茫茫的天空下，锈迹斑斑的起重机吊钩摇晃着。我一进入车站大厅，就注意到一个弹钢琴的年轻人：他背对着站台，身后聚起了一堆路人，大家很投入地唱着那不勒斯民歌《坏女人》。我觉得，这样的场景不会出现在任何其他城市：大家一大早就即兴唱起歌来，他们有的要去学校，有的要去工作或去处理日常的琐事，他们驻足停留，像音乐家一样开始了表演。日本游客在欣赏的同时，还不忘拍照，与大洋彼岸的朋友分享此情此景。

早安！那不勒斯。这座城市一下子就把我迷住了，这些人在展示“怎样成为那不勒斯人”，也许，不断的衰落让这座城市本身成为一种记忆和怀念，通过表演来呈现是大众的心声和诉求。二十世纪下半叶的文学大师——拉斐尔·拉卡普里亚[①]说，那不勒斯像雅典、君士坦丁堡、亚历山大城一样，已经脱离了自身，独立于历史。一七九九年，要求共和的资产阶级被送上了绞刑架，遭到平民的嘲笑。从那时候起，为了生存，这座

① 意大利那不勒斯作家，生于 1922 年，卒于 2022 年。——译者注

城市开始卖力表演。[1]所谓“那不勒斯性”就是埃尔曼诺·雷亚①所说的“想用路德精神剥去的东西”，在对真相的追求中，安娜·玛丽亚·奥尔特塞无法容忍这种“表演的文明”。作家西尔维奥·佩雷拉②把自己打造成那不勒斯人，并为此感到自豪。他在自己的著作中与那不勒斯人以及其他不安的灵魂展开对话；他喜欢那不勒斯现有的样子——就像多个不同城市组成的一个大城市，充满了“秘密的可能性”。[2]

埃莱娜·费兰特逃离了那不勒斯，但她与这座城市的关系仍剪不断理还乱。她把这座城市放在心里，如同“她身体的延伸”。[3]那不勒斯在她身上留下了不可磨灭的印记，就像指纹和眼睛的颜色一样；这座城市一直在向她发出召唤的信息，让她不可抗拒。对我来说也是一样，一到这里我就感觉到地中海城市特有的气息，这是罗马的街道早已失去的特质。在那不勒斯，车站的大厅也像广场一样热闹。在外面随便走两步，就会看到熙熙攘攘的人群，充满烟火气的喧嚷，处处充满贩卖食物的吆喝声。当然，现在街上已经没有卖面条的了，也没有卖甜奶酪或烤苹果、梨的小商，也不再有卖羊肉肠和生海鲜的小贩，但还有人沿街叫卖复活节面包、炸比萨，还有装在纸杯子里的各种油炸蔬菜和海鲜、法式面包夹肉、馅饼、冰淇淋，还有

---

① 意大利那不勒斯作家、记者、摄影师，生于1927年，卒于2017年。——译者注

② 意大利作家，文学批评家，1959年出生在巴勒莫，在那不勒斯生活和工作。——译者注

用透明塑料杯装着的、浸满奶油的巨大“巴巴”（蘑菇形状的蛋糕）。游客聚集的地方就像个露天食品店，虽然用的奶油并不总是很新鲜，松饼有时也是速冻后再加热的，但至少大家吃的不是盒装比萨——通常都是批量加工的，从罗马到巴黎都一样，真是让人悲哀的旅客食品。

我在寻找埃莱娜·费兰特小说中描绘的城市，一下子就被地中海城市特有的气息、声音和美食所吸引，我踏上了去往圣约翰·特杜奇奥的地铁，试图进入“那不勒斯四部曲”中的两个女孩——莱农和莉拉——成长的城区，它就在詹图尔科区。这个城区其实很近，走路也不远，我之前没去过，想象着那是个偏远的郊区。埃莱娜·费兰特说，那种距离是精神上的，而不是物理上的。毕竟在那不勒斯，“郊区”占据了中心位置，在下城仿佛置身暗无天日的肠胃里。在小巷子里，床单还像战后电影里那样晾在绳子上，在臭气熏天的街道上，散发着一丝清新的气味，不同的是，过去的床单是白色的，而现在的是彩色的，全都笼罩在雾霾里。那不勒斯是个理想的取景地，这座城市也像紧锁心事的少女一样暗自得意，每天都有新作品在这里开拍，每年大约有一百五十部作品在此诞生，这是她的第二副面孔：永远都在表演，一直戏份很足。

那天早上在地铁里，一个镶着金牙的俄罗斯老人，一头白发被窗外的风吹乱了，他急切地喊着：“柳芭，柳芭！”

在众人的笑声中，有个仓皇的女人拎着大包小包，出现在两节车厢之间的车门处。

“他把老婆弄丢了。”一个瘦小、红头发的男孩用方言评价说，目光像针一样犀利。

“那是运气啊！”在众人的笑声中，坐在男孩后面的旅客总结说。

詹图尔科车站是全新的，外面是一条尘土飞扬的大路，那就是莱农和莉拉的世界的边界。大路一边通往港口、废弃的工业区、露天垃圾场，还有东方商品店铺，另一边就是她们所住城区的入口。沿街有“红箭”高速火车的保养处——修理火车的地方，还有个中国商品批发市场，市场周围插了各色旗子，老板凶神恶煞，像是守长城的卫兵；对面是家零售店，老板是个那不勒斯华裔，和批发市场的那位神情截然不同，他说一口有些滑稽的语言，在人行道上抽烟，看起来很过瘾。

大路后面的十字街仿若“小上海”，街上灯红酒绿，灯笼随风摇曳。以前的烟草厂现在成了学生宿舍，废弃工厂的遗迹随处可见。我很快就找到了通往城区的入口：铁轨下方的隧道有三个出口，两旁是人行道，中间是车道。货车和汽车熙熙攘攘，不断有废气排出。我沿着一条滴水的隧道，贴着墙壁走了不到一百步，躲过了墙上涂鸦上伸出的章鱼须，旋即走了出来。卢扎蒂城区立刻映入眼帘，这就是在埃莱娜·费兰特的小说中反复出现的地方，作者从未提及这个名字，仿佛一个在任何地图上都找不到的假想之地，存封在水晶球里。

这条大路，与费兰特一九九二年出版的处女作《烦人的爱》中的道路一样，隐约浮现在黯淡、泥泞的背景中，某种“深入肺腑”的气息一直吸引着作者。故事的主人公黛莉亚的父亲就住在这里，他是个画家，脾气很坏，战后依靠向美国士兵出售画像为生。他画的吉卜赛女人裸体像很像自己的妻子，但出于忌妒，他总肆无忌惮地殴打妻子。这些画是由一个中间人出售的，他叫卡塞尔塔，一头黑发，形色可疑，人很狡猾，可能是黛莉亚母亲的情人。在小说中，我们看到主人公回到了她小时候玩耍的地方，位于詹图尔科街的糕点店周围。这家店铺属于卡塞尔塔的父亲，那个老头有间作坊，位于一栋楼的地下室中，许多故事在此上演。黛莉亚在明图尔诺溺水身亡的母亲阿玛利娅的蓝色西服，就现身于那间破败的地下室里。

《烦人的爱》出版约二十年之后，小说《我的天才女友》面世，这座老城区就是小说中两位女孩的整个世界。莱农和莉拉出生于一九四四年，小学时，她俩就一起发誓，要写一部像《小妇人》那样的小说。后来她们长成大姑娘，离开了对方：其中一个女孩在十六岁时就嫁给了年轻的肉食店老板，他家是放高利贷的；另一个女孩上了文科高中，后来考上了比萨高等师范大学。她们都爱上了同一个人——尼诺·萨拉托雷，但都为他受了不少罪。莉拉一直被困在这个城区，而莱农离开了，成为一名作家，后来衣锦还乡——她的灵感源泉，她的写作动力就在这里。[4]

如果把埃莱娜·费兰特文字中的自传元素联系起来，城区是让人难以割舍的源头——一些重要事件的背景和舞台。在《烦人的爱》中，主人公从隧道下经过，她背负的是母亲的声音和身体——不是那个刚刚溺水身亡的老母亲，而是她年轻的母亲。十六岁的阿玛利娅从隧道经过，曾被无所事事的男人、小贩、铁路工人、泥瓦匠追赶。她丈夫在她二十多岁时，也曾在这段路上追求过她：他只谈论自己，吹嘘自己画画的本领，提议给她画一幅画。

不，这不是个普通的地方。

我去了莱奥纳尔多·穆利亚尔多[①]街的一家咖啡馆喝咖啡，想顺便打听一些事，去寻找小说中的教堂、图书馆和学校。店里地方非常小，柜台旁边是通往地下室的楼梯。我一进店里，所有人都停止了交谈，看着我这个闯入者。我离开时，身后的玻璃门自动关上的瞬间，我清楚地听到一个声音说：是电影里的那个女人吗？

我不是电影中的女人。我第一次去那里时，考察现场的摄制组的人刚去过，也有费兰特的读者到此参观，本地人都习以为常了。他们十分耐心地想着，这里变得热闹，其实他们也得不到什么好处。也许他们会有些尴尬，那就像一束强光打在城区上，让人看到墙上的裂缝、掉落的灰泥、狗屎，坑坑洼洼的路上，杂草长得很高，四处都是废弃建筑的瓦砾，一副破败的样子。老城区应该笼罩着神话色彩，人们不喜欢埃莱娜·费兰特小说中的描写，充满着贫穷和暴力的气息。在朱利奥·安德烈奥蒂市立图书馆，健谈而有礼貌的图书馆管理员已经接待了很多来访者：挪威人、加拿大人、美国人——这些访客会询问莱农和莉拉坐在哪张桌子上。他们对解说感到不满意，想让人陪着去隧道。他们不相信，这座与市政府办公室浑然一体的图书馆，在当时完全是另一

① 意大利罗马天主教神父，也是圣约瑟会——又称穆里亚尔多会的创始人之一。——译者注

副模样：当时，只有阿戈斯蒂诺·科利纳教授一九四八年建的流动图书馆，他的一万五千册图书的一部分，现在都存放在那里。

费兰特带来的旅游热方兴未艾，但只是在小范围内。电视剧《我的天才女友》开播，像彗星一样掠过，读者对小说中的破败城区有了具体想象。两位小演员受邀来到图书馆，她们的剪影，还有科利纳教授的画像一起出现在图书馆的外墙上。已故的科利纳教授仿佛又重新拥有这些藏书，成为图书馆的主人。有些遗憾的是，在拍摄电视剧的过程中，摄制组选择在摄影棚里搭建了布景，没来这个街区拍摄。在洛比安科广场中心有一幅巨大的壁画，画上的两个小女孩，看起来像受人崇拜的十九世纪小圣女，而不是莱农和莉拉。

卢扎蒂城区公共图书馆

星尘闪耀的地方，阴云退去，让人产生出现在舞台上的欲望。提蒂·马罗尼多年来都是那不勒斯日报《晨报》文化版的主编，她规划了一条“文学之旅”路线，用一辆红色巴士把人们带到这里。马罗尼告诉我：“可以感觉到，这里的居民都很入戏，参与度很高。仿佛过去时代的气息得到重温，人们的言行举止像剧中人一样。比如这样的场景，一位太太打开窗户，对楼下的游客喊道：‘我和吉耀拉一样，曾经在一家甜品店当过收银员！’”

吉耀拉是小说中的收银员。有人对小说感同身受，有人很排斥，这催生了一个新空间——假想的城区，介于现实和虚构之间，亦真亦幻，亦虚亦实，就像一种艺术呈现。读者会增加或删减一些模糊或重要的细节，每个人都在发挥想象或否定质疑。有人说，是的，小说的确显现了老城区的影子，但没有那些乱七八糟的事，那些都是虚构的。埃莱娜·费兰特一直有这种能力，她能贴合读者的想象，仿佛那来自读者自身。提蒂·马罗尼还记得自己在读《烦人的爱》时受到的震撼，她的经历和书中的描写重合的部分——城市的每个地方、每一丝气息，还有男人的目光，一切就像手粘在身上一样。“在这一方面，我太有感受了。”她马上做出判断说，“费兰特绝对是那不勒斯人，而且绝对是个女人。”

我开始在真实的街区和小说中的街区之间游移，随着时间的推移，前者已经发生了改变，后者则永远不变。我继续走了几步，来到了弗朗西斯科·科波拉广场，这里有个光秃秃的花园，还有个供孩子们踢球的小足球场。这儿正对着格雷科商店——一家专营酒的商店，格雷科正是莱农的姓氏。一眼望去，《我的天才女友》的奇妙世界，在铁路路基下，显得很压抑，高速列车停在铁轨上时，仿佛就停在广场上，给这里增添了一抹鲜艳的色彩。

居民楼墙角的通风孔让人联想到堂·阿奇勒的地窖

口，他是小说中一个恐怖的人物，名字都不能提及。年幼的莉拉将莱农的娃娃扔到黑暗中，任其落入老鼠窸窸窣窣的地窖中。这些建筑方方正正，偶有一些装饰性的曲线，建筑中央通常是庭院或花园。有人在花坛中开垦了菜园，种下了番茄和蔬菜。这里的生活葆有一份谦卑和优美，散发着泥土的芬芳，真的一点儿不像维利斯坎皮亚区，没有那种邪恶、怪异的气氛。二十世纪五十年代，卢扎蒂区是个只有几条街道的郊区，人口不超过五千人，学习成绩优秀的女孩寥寥无几，如果有的话，大家肯定都知道她的名字。

老建筑要优雅一些，颜色多为水绿色、稻草黄或哑光粉色，现在与那些光秃秃的水泥建筑融为一体。那些破破烂烂的建筑其实是新房子：别看它们现在摇摇欲坠，但曾经是最令人向往的房子，带有可以洗泡泡浴的浴缸。莉拉在一九六〇年住进了新房，结婚后就搬进了带着新家具的房子。无论新旧，这些房子现在都聚集在一起，显得混乱、黯淡。黑社会分子——马扎里拉家族的人——为非作歹，通过这些贫民区的房子发家致富，他们用暴力和威胁手段，赶走一些年老无助的合法住户，将房子转租给其他没有房子的穷人。[5]

文森佐·马扎里拉曾经是这个黑社会团伙的头目，二十世纪八十年代，他成了那不勒斯东部地区的黑社会老大，从圣约翰·特杜奇奥地区来到卢扎蒂区。这个克莫拉分子住在哪套房子里，人们并不难猜到，因为有时他会从阳台向天空射击。那栋建筑的外墙上画着绿色的青草、蓝色的天空，还有一些残缺不全的乡村涂鸦，显得很田园；后面是个车库，一九八八年，警察发现疯狂的文森佐将一只美洲母豹作为宠物饲养于此，它饱受折磨，遍体鳞伤。据说，这个黑社会头目曾经用绳子牵着这只豹子到处走，他妻子告诉警官，这头野兽是从罗马动物园买的，主要是为了满足丈夫对异国动物的喜好。马扎里拉在法国的迪士尼乐园附近落网，他被逮捕入狱。他被自己的“爱好”——对卡通片的热爱出卖了。[6]

这栋美洲豹曾栖身的小楼，外墙上的颜色显得拙劣粗笨。这是一个地头蛇、黑社会老大的最后住所。这是老城区犯罪猖獗的标志：当时克莫拉黑社会组织特别有钱，控制着那不勒斯的海洛因交易，但他们也做些合法的生意。在“那不勒斯四部曲”的最后一部《失踪的孩子》中，两位女主角已经成年，城区中就弥漫着这种致命的气息。大路吞没了莉拉的女儿，没有人知道她在什么地方，又如何被一辆卡车带走。这辆卡车经过了糖果和玩具的摊位，穿行在街头小贩的喧嚣中，在烤杏仁、核桃和糖果的香味中，在一个星期天，洋溢着欢乐、无忧无虑的郊区集市上，带走了那个女孩。

莉拉从未想过要离开城区，二十世纪八十年代，她创办了一家小型 IT 公司，这也是这座城市涌现出的奇迹之一。如今，在距离这里不远的地方，也有些领先欧洲的高科技公司。在那不勒斯，不远的未来与遥远的过去共存，这种组合在地壳炽热的岩浆中涌动。然而“创意牌”经常被其他牌吃掉，那些贪婪暴力的黑社会分子通常被称为“克莫拉”，在很长一段时间里，一切只能按克莫拉的规矩办。[7]小说中就是这样写的：莉拉不想和那些黑社会的人打交道，她的孩子被带走，她彻底崩溃。

不过，卢扎蒂城区也算是城市乌托邦的遗迹，记录着一段重要的历史，它的名字源于乔利蒂第二任政府的一位部长——路易吉·卢扎蒂的名字。二十世纪初，这位部长希望建立“平民住房部”，开发土地为最贫困的人修建经济适用房。在修建平民住宅之前以及之后的几十年里，这里是一大片沼泽地，遍布发臭的水塘，冬天时灰蒙蒙的，显得很荒凉，而夏天则覆盖着厚厚的一层绿草，是放马的好地方，因此得名“大牧场”。

那不勒斯沼泽地的改良，前后经历了五百多年的历史。在我们眼下这个短暂的时代中，孩童时期的莉拉和莱农会躲过母亲的监视，跑到池塘边，玩些危险的游戏；后来，她们长成了少女，会和初恋男朋友躲在芦苇丛里幽会。但她们周围的世界，肯定与她们的父母和祖父母看到的有很大不同。一九一三年至一九二九年间，一个新的城区在沼泽地旁边建立起来，当时这片区域仍有大量水塘。我们在一些老照片上可以看到一幅潟湖的景色，而在一些老人的记忆中，他们使用的物资都是用船运到楼底下的。一九二五年，城区的第一批房子修建起来。从格拉尼里到波焦雷莱山脚下的伊曼纽尔·詹图尔科路之间，随着一条大路的修建，城市运来了各种材料，一层一层慢慢填平了那些沼泽。[8]

当时的城区是一九三〇年完工的，由雅致而坚固的建筑构成，还有一所学校和一所漂亮的幼儿园。那一年，城区还铺设了电车轨道，在法西斯年代，在现代化热情的推动下，这里被描绘成一个“小巴黎”。体育设施也开始在城区周围涌现：这里修建了那不勒斯第一家体育场，球场有木头搭建的看台。体育场以球队当时的老板乔治·阿斯卡雷利的名字命名，他是位犹太裔那不勒斯企业家，也是体育场的建造者。体育场后来用混凝土进行了重建，突出了理性主义风格，可容纳四万名观众；旁边是一个奥林匹克竞赛规模的游泳池。一九三一年十月，贝尼托·墨索里尼乘“极光号”游艇，在那不勒斯港登陆。[9]在一个大风天里，元首在贝弗莱罗码头上了岸。他身穿制服，土耳其帽上的穗子随着他的行动而舞动。他在人民广场上发表了演讲，当时广场上挤满了那不勒斯人。他参观了法西斯示范区——卢扎蒂区，据说墨索里尼在风的嘶鸣中，收获了南方纺织厂女工的一片嘘声。[10]

一九三四年，世界杯在阿斯卡雷利足球场举行，但在此期间，体育场已经改了名字，变成了“帕坦诺皮奥体育场”，因为之前那个犹太人的姓氏，会让德国纳粹听起来很不舒服。墨索里尼担心，德国会在那个场地上比赛，后来的确如此，但即使如此，当年的球场还是抵制了那份禁令，甚至《意大利人民报》都写道：德国和奥地利的比赛是在“阿斯卡雷利球场”上进行的。一九三八年，随着种族法的出台，那个名字才被抹去。[11]

南瓜变成马车的地方

一个星期天早晨，我去了圣家族望弥撒，想亲眼看看小说另一章节中描绘的教堂内景：一九六〇年春天，莉拉像杰奎琳·肯尼迪般优雅，在这座教堂里，她与年轻的肉食店老板斯特凡诺·卡拉奇举行了一场很风光的婚礼。

这个教区很活跃，教堂里的人特别多，也很积极。一位头上戴着灰色羊毛帽的年轻人弹着吉他，给赞美诗伴奏，他弹着灵歌的曲子，露出前臂上的文身。牧师的丝绸袍子上绣着果实累累的葡萄藤，挂满了紫色的葡萄。伴着歌声，时不时能听到孩子高亢的嗓音，他们是跟着大人来的。这座教堂让我很惊奇，建筑呈十八世纪的风格，圆顶由黄绿相间的那不勒斯琉璃筑成，内部的彩色大理石是从麦迪那路的圣约瑟教堂中拆下，连同十六世纪的摆设、艺术品一起搬过来的，其中包括乔万尼·梅利亚诺·达诺拉[①]的耶稣诞生场景作品。这座教堂是从那不勒斯市区“平移”到这里的。

为什么会发生这样的事，我们要从头说起，讲讲这个城区的起源、沼泽地和第一批房屋：一九二七年，那

① 又名乔瓦尼·梅利亚诺，是文艺复兴时期的意大利雕塑家和建筑师，活跃于那不勒斯。——译者注

不勒斯大主教、红衣主教阿莱西奥·阿斯卡莱西将这个城区的第一批教民委托给圣约瑟会的教士。在莱奥纳尔多·穆利亚尔多的倡议下，圣约瑟会成立于十九世纪下半叶，致力于教化年轻工人和街头混混。当圣约瑟会的第一位神父贾科莫·维罗来到这里担任教区牧师时，这里只有一座位于塔迪奥·达塞萨街的小教堂，第一批居民的宗教热情催生了奇迹。

那些住在沼泽地的人饱受贫穷和疾病的困扰，改造这片土地的过程，就像《圣经》中的救赎故事，衍生出一些传奇，有英雄、神话和奇迹。一九二九年十一月十六日，一个星期六，卢扎蒂区发生了一件奇事。这个奇迹因莱奥纳尔多·穆利亚尔多祈求上帝而诞生，这位圣约瑟会的创始人也因此成了圣人。奇迹发生之地，以前是个铁路道房，现在位于科波拉广场的边缘，当时铁路工人科斯坦蒂诺·安佐维诺一家就住在这里。他的妻子克洛蒂尔德·菲亚玛，已经是八个孩子的母亲，当时又怀孕了。那个星期六，她虽然身体不适，但仍坚持去城里做女佣的工作：她已经四十三岁了，这是她第十五次怀孕，这种情况在当时并不罕见。毕竟，依据法西斯人口政策，国家会给人口众多的家庭发奖金，给多子的母亲颁发荣誉证。

当天晚上，克洛蒂尔德太太回到家后，忽然感觉疼痛难忍，就马上让人把助产婆叫来。之后她的状况遽然直下，咨询专家之后，确诊为宫外孕，出现大出血。在当时的情况下，已经没什么办法了，产妇已然奄奄一息。贾科莫·维罗神父为她举行了圣礼，给这家人留下了穆利亚尔多的小圣物，请大家一起祈祷。根据后来的医疗报告，还有一九三二年教会法庭提供的证词，这位太太第二天就痊愈下床了，奇迹见证者中，恰巧有位费兰特太太，[1] 这个姓在那个城区的人中很常见。

当时的居民有很强烈的宗教精神，就像信奉一种史诗般的信仰，却没有可以做祷告的教堂。圣约瑟会的神父向当地政府施压，期望能建造一座教堂，贾科莫·维罗神父以自身的去留为筹码，但权力部门并不喜欢这位神父，就让他走了。一九三四年，法西斯时代的大拆迁工程浩浩荡荡，全面展开，位于那不勒斯中心的手套工人的居住区被拆除，十六世纪建成的圣约瑟劳工主保大教堂也被拆除。这座教堂原本应在塔索路重建，也就是说留在上城，但红衣主教阿斯卡莱西选择在卢扎蒂区重建圣约瑟教堂。一九三七年，大主教和萨伏依国王翁贝托①参与了这座教堂的祝圣仪式，高高的祭坛上，还有国王捐赠的镀金的青铜烛台。那些烛台和那不勒斯皇宫里帕拉蒂纳教堂里的烛台样式相同。现在，我们还能看到当时的老照片：国王穿着礼服，拄着一根长长的银杖来到这里。翁贝托之前常去城里麦迪那路的老圣约瑟教堂望弥撒，有一段时间，他也来新址参加弥撒。[2] 后来没过多少年，去法蒂玛②朝圣的教民会在卡斯卡伊斯③停留，向这位流亡葡萄牙的翁贝托二世——意大利最后一位国王致敬。

① 翁贝托二世，是意大利的最后一位国王。他在位 34 天，被称为“五月国王”。——译者注

② 位于葡萄牙中部，世界第四大天主教朝圣地之一。——译者注

③ 位于葡萄牙首都里斯本以西 30 千米，葡萄牙第三大城市。交通便利，旅游业发达，是葡萄牙著名的海滨旅游胜地。——译者注

我来到了塔迪奥·达塞萨街，在市政中心所在的一座座摩天大楼底下穿行时，我注意到了一家大型酒店车库的标志。我想看看上面的风景如何，就不假思索走了进去，乘电梯到了一个露天平台。在大楼脚下，我感觉自己像虫子一样渺小，大楼侧面有连着铁轨的小船，像太空舱一样升到上面的楼层。顿时，我仿佛进入了另外一个时空，视角发生巨变；教堂的彩色圆顶逐渐变得像彩色纸屑一样小。我在脑子里把城区发展的几个阶段过了一遍：沼泽地得到改良、奇迹发生、法西斯现代化、元首到访、那不勒斯第一座体育场落成、一九三四年举办世界杯，以及后来位于那不勒斯中心的古老教堂搬到这里——那是因为萨伏依国王很珍爱这座教堂，后来它成为黑手党老大的住所。所有这一切都在城区留下了印记，但真正改变城区原有面貌的是战争。

法西斯时期的现代化就这样收尾了。在教区的档案馆中，还留有一张飞行员拍摄的照片，记录下了那不勒斯中央车站后面的工业区被轰炸时的情景。照片是从空中俯瞰的视角，这片区域就如同一个黑洞，烟云密布、灰尘弥漫，几乎被夷为平地。包括优雅、理性主义风格的世界杯体育场，与其相邻的奥林匹克游泳池，也在一九四二年被炸成了齑粉。在当时的教区牧师加斯帕雷·特萨罗洛神父的回忆录中，我们得知，这个城区当时只剩下了一百五十人。圣约瑟会教士带着所有能带的东西，包括艺术品和祭礼用品，撤离到了维苏威诺圣约瑟堂。那座经历轰炸、摇摇欲坠的教堂被洗劫一空，从一九四三年六月到一九四五年六月，这里没有举办过一场婚礼和洗礼仪式。在盟军的军事占领下，“该地区成为安置部队和战争物资的营地，整整一年，没有居民进来，只有小偷和妓女可以自由出入”。[3]

这段时期就像埃莱娜·费兰特的《烦人的爱》的前传，正是卡塞尔塔诱使美国大兵购买黛莉亚父亲画的油画，还有露骨的吉卜赛女郎画像之前的那段时间。那时被无家可归的人占据的隧道，就是这个城区的出口，他们在铁丝上挂上军用毛毯，以此为界来分隔一家人和另一家人。堂·阿奇勒——两个女孩不敢提及的可怕“食人魔”，通过不法交易积累了一大笔钱，用来放高利贷。在之后的一年，也就是一九四四年，莉拉和莱农出生。她们出生在轰炸中幸存的房屋中，根据对她们玩耍的院子的描述，可以确定那是当时没有倒塌的老房子，位于教堂和埃马努埃莱·詹图尔科路（也就是小说中的“大路”）之间，这些信息应该比较精确。

小说中的两个女孩逐渐长大了，城区的生活也重新步入正轨，被炸毁的帕坦诺皮奥体育场变成了一个垃圾场，里面的瓦砾废品堆积成一座小山，无家可归的人在上面搭起了窝棚——这景象在一九五五年的某些档案照片中仍然可见。几年后，政府兴建了新区，为近千户家庭提供了住房，将新区命名为“阿斯卡雷利”——就是那位深受那不勒斯人爱戴、赞助修建了体育场的人的名字。从市政府所在地的高楼上看，这个城区似乎被一大片废弃的工业区淹没，周围是弃用的仓库、垃圾场和废墟，以前的菜市场现在成了无家可归的人的露营地。从远处看，事故发生后一直都没有重建的炼油厂区域，黑色和白色的油桶看起来就像外星人降落在跑道上的飞碟，不远处是欧洲最大的吉卜赛人聚居地。“土地没了，河流枯了，青蛙和鳗鱼消失了。工业停了，制革厂消失了，工作、业余活动和足球也不复存在。没有人会来这里，甚至选举前也没有。”[4] 迭戈·米多①和达维德·斯基亚文②在《沼泽地》中这样写道。这本书汇编了那不勒斯东部郊区的涂鸦，也记录了历史证据。街头艺术家的墙绘，给这片荒芜之地染上色彩：长着动物头颅的类人物种，满载城市垃圾的手推车，人们穿着蓝色工作服，却没有工作，流浪汉的棍子上挂着的不是包袱，而是裸体的小人，他们是新萧条时期的失业者。

我转身面向波焦雷阿莱山，那是皮安托公墓的所在地。另一边，海面上反射着晃眼的阳光；对面是黑色的维苏威火山山顶，周围是一圈房屋，像蚁穴一样向前推进。有一栋楼消失在视野中，那是斯塔得拉的一栋八层楼房，在一九八〇年的那场地震中倒塌，造成了五十二人死亡，在大自然狂怒的几秒钟里，附近的大部分房屋都受损了。在《失踪的孩子》中，作者描绘了一九八〇年十一月二十三日的情形，那天莱农和莉拉在一起，各自怀着小女儿。她们正在厨房里喝着咖啡，大楼和街道下突然传出了轰隆声，顿时一切都在摇晃，屋里的东西都倒了。一种让人难受的噪声从城市里传来，所有东西都碎了，下水管道的水涌出来，她俩好像要落入地心。

现在，我知道了这个城区的历史，真实的城区与“那不勒斯四部曲”里所描绘的城区吻合度极高，仿佛埃莱娜·费兰特真的曾生活在这里，只是这里没有世界

---

① 意大利漫画家，出生并成长于那不勒斯。——译者注

② 意大利记者、撰稿人。——译者注

杯体育场、礼拜堂和圣约瑟会教士、里沃利电影院，毕竟这些只存在于记忆中。那么这里以前的人呢？这里是否还有旧时居民的痕迹，小说的创作源头是否真是活生生的素材？我从这个城区出去，像来时一样，从那道潮湿的隧道离开。和所有来探寻费兰特的读者一样，我无法将这条臭烘烘、狭窄的隧道与《我的天才女友》中那条通道联系起来，小说中的通道，标志着已知与未知世界的边界。

当时正值暮春时节，两个女孩在上小学五年级，她们决定逃学去看海。她们藏起书包和围裙，走出城区的边界，走向未知。她们手拉手进入隧道，在黑暗中奔跑，感到兴奋、惊恐，不断朝着那团仿佛很远的光亮奔去。她们被自己的脚步声吓到了，为了给自己打气，她们开始大笑、大喊，听着自己被隧道拱顶放大的喊声，跑着跑着就到了外面。尘土飞扬的道路不断延伸向前，大海还是不见踪影，走着走着，头顶的天空变得很暗，电闪雷鸣，暴风雨来临。两个女孩没地方避雨，她们淋湿了，后来浑身湿透，不得不往回走。

看着暗淡、毫无特色的地下通道，我想这场“壮举”——把铁轨下的穿行变成启蒙之旅——应当是在儿童的视角下和想象中诞生的。故事也许是曾经在这里生活过的人的亲身经历，从孩子的角度，看过这个隧道，带着对黑暗的恐惧穿过隧道。那是让人激动而又漫长的过程。在我看来，除此之外没有其他可能。埃莱娜·费兰特知道这一点，她赋予了《烦人的爱》的主人公黛莉亚同样的意味。她回到城区时已经四十多岁了：“我记得，那条空荡荡、没有尽头的通道，当调车的火车从头

那不勒斯卡波内图像档案馆馆藏

顶上经过时，隧道会跟着一起震动。我在充满尿骚味、幽暗的通道里走了不到一百步……”[5]

在《我的天才女友》中，有一段关于离开城区、进入隧道的描述：两个女孩穿过大路，爬上通往铁轨的山坡，把围裙和书包藏起来，然后飞快地跑下“一个可以把我们带到隧道附近的斜坡”。[6]这段描述与隧道口现在的样子完全不相符，这可能与另一个时代的记忆有关，当时这里还有一座山，是战争留下的废墟堆成的。

现实的城区与虚构的城区有很多不同，但我相信，任何成年人第一次看到这个地方，都无法想象这里会发生那么多故事，就像童话中南瓜会变成金色马车。埃莱娜·费兰特与城区紧密相连，一定可追溯至遥远的童年。城区不是一张从抽屉底层找出来的旧明信片，也不是用来设定故事背景的黑白风景照，它是一个充满鲜活记忆的地方。

分身为二的女孩

在二十世纪五十年代，城区里的确有个很特别的女孩。

我在翻阅里卡尔多·卡波内[1]的照片档案时，注意到一张照片：一栋建筑物的旁边，一面墙上写着与人民民主阵线党[2]相关的言论，远景里依稀可见“给加里波第党投票”的字眼；近旁画的不是获胜的基督教民主党的十字军盾牌标志，而是新法西斯党的三色火焰，不知是谁手握粉笔，虔诚地画下了这些。这张照片拍摄于卢扎蒂区的小学门前，在尘土飞扬、草地稀疏的广场上，一九四八年的选举宣传在墙上留下的遗迹仍赫然在目。

我一直在照片里寻找那个古灵精怪的女孩的身影，那个天才女孩。在画面中央，一位年轻女教师胳膊下夹着课本，轻盈地走着，她面带微笑，像个害羞的明星，不敢看镜头，眼睛看着那群孩子。她浓密的棕色鬈发上别着小发夹，上身穿着西装外套，下面是一条到膝盖下材质柔软的裙子。那些小学生站在她周围，看起来很不安分，他们都很机灵，像蚂蚱一样，腿灵活瘦长。他

① 摄影记者，1897 年生于那不勒斯。——译者注

② 人民民主阵线，是意大利一个左翼政治联盟，于 1947 年 12 月 28 日正式成立。——译者注

们神态自如，背着瘪瘪的书包，长袜垂到脚踝，鞋子上沾满了白色的尘土。那些年龄大些的男孩，身上的黑罩衫一直垂到大腿处，就好像是穿着那件衣服长大的；而年龄稍小一些的男孩，罩衫则和女孩子一样，到膝盖那里。几个学生穿了带领子的衣服，蝴蝶结散开了，在胸前飘动着。女孩很少，我数了数只有四个：两个在前景中，背对着镜头，另外两个正要躲开成堆的男孩。不对，我们要找的小女孩不是这样的，我要找的是个像帮派首领那样，有些肆无忌惮的女孩。

这里的人说，是有这么一个女孩，在学有所成之后离开了城区。她当时真的就住在那里。他们还说，小说中的其他人物，也明显是战后生活在那里的人。在好奇心的驱使下，我去寻找他们说的那位天才女孩：她可能是文学作品中的原型，或邻里故事中的人物，因为小说，她现在已经是明星般的人物，一个象征符号。于是我开车沿着多米齐亚纳路行进，经过了焚烧垃圾之地——那里已经成了一个臭名昭著的垃圾场，黑手党在这里掩埋垃圾，但过去这里曾经是生机蓬勃的乡村，是罗马贵族享受假日的地方。从罗马到那不勒斯的海岸线上，贵族别墅错落有致，这个垃圾场就在别墅后面。我到了蒙德拉贡镇附近，乳房胀满了的水牛在池塘边悠闲地吃着草；在另一面，在南边有大片的松树林、违章建筑的骨架，还有一些下流勾当留下的痕迹。而在这片区域的后方，是一片“伤痕累累”的沙滩。尽管时常发生恐怖事件，但它依旧美丽迷人，就像笼罩着金色的光环，那是空气中湿度产生的效果。

我要找的这位女士，她一九四一年九月出生在卢扎蒂区，现在住在利科拉海滩附近，一座面向伊斯基亚大海的山上。她的名字叫农齐娅·加塔，身材娇小，充满活力。那双蓝宝石般清澈的双眼，仿佛汇集了花园里所有色彩。她园里养的鸡，走起路来也分外优雅。她用英语接打电话时，声音会变得完全不同，但她说意大利语时还保留了那不勒斯方言的调子：“事实上，我是来自卢扎蒂区的野孩子。”她笑着带我参观了她的房子，家具和摆设充满异域风情。那几天，客厅里摆满了那不勒斯一家著名的巧克力店制作的复活节彩蛋，这些彩蛋是给亚的斯亚贝巴[①]南边的沙沙曼镇[②]的一所流浪儿童学校筹款用的。沙沙曼镇是鲍勃·马利[③]的追随者，从牙买加来寻找古老的“非洲根”的必经之地。

农齐娅的工作经历，几乎可以绘出一张世界地图。她的第一份工作，是在格里马尔迪航运公司的伦敦分公司当职员；后来她在阿斯马拉大学担任过商业管理的讲师；在沙特阿拉伯利雅得的国际学校做过行政主管；在科索沃战争期间，她担任过阿尔巴尼亚难民营的协调员。她丈夫曾在国外为“菲亚特”工作过，在意大利为北约工作过，现在在埃塞俄比亚从事水利和造林工作。两人有四个已成年的孩子，有十一个孙子，都生活在世界各

---

① 东非国家埃塞俄比亚的首都。——译者注

② 沙沙曼是埃塞俄比亚南部的一个城镇，位于奥罗米亚州。——译者注

③ 牙买加歌手、音乐家、作曲家，被认为是牙买加音乐和文化以及身份的象征。——译者注

地。他们是平信徒：他们的组织名为“世纪使命团体”[①]。

“但现在麻烦您带我去一下车站，”农齐娅·加塔说，“我得去接两个从那不勒斯来的学生，她们要来给非营利组织的网站做更新维护。”

我把车开下山，在“弗雷格雷亚”电车快线的出口接到了那两个女孩。其中一个人这样介绍自己：“您好，我是埃莱娜·费兰特。”

我不知道自己当时是什么表情，但一定很惊讶。

“怎么啦？我们这儿有很多叫埃莱娜·费兰特的人，这个名字很常见。”

我们吃了烤通心粉，里头加了西红柿和马苏里拉奶酪，搭配花园里新摘的蔬菜做的沙拉。喝咖啡的时间，埃莱娜·费兰特和她的朋友去工作了，留下我和农齐娅聊天。

我们仿佛回到了七十多年前，进入了老城区，来到了一栋位于教堂和大路间的建筑前。那是在战争中幸存下来的一栋房子，农齐娅·加塔就出生在那里。这栋有院子的房子，就是莱农和莉拉的游乐场。她母亲曾经说过，她生下来时，就显得很疯狂，因为她出生时，炸弹也正落下。房子底下其实有防空洞，但她母亲因为阵痛无法行走，只好在屋子里生产，疼痛伴着恐惧阵阵袭来，这个新生儿后来一直无法忍受噪声。

农齐娅的母亲是个开朗的女人，她会做衣服，还有

① 由一对那不勒斯夫妇在埃塞俄比亚创办的一个非营利组织，旨在用教育的武器打破贫困的循环，并保护社会中最脆弱的群体：妇女和儿童。——译者注

副好嗓子。从前，姥爷让她去学过唱歌，但后来姥姥怕她会变坏，[1]就断了她的学艺之路。战后，她们举家搬到了学校旁边，一栋重建房屋的夹楼里，里面有三个房间。妈妈开始做丝质衬衫，拥有了自己的缝纫车间，雇了六个工人。公寓的小房间里，挤着一个拥有五个孩子的家和一家衬衣厂。房子拥有双重乃至三重功能：早上大家会清理床铺，开始做衣服；到了中午，又得清理餐桌上的碎布，腾出地方来吃饭。

农齐娅就像只野猫，她像其他孩子一样，常在街上、瓦砾堆中和废墟里玩耍。有冒险精神的孩子，会一直走到有三个出口的隧道前，教区牧师在那里给无家可归的人分发食物。再往前走就是禁区了，战争遗留下来的炮弹依然保留着，有个孩子不小心碰到了，结果被炸死了。

农齐娅记得，自己小学时还挺漂亮的，是个聪明的小女孩，但很调皮，喜欢表现得很大胆。她组了个女生帮，如果男生敢靠近，“我们就给他们点儿颜色看看”。男生们会被她们扔石头，不止如此，还被扯头发、抓脸、打耳光。她身上有莉拉英勇无畏的影子，在城区小孩的街头大战中，莉拉毫不退缩，她把莱农提供的武器——从街上捡来的石头——毫不畏惧地扔了出去，打得很准。[2]

这个现实中的女孩，就和书里的莉拉一样，习惯于挨揍。农齐娅的父亲是小企业的雇员，大半辈子都过得很艰难，十二岁他就要撑起一个家，为了让家里人服从他，他惯用暴力。城区几乎所有的男性都这样：他们殴打妻子、姐妹、孩子……农齐娅过去经常会祈祷，祈求自己要对父亲有耐心。她心平气和，不带怨恨地提到了当年的往事。在来月经之前，他们不太管你，但你成了大姑娘之后，麻烦就来了，他们会把你关起来，怕你会意外怀孕。在她的命名日①那天，她父亲第一次见她在酒吧逗留，就狠狠揍了她一顿。她祖父是位绅士，在那不勒斯最优美的基亚亚街开了一家漂亮的书店，是位出版商，他出版的书会印"半人马"的商标，但妻子死后，他抛弃了自己的孩子。

这个在严酷环境中长大的女孩，曾梦想着有一个富裕而善良的美国家庭收养她，梦想着拥有一套有五个卫生间的房子，这样就不用为洗澡吵架，梦想着有王子会娶她，带她离开。小学毕业时，她已经意识到：上学、学习才是她唯一的出路。但她父亲不听，就像小说中那样，[3]五年级时，老师打电话给她父母说服他们送她上中学。她父亲同意让她参加入学考试，但后来一位老师说，农齐娅用方言写作文，最好让她退学去上职业学校，她不得不忍受屈辱，做出了让步。[4]

女孩最好不要读书。农齐娅的父亲是个坚定的社会主义者，但他的想法和莉拉的父亲，小说中那个长得像伦道夫·斯科特②的鞋匠，费尔南多·赛鲁罗一样。[5]他希望女儿成为店员，或尼龙袜的织补员，这是当时的最新潮流，刚好他们家就开了一家商店，卖服饰用品和文具。

农齐娅提到父亲不许她上学的这段回忆，声音充满

① 命名日是和本人同名的圣徒纪念日，主要在一些天主教、东正教国家庆祝。在意大利，人们在命名日这天通常会收到小礼物，亲朋好友也会烤蛋糕送给他们。——译者注

② 美国演员，1929 年进入好莱坞，开始其银幕表演生涯。——译者注

愤怒，她努力控制着自己。但当时，她大哥西罗已经把所有事都安排好了，哥哥一直在保护她，并告诉父亲不用操心农齐娅的事，做哥哥的会照顾她。他把妹妹带到城区之外的学校，并为她支付了从商业专科转到会计专科的费用；流动图书馆的赞助人科利纳教授，帮她转入了公立学校。之后，她就一直依靠奖学金的支持求学。

后来，她离上大学只有一步之遥了。农齐娅梦想成为一名医生，但她报了经济和商业专业。家里的环境不够安静，不适宜备考，她就在凌晨两点半，其他人都在睡觉时，起床学习。天气好的时候，她会站在阳台上学习，每天学到凌晨四点钟左右，能看到开往市场的运送果蔬的车；如果天气不好，她会把自己锁在厕所里。在逃离城区的征程中，这个从小像莉拉的女孩，逐渐变成了莱农。

埃莱娜·费兰特有一种将读者拉入故事中的魔力，让你觉得，她在写你的故事。[6]每个人都可以是莉拉或莱农，又或许同为两者。如果你在《我的天才女友》生活的世界里长大，在同一条街道上玩耍过，你就会觉得她写的就是你。我问农齐娅："您怎么能说，那个女孩的原型就是您？"

"总之，不只有我这样说，"她认真地回答说，"当'那不勒斯四部曲'的第一部面世时，老城区的朋友打电话跟我说：农齐娅，你得读这本书，因为里面有你……有人甚至问我是不是埃莱娜·费兰特。确实，《我的天才女友》中的许多描写，都和我童年时的生活环境完全吻合。但我觉得很遗憾，小说并没有展现出城区好的一面：街坊邻居团结和睦，像对待自己的孩子一样对待别人的孩子，第一个买汽车的人会载其他人兜风，圣约瑟会教士一直在努力改造那些街头混混。我考试回来时，街坊邻居会在窗边等我，关心我考得怎么样；当我结束论文答辩时，整个街区也好像都毕业了一样。当然，后来一切都变了，甚至我父母也不想再住在那里了，黑社会开始收保护费，我哥哥也把店铺卖掉了。但我童年的城区，并没有那么暴力。”

我们又回到了农齐娅和莉拉之间的关联。我想了解，两者之间到底有怎样的关系。不过，在此我们只围绕《我的天才女友》——“那不勒斯四部曲”的第一部——进行探究，其他三部是汲取了别处的故事。如果小说灵感真的来源于那个与世界对抗、不惜付出一切代价也要读书的女孩农齐娅，那么整个故事塑造无疑将这个女孩一分为二：一个是另一个的挚友。“在这两个女孩身上，我既看到了自己固执的一面，像莉拉一样迎头抗争；也看到了乖巧的一面，像莱农一样努力去学习，以自己的方式走出城区。此外小说中还有很多老城区的影子：酒吧、熟食店、下水道口旁的游戏、老鼠乱跑的下水道、通风口的地窖。我们会朝里面扔东西，听东西落到地上的声音。还有黑暗的楼梯，两个女孩爬过的楼梯，不是为了去堂·阿奇勒家，而是互相比拼胆量；那时候男孩和女孩也用石头打架，还有科利纳教授的图书馆——在小说中是费拉罗老师……”

在莉拉的哥哥里诺身上，农齐娅看到了自己的哥哥西罗的影子。他们都对妹妹爱护有加：在她上一年级时，是西罗把她从夹楼的阳台上抱下来，轻轻放在路上。在奥利维耶罗老师身上，她看到了自己的老师的身影——那个帮她向她父亲求情，坚持让她学习的老师。她还认出了恩佐，那个经常拉着车，在街角卖蔬菜水果的人的儿子。而两个女孩的心上人尼诺·萨拉托雷，与热诺维西高中一个优秀的学生相似，也负责校报事宜。还有一些细节直接表明，这个故事不可能属于其他人，准确来说，只能属于战后在卢扎蒂区长大的女孩，因为发生在莉拉与费拉罗老师之间的故事，就是关于阿戈斯蒂诺·科利纳教授的公共流动图书馆的故事。我们在《我的天才女友》中可以读到："图书馆对她来说是个巨大的资源库。聊完之后，她自豪地给我看了她所有的借书证，有四张：一张是她自己的，一张是里诺的，一张是她父亲的，还有一张是她母亲的。用每个借书证借一本书，这样她一下子就能借到四本。她如饥似渴地读着这些书，到了下个周日她会把看完的书带回来，再借另外四本。"[7]而现实中，农齐娅为了能看更多的书，用的也是这种方法，她在图书馆给自己的朋友办了借书证，这样一来，一次就可以借两倍的书。而且像莉拉一样，她当时也因此获得了"阅读之星"奖项。[8]

小说中的《小妇人》是好几代女孩都喜爱的书，莉拉和莱农的购书费来自可怕的堂·阿奇勒，作为阴暗的地窖吞噬娃娃的补偿。在现实中，这本书是农齐娅从图书馆借来的，读得也比较匆忙。两个天才少女想成为路易莎·梅·奥尔科特那样的女作家，写出自己的故事，用写小说赚的钱把家人从贫民窟拯救出来，让他们摆脱苦难。[9]农齐娅·加塔从未梦想过成为作家，在《小妇人》中，她看到了自己所缺失和想要的一切。她渴望拥有一个更有爱、更关怀她的家庭，她希望通过学习，过上与城区女孩不同的生活。像乔·马奇一样，她绝不会满足于交个男朋友，或是拥有一件衣服：她想远走高飞，选择自己想要的生活。

我离开时想：也许，农齐娅在沙沙曼为街头小孩创办学校的梦想，也来自《小妇人》的影响。马奇姐妹成年后，其中最有魄力的乔，也致力于实现类似的计划：她和丈夫弗里茨·贝尔教授在先锋教育思想的启发下，为贫困儿童建立了一所家庭学校。

但科利纳教授，也就是小说中的费拉罗老师，他是谁呢？那个让城区的孩子在小说中徜徉、做梦，由此彻底改变了看待世界的方式的人，到底是谁？

传播文化的使徒

一九四八年，阿戈斯蒂诺·科利纳在卢扎蒂区创建了流动图书馆。卢西亚诺·隆巴尔迪曾经是国家电力公司（ENEL）的职员，也是小说中两个女孩的同代人：他出生于一九四三年，因战争颠沛流离，父母去了阿韦尔萨附近，战争一结束，他们一家人就回到了卢扎蒂城区。他记得，当时城区的教堂损毁得很严重，大家已经不能在里面做弥撒了，圣约瑟会的神父组织了一个救助食堂，让城区的小孩不用再挨饿。他们摆了一张大桌子，用军用罐子分发食物，被称为“大高个儿”的阿戈斯蒂诺神父，还有教区牧师加斯帕雷神父负责这家食堂。卢西亚诺也去这个食堂吃饭，一九四八年圣诞节的前几天，正是在那里，他第一次听说了图书馆的事。当时，这座城市几乎完全陷于崩溃，但阿戈斯蒂诺·科利纳却为未来做打算，派了一群孩子到教区募捐，以用于购买书籍。

科利纳来自诺拉[①]，二十世纪三十年代搬到了这个城区，当时这里已经打造得像一个“小巴黎”。他应该是个相当坚定、刚强的人，城区当时还缺乏基本的生活

① 意大利南部大城市那不勒斯的一个城镇和直辖市，位于维苏威火山和亚平宁山脉之间的平原上。——译者注

物资，他已经想到花钱去买书，用小说滋养梦想，构建空中楼阁。我在摄影师里卡尔多·卡波内拍摄的老照片中，看到了科利纳的相貌，他的轮廓看起来十分坚毅。这张照片能得以保存，得益于一群致力于挽救这座城市历史影像的志愿者，他们从发霉的仓库里“抢救”出底片。科利纳的这张照片出现在一篇报道里，拍摄于一九五八年十二月十日，在图书馆成立十周年之际。他个子不高，身材结实，头发乌黑，脖子后的头发剃得很短，两腮的胡子剃得很干净，头顶上卷曲的头发，似乎充满了生命力。那天，科利纳教授穿着灰色的西装、白衬衫，打着领带，衣冠周正，就当时的年代而言，也许

阿戈斯蒂诺·科利纳

© 那不勒斯卡波内图像档案馆

可以说他穿上了自己最好的衣服。他站在一个装满图书卡片的箱子旁边，那是个用旧唱片机柜子改装而成的卡片箱，线条很圆润，这张照片拍摄于图书馆的一张又一张书桌之间。当时恰逢图书馆的第一个重要纪念日，所以那不勒斯本地报纸也进行了报道，乔瓦尼·利昂纳也参与了这个仪式，当时他四十多岁，是基督教民主党议员，后来才成为共和国的第六任总统。[1]

从一九三二年开始，阿戈斯蒂诺·科利纳一直在这个城区的小学教书，后来成为一名中学老师。他的图书馆就设立在公立幼儿园的两个房间里，那里有个大牌子，上面写着：无知会让人成为奴隶。他购入了一万本书，主要是百科全书和儿童读物，这也得益于众多图书馆会员的支持（会员注册费需一百里拉），以及发出去的数百封信募集到的赞助。赞助方包括那不勒斯银行，捐赠了意大利广播电视台出品的精美书籍的罗蒂诺工程师，以及来自纽约的马克斯·阿斯科利先生，他通过美国文化交流机构（USIS）进行了赞助。图书馆还开设了语言、绘画、速记课程，会定期组织文学比赛，并设有儿童奖学金。到一九五八年，图书馆已有累计十万次的借书记录，科利纳虽然希望图书馆每天都能对公众开放，但当时只能在周四下午、周日上午开放，十三年后，他的这个愿望才得以实现。

城区里已经没有科利纳教授的亲戚朋友了。我在一个闷热的早晨去了那里，进入城区的人行道封闭了，我紧靠着滴水的墙壁，走在隧道下的车道上。我贴着一幅新的涂鸦行走，但距离太近了，无法欣赏这幅涂鸦的全貌，我感觉自己行走在迷幻的色彩中，那感觉就像听电子音乐。我要去拜访罗塞塔·图兹老师，她出生于一九三五年，曾是图书馆的志愿者，仍然住在城区里；她姐夫雷蒙多·阿马托当时是一名小学教师，毕业于那不勒斯东方大学，是阿戈斯蒂诺·科利纳的同事和得力助手。

图兹老师清楚地记得，城区每年都会举办书展："皮隆蒂书商会带来很多图书，我迷上了德利兄弟[1]写的书，一存够钱，我就买了一整套。"她给我看了一本相册，一九五三年，她穿着短袜，一张圆脸、金色的直发，旁边是穿着深色双排扣西装的科利纳教授，他当时还很瘦，还是一头浓密乌黑的鬈发。图兹老师记得，那时有位女士把自己的钢琴借给图书馆用，还有一位来自格勒诺布尔学院[2]的钢琴家，会来图书馆举办音乐会；教区剧院也经常会举办演出："那是一段朝气蓬勃的时光，市政府接管图书馆后，一切都结束了……"

图兹老师的图书馆管理员工作，只为她后来成为教师赢得了小小的一分；后来她进入了卡索里亚[3]的一所学校，成为正式教师，一直工作到退休。但在此之前，她曾在巴尼奥利的夜校给"伊塔斯德"工厂的工人上课，在被称为"布朗克斯"[4]的圣约翰·特杜奇奥做课后辅导。她在一栋居民楼的五楼教书，因为当时那里还没

---

① M. 德利是法国作家弗雷德里克·亨利特·佩蒂让·德拉罗西耶尔和让娜·玛丽·亨利特·佩蒂让·德拉罗西耶尔两兄弟的笔名。——译者注

② 具有世界影响力的法国公立大学——格勒诺布尔·阿尔卑斯大学在那不勒斯设立的学校。——译者注

③ 那不勒斯的一个市镇。——译者注

④ 美国纽约市有名的贫民区，犯罪率极高。——译者注

有学校。她通过积攒“汰渍”洗涤剂的积分，获得了十本加赞蒂出版社的意大利语词典，让十个孩子拥有了自己人生中的第一本字典。她当时工作很辛苦，还曾经被一个流氓打了，那人试图将她扔下电车。

我越是深入去了解两位“天才少女”，就越意识到，她们的传奇来自知识传播者、阅读推广者和老师的故事。这些老师或慷慨或小气，但都可以决定一个孩子的未来。罗塞塔·图兹说起了她小时候的生活，还有她的小学老师，每周六老师都会给全班读《小公子》这本书：“我们会很期待第二周，看这个故事会如何发展……如果一个老师教得好，到了五年级，女孩们会变得像她，想成为像她一样。”

科利纳当时是什么样的老师呢？他非常严格，总用绿色的笔写字，他帮助许多孩子，包括图兹老师，准备迎接并争取帮助孩子们通过中学入学考试。埃莱娜·费兰特描述的费拉罗老师的外貌，与科利纳教授并不相似，但性格却很像。卢西亚诺·隆巴尔迪回忆说，科利纳是个果断的人，经常与同事互相竞争。那时候，教师间会频繁展开较量，比较谁能培养出最好的学生。在小说中，我们也可以读到：学生的成绩会给老师带来荣耀，孩子们都知道。[2]在这个城区，你可以看到莉拉、费拉罗老师、奥利维耶罗老师的影子，还可以找到那个长得像伦道夫·斯科特的鞋匠。他开不起鞋店，但有间小棚子，就搭建在泰迪奥·达瑟萨路上。他显然不是出色的鞋匠，但据卢西亚诺·隆巴尔迪所说，他跟那个美国演员很像：“我不会搞错，我从小在里沃利电影院看过很多伦道夫·斯科特主演的西部片。”

“那不勒斯四部曲”的第一部里，仿佛有一群幽灵。埃莱娜·费兰特唤醒了它们，而读者的回忆和想象，赋予其色彩。就像中国的皮影戏，用一只手在点燃的蜡烛前摆造型，就会把野兔和狐狸的剪影投射到白墙上。在这面墙上，虚实交融，小说情节被记忆重塑。我们可以肯定，这位著名的女作家一定来过这里，小时候从隧道下穿行而过。也许，她并不像那不勒斯的野孩子，在这些街道上奔跑，扔石头打架，但她知道城区昔日的故事，熟悉人们的面孔和声音。我们显然无法把这些元素分开，更无法把想象从回忆中剔除，就像面包无法再变回面粉，但我们知道，有一种酵母可以给生活以灵感，比如《小妇人》这部小说。

那不勒斯“小妇人”

《小妇人》是两位天才女孩的《圣经》，那是用堂·阿奇勒的钱买的，这个可怕的男人像怪物一样拖着偷来的娃娃，在地窖里匍匐前进。两个女孩去上学读书，就是为了有朝一日能成为作家，像这本书的作者一样写小说赚钱。她们特别喜爱这本书，读了一遍又一遍，直至书最后变得破旧不堪。路易莎·梅·奥尔科特的传世之作里有“那不勒斯四部曲”的原型吗？现在回头再看《小妇人》里马奇四姐妹的故事，就像重新打开了另一个时代的大门，似乎可以用不一样的眼光，观照她们的生活：我开始从一个崭新的角度，探究这本给女孩看的小说。

《小妇人》一八六八年出版于波士顿，当时美国内战正酣，在美国马萨诸塞州康科德镇①的布鲁姆斯伯里，这本书横空出世，苏珊·契弗②称这里为哲学村，因为村子里住着拉尔夫·瓦尔多·爱默生、亨利·大卫·梭罗、纳撒尼尔·霍桑、玛格丽特·富勒③，当然还有奥尔科特夫妇。亨利·詹姆斯和他父亲也住在附近；艾米

① 美国马萨诸塞州米德尔塞克斯县的一个镇。——译者注

② 美国作家，1943 年生于纽约。——译者注

③ 美国记者、编辑、评论家、翻译，以及与美国超验主义运动有关的妇女权利倡导者。——译者注

莉·迪金森就住在离这儿不远的阿默斯特①。沃尔特·惠特曼、赫尔曼·梅尔维尔、埃德加·爱伦·坡都是他们的朋友。[1]《瓦尔登湖》《红字》《白鲸》这些十九世纪的杰作，以及出版后很快获得成功的《小妇人》，都产生于这片文学的沃土上。《小妇人》一面世就势不可挡，甚至在一个世纪后，仍能给生活在那不勒斯铁路站台后的小女孩带来灵感。

《小妇人》是奥尔科特小姐天分的展露，她当时三十四岁，特立独行，母亲是波士顿社会名流、女权主义活动家，父亲是一位古怪的教育家和超验主义②哲学家。路易莎生活的时代，各种思潮风起云涌，她成长于一个乌托邦式的家庭：当时美国已经决心废除奴隶制，向自由国家发展，争取让妇女也能同时获得政治权利，新一代女性可以选择自己的命运。然而与此同时，奉行这种世界观的先驱们却举步维艰，布朗森·奥尔科特创办的坦普尔学校推行前卫的教学方法，注重培养儿童的创造性，但学校最终因丑闻于一八三六年被迫关闭：原因之一是种族混合，学校接纳了有色人种的学生；其次是因为亵渎神灵，他们出版了一本《福音书》，涉及与儿童的对话，波士顿地区认为这是一部离经叛道的作品。[2]

我一直对奥尔科特小姐有莫名的好感，我看着她那

---

① 美国东部马萨诸塞州西边的一个小镇，以它的教育而扬名全美。——译者注

② 核心观点是主张人能超越感觉和理性而直接认识真理，强调直觉的重要性，认为人类世界的一切都是宇宙的一个缩影，强调人的主观能动性。——译者注

张年轻的面孔，那是一张用达盖尔照相法①拍摄的相片：一张鹅蛋脸，有点儿长，微微凸出的下巴让嘴唇的线条更加明显，高高的鼻子，一双深邃的眼睛盯着镜头，眼神显得有些忧伤；柔顺乌亮的头发在额前像幕布一样分开，从脸两侧垂了下来，半遮住耳朵，柔软的鬈发披在白色欧根纱上衣的领子上，衬亮了她的皮肤。她身材高大，橄榄色肌肤，这使得她的气质更像《小妇人》中的传奇人物——乔·马奇。康科德州的克拉拉·高文女士经常出入奥尔科特家，她是这样描述奥尔科特小姐的："她是个复杂的女人，是善良、羞怯和勇气的奇怪结合，也是个可爱而调皮的人，充满了活力和决心，非常讨人喜欢，有幽默感，头脑很机敏。她很风趣，如果她心情好，没人能比她更开朗有趣，但她心情不好的时候，连她最好的朋友都要小心行事。"[3] 路易莎真的像《小妇人》中的乔吗？《小妇人》和埃莱娜·费兰特的"那不勒斯四部曲"之间有什么联系，又有什么差异呢？

不过，路易莎·梅·奥尔科特在写《小妇人》时，已不再是照片上的女孩了。她即将迈入三十五岁的门槛，看起来像个中年人。她命途坎坷：一个不幸的家庭，父亲徒有救世主精神，却无力养活妻女，她的童年和青春期因此都过得很艰难。内战期间，她在一家军事医院当护士时，感染了肺炎和伤寒，不得不服用大量药物，病痛的折磨和药物的副作用，让她的青春早早凋

① 法国画家达盖尔于1839年发明的"达盖尔银版摄影术"，是最早期的一种摄影方法，利用镀有碘化银的钢板在暗箱里进行曝光，然后以水银蒸汽进行显影，再以普通食盐定影，得到一个金属正像，十分清晰而且可以永久保存。——译者注

零。生病的那六个星期改变了她的生活：由于注射了大量的甘汞，她出现了严重的中毒反应。此外，她迫切地需要钱，偿还父母的债务，因此在父亲和出版商的施压下，她同意写一部给女孩子看的书，但她不看好这个题材，认为比起自己遭遇挫败的第一部小说，这是一种写作上的倒退。她的处女作《情绪》讲述了一段三角恋，因为畅谈爱情和婚姻之间的冲突，一出版就被冠上了不道德的帽子。她不相信能写好，觉得自己没有那种能力："我不会写给女孩子看的故事，除了我的几个姐妹，我对女孩子了解太少，我还是更喜欢写男孩。"[4]不过，迫于生计，她最终写出了一本不朽的经典，一本对于一代代女性读者、女作家来说都很特别的书。

在每个时代，因为喜欢《小妇人》而最终获得成功的女孩数不胜数。安妮·博伊德·鲁克斯①汇编了一份文学地图，收录了与奥尔科特小姐相关的作家，其中包含西蒙娜·德·波伏娃、多丽丝·莱辛、艾尔莎·莫兰黛、玛格丽特·阿特伍德、扎迪·史密斯②……对她们，以及许多其他女孩来说，这是一部很重要的成长小说，让她们很早就意识到了自己的志向：乔·马奇就像个"传感器"，能传递女性在文学上的抱负。[5]《小妇人》这部名著大放异彩之时，正值第二次世界大战结束后到二十世纪六十年代，"婴儿潮"出生的孩子，也就是莱农和莉拉那一代人开始步入青春期。像我一样，这些女孩梦想着追逐自由，在奋斗和抗争中度过青春。没有人

① 美国作家、编辑。——译者注

② 英国青年一代作家的代表，生于 1975 年。——译者注

能够预料到，那场追逐自由的历险需要付出怎样的代价——家庭矛盾带来的苦难、遗弃和决裂——但我们可以这样做，这样做是对的：我们刚刚进入青春期，就在《小妇人》中读过类似的经历。上小学时，我从一个比我大、很勇敢的女孩那里借来了这本书，那个女孩会像乔·马奇一样，肆意奔跑和爬树。在一九六八年，《纽约时报书评》写道，乔是“十九世纪的小说中，唯一保持了个人独立的年轻女性，她不因生为女人而放弃自己的自主权，而且她表现得十分坦率从容”。[6] 女性可以拒绝承受一些苦难：谢谢你，乔。

我试图把路易莎·梅·奥尔科特的作品和“那不勒斯四部曲”进行对照。

其实只要粗略看一眼，就能马上发现两者的相似之处。首先是结构：一个四卷本的长篇故事，讲述了生活在同一个社区的几个女孩——她们是姐妹或朋友——从儿童到成年的故事。[7] 文学体裁：通俗小说。对奥尔科特来说，十九世纪的通俗小说的鼻祖是狄更斯；而对埃莱娜·费兰特来说，艾尔莎·莫兰黛是二十世纪意大利小说的模范，她会仔细研读报纸副刊上的“流俗故事”。[8] 主题：关于女性身份的成长小说。两个女孩成长于背景相同，但相距非常遥远的两个家庭：一个是十九世纪中期新英格兰①的非传统家庭；另一个是那不勒斯人口稠密的城区，如同一个熙熙攘攘的大家庭，涌动着温情和暴力，但无论好坏，她们都将羁绊一生，两个女

① 在美国本土的东北部地区，当地华人常称其为“纽英伦”，是美国大陆东北角、濒临大西洋、毗邻加拿大的区域。——译者注

孩相爱相杀，相互帮助，也彼此嫉妒，她们互相吸引，也相互排斥。她们有女性的共同体验，又有性格冲突：其中一个女孩无畏的勇气能弥补另一个的恐惧，或者一个漂亮迷人、很早开窍，会帮助另一个不那么漂亮、害羞的女孩。

甚至两部作品在内部平衡方面，也有相似之处：前两部小说流露的力量和写作质量，与后两部不同——使用的语言很直接，而且接近口语，有独特的原创性。《小妇人》充满新意、口语化风格，让同时代的人很惊讶，它生动、优雅地描绘了美国人的日常生活，比真正的俗语——马克·吐温在《哈克贝利·费恩历险记》中采用的语言——早了十六年。[9]而埃莱娜·费兰特笔下的两个女主人公，生来就是双语者：她们处于从学校学到的意大利语和那不勒斯方言之间，在这片贫民区的“声音浪潮”中，她们学到的一些方言表达会“威胁”到意大利语，让它变形，变得口无遮拦；或者迫使莱农和尼诺——出生在这片城区的学生，使用书面化意大利语，对于他们来说，那几乎是一张面具，或者说另一张脸。[10]

但是将“那不勒斯四部曲”与《小妇人》紧密联系在一起的，无疑是两部作品对女性关系的精确呈现：母女、姐妹、女性朋友。“那不勒斯四部曲”是很有感染力的女性史诗，在文学作品中，女性的行为通常与异性有关：她们渴望爱情，相互竞争，获得爱情，取得成功，她们会逃离或遭遇抛弃，背叛男性或遭遇背叛。蒂齐亚娜·德·罗加蒂斯①在她关于埃莱娜·费兰特的书

① 那不勒斯人，锡耶纳外国人大学的比较文学副教授。——译者注

中指出："女性之间的配合，很难成为故事中最重要的推动力，还有最吸引人的元素。"[11] 然而，恰恰是作品中女性人物之间的相互支持和相互洗劫，让埃莱娜·费兰特和路易莎·梅·奥尔科特的读者，深深爱上了她们的小说。

在《小妇人》中，这种能量主要在乔（一匹充满野性的小马驹，后来成为作家）和纤弱、金发碧眼的艾米（四姐妹中最小、最漂亮的妹妹）之间流动。

"我讨厌粗鲁、没有女人味的女孩。"艾米说。"我讨厌虚假、矫揉造作的姑娘。"乔反驳道，莉拉直接称之为"嗲声嗲气的女孩"。[12]

我们正处于十九世纪中期，乔热情奔放、喜欢冒险，她讨厌紧身衣和衬裙，会像男孩一样吹口哨，她完全脱离常规，而她妹妹艾米，则活脱脱是当时女性的典范。乔是一个接受超验主义教育，身体和精神都得到自由的女孩。在《小妇人》中，姐妹之间的冲突相当激烈。虽然我们读的是一本有教育意义的书，但同时会感到这本书极富幽默感，语言也十分生动。在第一次和男孩出去约会时，由于乔不愿带上艾米，她烧掉了乔的手稿——那是乔的第一部短篇小说。这样的挑衅必然会引来报复，艾米没有意识到自己做得太过分了。当时乔与新朋友劳里一起溜冰，在追赶乔的过程中，她摔进了冰冷的河水中，付出了代价。

莱农和莉拉之间的冲突，比乔和艾米更复杂。艾米不满足于卖弄风情，她志存高远，想成为画家：一个多世纪过去，对女性及其行为的要求，已不那么刻板僵化。我们已经不再像维多利亚时代那样，将男性和女性彻底分割开；[13]一个非常活泼的女孩不是假小子，我们不会想到用形容乔的词“假小子”来形容莉拉。天才女孩总是充满矛盾：莉拉会和男孩子打架，但她也很阴柔、脆弱而有诱惑力。然而她无法接受自己的身体，很排斥月经，认为那是对她行动自由的限制；也许正是这种排斥，使她很难在性生活上获得快乐。至于莱农，她比较温顺，善于控制自己，遵守社会对于女孩的规范要求，但她也会做出激进的生活选择，变得独立。我们永远不会知道，这两个女孩中，哪个才是真正的“天才女友”：是那个更有天赋、更勇敢，敢于发起正面挑战，但被残酷击败的女孩，还是那个更有耐心，拥有马拉松选手般的耐力，会做出让步，掌握生存技巧的女孩。

但我一直在想，为什么一定要是天才，而不能是平凡人呢？因为埃莱娜·费兰特想赋予笔下的两位女主人公以强大的力量。十六岁的莉拉，穿上白色婚纱之前，在走进热气腾腾的浴盆之前，叮嘱她的朋友要保持儿时的天分。

> 她沉默了一会儿，盯着盆里闪闪发光的水，然后说：“无论发生什么，你都要继续学习。”
>
> “再过两年：等我拿到毕业证书，我就不学了。”
>
> “不，永远别停止学习：我给你钱，你必须一直学习。”
>
> 我紧张地笑了一下，然后说：“谢谢你，但学习总有结束的一天。”
>
> “对你来说不是的：你是我的天才女友，你必须比所有人都优秀，无论男女。”[14]

《小妇人》中有一条耐人寻味的线索：十五岁的乔·马奇很轻率、不可一世。在玩游戏时，每个人都必须说出自己真正想要的东西，她说自己想得到天分。她说："我想要天分。你不能给我一些吗，劳里？"[15]这个场景，还有当时的对话都不是很严肃，不像两个那不勒斯女孩之间那种庄严的承诺，还有骑士般的慷慨。当然，马奇姐妹也知道天才和天赋之间的区别。想成为画家的漂亮艾米在欧洲旅行时，开始与劳里调情，向他解释说，在看到罗马之后，她决定放下画笔。"因为天赋不是天才，光靠努力是达不到的。我这个人，要么就不画，要画就要画到最好，我不想做个平庸的画家，所以就此停笔了。"[16]

这个关于天才的观点，是不是与爱默生、梭罗，以及路易莎的父亲布朗森·奥尔科特，他们的超验主义观点有关呢？贝特丽斯·科利纳在一篇文章中，提出了这一诱人的假设，文中提到了大师爱默生的观点：天才就是不循规蹈矩，具有独立精神，能提出自己的想法，并相信自己的观点迟早会得到认可。对超验主义者来说，天才的表现不仅是特殊的：在某种程度上，也意味着可能。事实上，每个人都应该维护自己的独特性，相信自己，而不是随波逐流，模仿周围的人。相信自己意味着相信自己的潜能，这很重要，因为无论那道闪光点闪耀程度如何，都需要每个人靠自尊去维护。[17]如果不是支撑着对方，关注着对方身上的闪光点，那么莉拉和莱农之间的友谊还会是什么？这两个那不勒斯女孩，是不是因为通过这种途径，最后才成了天才。

对布朗森·奥尔科特来说，无论男女，每个孩子身上都闪耀着天生的精神力量，他称之为天分。这个想法在当时确实很了不起，他鼓励几个女儿发挥各自的才能，并亲手给路易莎制作了月牙形书桌，鼓励她写作。路易莎的母亲也不例外：在读完她八岁时写的第一首诗后，她非常振奋，似乎觉得女儿注定要成为莎士比亚。[18]家庭对孩子自尊心的培养和提供的支持教育，有时候也通过开玩笑的方式进行。《小妇人》中有很多关于天才的玩笑。当姐妹们订婚或结婚时，乔·马奇把自己关在房间里，戴着一顶滑稽的帽子，进入创意写作的"旋涡"中；从她戴帽子的方式，家人能猜测到她的心情。"并不是说乔觉得自己是个天才，但当灵感来临时……"[19]

不过，最好不要太理想化，这只是事情的一个方面。而且有很多文章提到，在现实中，布朗森·奥尔科特并不理解他的女儿，他批判女儿冲动火暴的性格，无法容忍她对成功的渴望。对他来说，天才是通过思想表达出来的，因此他无法理解，在路易莎身上，激情成了获取知识的推动力。约翰·马特森写道："她的天才表现在感受、观察和理解情感冲突。"他写的关于路易莎与父亲的关系的书，获得了二〇〇八年的普利策奖，"……布朗森没有意识到，他在女儿性格中看到的不安的一面，也许包含着他自己执着追求真理的态度。路易莎性情多变，独立自强，自然有反叛的倾向，但在奥尔科特家，反抗的道德根基存在问题。"[20]

批判特立独行的父母，成为自己，这一直以来都很困难。路易莎·梅·奥尔科特，小名"路易"，出生在一个不同寻常的家庭：她是怎么做到不拘一格的？

当小说照进现实

玛莎·萨克斯顿①在为《小妇人》的作者路易莎写的传记中提出，路易莎的这本书几乎是为完成任务而写就的。她想讨父母欢心：她父亲三十年来都没挣到什么钱，更别说养活妻女了，但她从来没有批评过父亲；她母亲忍受着愤怒与不满，一个人背负起整个家庭的重担。在小说中，父亲如同背景角色，而她母亲则摇身一变，成了备受称赞的女权主义者玛米。[1]至于她的几个姐妹，路易莎在获得了她们的许可后，将她们也写进了小说，并将姐妹的一些共同经历变成小说中的故事。路易莎在一八六八年的日记中写道：其中大部分事情，我们都真的经历过。[2]在小说中，父亲最喜欢的长女安娜变成了“梅格”；路易莎是想成为作家的“乔”；姐妹中最弱不禁风的丽兹，和小说中的“贝丝”一样，年纪轻轻就死去了；与其他三个经历了营养不良的姐姐不同，最后轻浮虚荣的小女儿梅，因为出生得晚，没有遭遇家里日子拮据的阶段，她穿着破衣服，最后成了小说中的“艾米·马奇”。[3]

从画像上看来，梅虽然一头金色鬈发，并不是那么

---

① 美国阿默斯特学院的历史、妇女和性别研究的教授，她撰写了几本著名的历史传记。——译者注

美丽，但所有人都欣赏她的女性气质、优雅的举止。她承认自己有点儿肤浅，有时会投机取巧。她给几个姐妹共同的朋友阿尔弗雷德·惠特曼的信中问道:“你在那个蠢得要命的艾米身上，有没有看到……我的影子？就是那个把晾衣夹夹在鼻子上的女孩。”[4]在小说中，马奇家最小的艾米，为了拥有法国人的纤细鼻子，会用夹子夹着鼻子睡觉。后来，这部小说的成功惠及了所有姐妹，成为她们化解彼此矛盾的良药，梅后来为新版的《小妇人》画了插图，她们的生活开始向小说靠近。

在马奇姐妹和两个天才少女的故事中，都出现了烧毁手稿的情节。艾米出于嫉妒，烧掉了乔的手稿，因为她觉得，姐姐和劳里的友谊把她排除在外了。而在“那不勒斯四部曲”中，有两份莉拉的手稿被毁。第一份是《蓝色仙女》——她模仿《小妇人》独自写的童话，因为她意识到父母不会再让她上学。两个女孩长大后，那本涂了色、订书针已经生锈的小学练习册，最终被付之一炬：莉拉在她工作的工厂，一个工作条件特别恶劣的地方——索卡沃开的香肠厂的院子里，把它扔进了火堆，同时被付之一炬的还有童年时的天赋。那是她生命中最黑暗的时刻，她带着愤怒毁掉了那个本子。莉拉之所以那么做，是因为那时她得知：莱农大学已经毕业，即将出版一部小说。她给莉拉带来了那个旧笔记本，告诉莉拉，正是《蓝色仙女》里她们俩小时候的梦想，给她带来了创作灵感。但莉拉深陷低谷，当时在令人作呕的猪肉中干活，她无法接受莱农实现了儿时的梦想，她决定烧毁笔记本，让自己彻底告别幻想。

第二份手稿被毁时，两人的角色掉转过来了。莉拉写这本日记时，已经嫁给了斯特凡诺·卡拉奇，后来又成了尼诺的情人，为了逃避丈夫的检查，莉拉把日记本拿给莱农保管。但莱农马上就违背了自己的承诺，她从那不勒斯回比萨师范的旅途中，就打开了这本日记，在那些文字里发现了莉拉的才华。莉拉自学成才，会像作家一样做笔记，她描述场所、环境、物品，用方言和意大利语罗列要使用的词汇，在日记本上记录真实的事件和想法。这些日记比生活更真实，文字犀利无情，毫无禁忌，她会在日记里谈论所有人，包括她的朋友和她自己，不留任何情面。这次莱农感觉自己黯然失色，她抵达比萨后，把所有笔记本都扔进了阿尔诺河。火和水吞噬了莉拉小时候和成年后的文字，童年时，文学上的抱负将这两个女孩联系在一起，而在成年后，文学将她们分开。当装着八个笔记本的锡盒被扔进河里，读者会联想到，他们正在阅读的小说——“那不勒斯四部曲”的素材被销毁了。但为了沉浸在故事里，我们必须摆脱、丢弃这种想法，从现在起，两个人中只有一个是作家，另一个只是缪斯。

两个女孩是生死之交，却是爱情里的对手，在竞争的舞台上，三角恋从不缺席。马奇姐妹中有个劳里，而两个那不勒斯女孩中间，有个年轻的萨拉托雷——尼诺。在故事中，劳里和尼诺都占据着同样的位置，都从青梅竹马的玩伴变成了恋爱对象，都承担着类似的功能。在“那不勒斯四部曲”中，尼诺的功能很明确：他向莱农坦白，小时候就想和她订婚，这样就可以“我、你和你的朋友，我们三个人永远在一起”。[5]然而这两个男孩很不同：前者是个小少爷，一个有艺术细胞的美少年，但他受制于祖父，不得不成为资产阶级的一员，从事更稳定、更容易赚钱的工作；尼诺是个很优异的学生，很会投机取巧，对女人充满诱惑力，他想改变世界，但更渴望成为掌控世界命运的精英阶层。正如十九世纪优秀文学作品中所描绘的那样，在尼诺提高自身社会地位的过程中，整个世界几乎没怎么变化。不过，故事中的三角关系仍然密不可分：劳里成了艾米的丈夫，但仍然是乔的终生挚友。在天才女友的故事中，尼诺和她们俩，以及许多其他人都有过关联，但他一直在那里；虽然莱农不再迷恋他，这个角色的重要性逐渐减弱，直到最后，他仍然作为埃莱娜·格雷科（莱农）一个女儿的父亲存在。

在十九世纪发生在美国的那段三角恋中，劳里最终与艾米结了婚，因为性格刚烈的乔，不想和劳里这位“好哥们”订婚，而把他让给了妹妹。路易莎·奥尔科特态度固执，在小说中拒绝让乔·马奇和劳里结成连理，尽管故事中，他们已经具备所有恋爱的条件，尽管她的读者、出版商都希望乔手捧橙花①嫁给劳里。但她不认为两人步入婚姻才是最幸福的结局，她在日记中清晰地写道：“我不会为了取悦任何人，让乔嫁给劳里。”[6] 乔要继续做“文学老处女”，[7] 在《小妇人的成长》② 中，乔显得有些忧郁：在情绪低落时，年仅二十五岁的乔·马

① 橙花以其浓郁的香味和白色而闻名，是贞洁和纯洁的象征，数百年来一直被用来作为新娘的捧花、头饰。——译者注

② 《小妇人》分为上、下两部，第一部出版于1868年，描述姐妹们少女时代的经历；第二部于1869年问世，也称为《好妻子》，描写女孩们成年后各自的婚姻选择。——译者注

奇觉得，自己老了会很孤独，“手上的笔就是她的终身伴侣”。[8]

“婴儿潮”一代人，有很多女孩不屑于把婚姻作为一种职业：我们要的是爱情，而不是物质和情感稳定的保证。但在奥尔科特小姐的时代，把自己打扮得美丽迷人，寻得个好归宿，是年轻女性的主要追求。那为什么路易莎不愿意给乔安排好归宿，让她嫁给像劳里这样可爱的男人，取得一定的社会地位呢？

一个半世纪以来，人们一直在谈论这个问题：仿佛他们是一对彼此相爱的好朋友，但由于一些神秘的原因，始终无法结婚。这些猜测最终都来自作者的传记，路易莎对婚姻没有什么好感，也不想把它作为女人一生中的最好出路。因为她知道，事实并非如此：她从小就在父母不幸的婚姻中备受煎熬，也知道父母的朋友——霍桑和爱默生的婚姻都不幸福。[9]她理所当然没结婚，在母亲的支持下，她拒绝了一场求婚，尽管这可以解决家里多年来的经济问题。在嫁妆婚姻时代，资产阶级的婚姻是财产的联姻，阿比盖尔·梅和布朗森·奥尔科特的几个女儿，都不会把婚姻同爱情混为一谈。在《小妇人》中，马奇夫人告诉几个女儿，快乐的老姑娘要比不快乐的新娘好得多。[10]路易莎·奥尔科特也是这样想的，她对订婚不感兴趣，她笔下的劳里的原型，是一个年轻的朋友——阿尔弗雷德·惠特曼，还有她在欧洲旅行时遇到的一位波兰钢琴家。“劳里就是你，”她在一八六九年一月六日给惠特曼的信中写道，“是你和我的波兰朋友的结合体。你是理智的那一半，而拉迪斯拉斯（我在国外遇到的那个）是快乐、世俗的那一半，我对他一直都有好感。”[11]

在写续集的过程中，路易莎最终也为乔找到了灵魂伴侣，让她和一个刚到美国的德国难民——一贫如洗的哲学教授结了婚。乔·马奇和他一起，为生活困难、遭到遗弃的孩子建立了一个家，显然是受到了布朗森·奥尔科特坦普尔学校理念的启发。布鲁姆菲尔德寄宿学校，在第二部小说里具有重要的位子。这是一个先进的教学实验基地，不仅接收残疾学生，也允许女孩子踢足球，还把艺术活动、礼仪教育纳为教学的一部分，并且废除了体罚。乔的丈夫弗里茨·贝尔，其实不过是作者父亲的缩影，一个贫穷但富有创造力、理想主义的教师。[12]

乔和劳里最终没有结婚，还存在更大胆的解释。路易莎在她的书稿中多次说过：“我虽然生为女孩，但我带着男孩的精神。”[13] 她喜欢女人，也许乔是个具有男孩性格的女孩，她的名字也是男孩的名字，而劳里是个有些女性气质的年轻男性，她和劳里一起消遣玩乐，就像维多利亚时代典型的反串戏剧一样。丹妮拉·丹妮尔①在《小妇人》的意大利文版导言中提到了这一点，通过这本书，她发现如果一个人一直处于青春期，始终保持着中性的状态，那么自然就不会步入婚姻。路易莎的现代性恰恰在于，她想通过男孩和女孩之间的平等友谊，保护那片未被男女激情污染的自由净土。[14]

可以肯定的是，路易莎·奥尔科特在少女时期，曾被她父亲的几个朋友迷住。她把这些富有权威的男性视

---

① 《小妇人》的意大利语译者，其他译著包括《小男人》和《乔的男孩子们》。——译者注

为导师，而他们永远无法回应她的爱。在她十几岁时，《歌德与一个孩子的通信集》——这本披露十三岁的贝蒂娜·布伦塔诺①和老歌德之间柏拉图式的爱情书信集，在新英格兰成为畅销书。十五岁的路易莎在爱默生的书架上发现了这本书，之后她就着了迷般地徘徊在这位大师的家里，还给他写了情书，不过从没寄出过。在她的日记中，我们可以看到她对那段浪漫时光的回忆，她渴望爱默生成为她的"歌德"；她还偷偷地爱上了大卫·亨利·梭罗，她曾是梭罗的学生，她的第一部小说《情绪》中三角恋的男主角，就是以他为原型。[15]

这些关于文学的闲话，我暂时放在一边，但后面还会继续提到这些事，毕竟《小妇人》是生活和文学融合的一个完美范例。我重新翻开了"那不勒斯四部曲"，在这本书里，也能看到对婚姻的批判，言辞比十九世纪更激烈。一个世纪之后，我们来到了那不勒斯贫民区，这里的人们渴望幸福，希望脱离苦难，而对于一个女孩来说，在这个世上安顿下来，找到自己位置的主要途径仍然是出嫁。莉拉当时只有十几岁，当她同意嫁给斯特凡诺·卡拉奇时，她知道自己在做什么。她这样做是为了躲避黑社会分子——索拉拉兄弟中的一个的追求，她这样做是为了给家人更光明的未来，帮她父亲和哥哥得到做生意的资金，"让鞋匠变成皮鞋制造商"。[16]她很清楚自己处于买卖的边缘，爱她、渴望得到她的那些城区

---

① 近代德国杰出的浪漫主义女作家之一。1835 年，她整理并出版了与歌德之间的信件，汇编成《歌德与一个孩子的通信集》，风靡全球。——译者注

男孩都知道，她的朋友莱农不但知道，还做了她的同谋。因为那场婚姻能让所有人获利，甚至可以帮助莱农买书、新眼镜，这是她们俩一起策划的。

莉拉先结婚了，莱农站在伴娘的位置，羡慕但也同情她的朋友。在莉拉穿上婚纱之前，莱农按习俗帮她洗澡时，她认识到了这个还是孩子的新娘做出的牺牲。

> 她站起来，脱下内裤和胸罩说："来吧，帮帮我，否则我就要迟到了。"
>
> 我从未见过她的裸体，这让我感觉很羞耻。现在我可以坦白了，这种羞耻来源于我的目光停留在她身体上时获得的愉悦，来源于我在斯特凡诺抚摸她，使她身体变形，使她怀孕的几个小时之前，见证过的她十六岁时的美。[17]

我们从这里打开一扇窗户，望向那不勒斯城区，就可以明显看到"那不勒斯四部曲"和《小妇人》之间有本质上的区别：前者不带有任何教育意图，没有理想化，也没有道德教化的目的。

路易莎·梅·奥尔科特是在朝不保夕的环境中长大的：她母亲阿比盖尔·梅用自己的财产支持丈夫的教育试验，还有许多冒险的想法，迎来的却是接连的失败。一八四三年，路易莎十一岁时，布朗森与查尔斯·莱恩一起建立了乌托邦式的严格素食主义公社——果园公社。这个公社鼓吹人们洗冷水澡，禁止社员穿羊毛制品，禁止用动物来犁地，通过不穿棉织品、不用糖来反对奴隶制度。路易莎的父母最终走到了离婚的边缘，她在日记中写道:“我很不开心……我祈祷上帝把我们一起带走。”[18] 她一成年就承担了父亲不能承担的家庭责任，或者说他不知道如何承担的责任。她做过裁缝、教师、陪护、护士，还有作家，她还有一个笔名，专门用于写恐怖和血腥故事，虽说这是为了赚钱，但她非常高兴。

虽然如此，路易莎仍然觉得自己是个落魄的贵族，想成为作家和演员。《小妇人》中描绘的贫穷是冷酷、悲哀、致命的，但始终是有尊严的，闪耀着信仰的光芒：几个女孩即使穿得破破烂烂，也美丽骄傲；即使没有钱，每个人也会互赠圣诞礼物。乔·马奇的父亲在战争中受了伤，乔卖掉了象征自己女性气质的头发，以支付母亲去看望父亲的车票。在奥尔科特小姐的世界里，残酷的生活会以喜剧的视角呈现，而生活总会被深刻的道德感照亮。

对埃莱娜·费兰特来说却并非如此，因为对她来说，贫穷很羞耻，还会腐蚀人，贫穷不会让人变得风趣，也不会让人变得勤劳无私。从这一点而言，社会阶层之间的嫉妒像一个咄咄逼人的恶魔，伺机报复是生活常态。那些父亲耀武扬威，殴打女人和孩子，把她们踩在脚下，因为男人无法忍受女人比自己强，他们害怕女人的智慧和美貌；而对于女人来说，被打已经司空见惯，身体已经习惯了，她们也不太在意了。黑社会不仅贪婪，而且残忍：他们欺压普通人，一旦借贷人不能按时还钱，黑社会就会拿走他们的东西，而且很享受这种掠夺的快感。当时，这种恶劣的风气充斥着整个街道，两个女孩之间的友谊散发着奇特的光彩。费兰特和路易莎不同，她不是一个流落郊区的贵族，她来自底层，内心也在爱与暴力、粗俗与高雅、融合与脱离之间挣扎。费兰特学会了摆弄文字，贫民身份赋予了她这样的表达能力，她学会了用文字记录一切，也知道不能忘了自己的根。

当然，对于埃莱娜·费兰特而言，生活和小说之间不可能对等，因为作者讲述的关于自己的一切都是虚构的。在小说中，虚构的个人经历伴装成了回忆，这也暗藏着路易莎·梅·奥尔科特和费兰特作品之间最迷人的关联。为了弄清楚这种联系，我们必须回到新英格兰的康科德镇，回到“果园屋”，回到那张挨着墙壁放的半月形小桌子，两边窗户透射进来白色的光，回到路易莎的房间，她曾经在那里连续写作十二个小时。我们要弄明白，她书中的自己，到底有多少真实的成分，马奇家的其他人，有多少故事是属于奥尔科特家的。我们很快就会发现，真正的奥尔科特家与马奇家并不相同。马奇家只是路易莎的幻想：一个与众不同、高贵的英雄家族，有一个很受宠爱，但很叛逆的女儿。路易莎不仅仅是那个化身为乔的机智、外向的女孩，她还有另一面：很难缠，善于挖苦别人，浑身带刺，她更像署名男性笔名“巴纳德”的哥特小说①家和低俗小说作家，而不是儿童和青少年读物的作者。[19]

因此马奇家人表现出的，只是奥尔科特家美好的部分，毕竟这是为年轻女性读者创作的小说。然而，这本书获得的巨大成功，使得路易莎的真实生活也逐渐向作

① 哥特小说属于英语文学派别，是西方通俗文学中惊险神秘小说的一种。——译者注

品靠拢。这个害怕男人，为弥补父亲的失败而奔波忙碌、努力养家糊口的女孩，变得富有和出名。出版商热情地谈论着这本世纪畅销书，并给了她可以随意填写数目的支票，许多读者慕名而来，到康科德去参观“果园屋”。霍桑在日记中写到，奥尔科特家族的艰难时期已经过去：路易莎还清了所有债务，她的成功也让父亲恢复了声望，毕竟在某种意义上，父亲也是她的灵感源泉。奥尔科特家的传奇就此诞生，也有了延续下去的必要，作者应尽可能接近乔的形象，她的家庭也应该向马奇家靠近。《小妇人》之所以吸引人，是因为它似乎很真实，它是一本“假”回忆录，没有什么可以推翻它。[20]

玛莎·萨克斯顿称，路易莎让乔充当一个好女儿的形象，在用“巴纳德”署名写的故事中，她表达另一个自己：那个冲动而热情，因无法发泄不满和愤怒而陷入抑郁的自己，然而好女儿形象的成功，迫使那个用笔名写恐怖故事的作者永远消失了。路易莎小心翼翼，抹去了可能让自己被揭穿的所有痕迹。直到一九四二年，玛德琳·斯特恩①和莱昂娜·罗斯滕伯格②在哈佛大学的档案中发现了没被销毁的出版商发票，人们才知道，原来路易莎·梅·奥尔科特还写过无数历险和哥特小说。

我带着两个“奥尔科特”穿越时空，从一个世纪前的马萨诸塞州康科德镇，回到了那不勒斯，那个阳光开

---

① 出生于纽约州纽约市的一位独立学者和稀有书籍经销商。她以研究作家路易莎·梅·奥尔科特而闻名。她撰写了奥尔科特的传记，最终于 1950 年出版。——译者注

② 一位独立学者和稀有书籍经销商，出生于纽约州纽约市。——译者注

朗的女孩变成了乔·马奇，那个忧郁的奥尔科特则隐藏在笔名之下。我回到城区附近时，已经有很多人慕名而来，参观两个“天才女友”居住过的地方，“文学之旅”的红色巴士带着游客来到这里，让他们在城区的房屋间散步，这让我很受触动。

在埃莱娜·费兰特的世界里，现实与虚构始终在不断转换，不过组合形式有些不同。处在路易莎的位置上的是埃莱娜·费兰特，她是个隐身的作者，个人传记映射出笔下的人物的痕迹；莱农相当于《小妇人》中的乔，是作者在小说中的替身，她写了一本小说，读起来像回忆录，一部写了四本的“虚构的”回忆录，延续了两个人的整整一生。“那不勒斯四部曲”不是《小妇人》的翻版，而是它的当代改写版。路易莎·梅·奥尔科特的作品，给费兰特带来的不仅仅是灵感和启发，还包括路易莎的另一面。一八六八年，在那本面向少女读者的书中，有一些不能提及的内容：事情的另一面，血腥的部分。“那不勒斯四部曲”表现出的冲动和激情、愤怒和本能、挫折和失败，与年轻的埃莱娜·费兰特的成功并存。这本身并不是最引人注目的部分，事实上，最精彩的是另一面阴郁的部分：莉拉的故事。

“那不勒斯四部曲”不仅能体现对《小妇人》主题的再现和回应，同时也折射出路易莎·梅·奥尔科特的生活体验。在第一部《我的天才女友》中，当两个女孩开始将写作与金钱联系起来时，出现了这样一条线索。

> “我们认为，大量的学习能教会我们写作，这些作品能让我们发财。财富就像锁在无数库房里的

> 金币，只要通过学习和写书就可以获得。”
>
> “我们一起写一本吧。”莉拉曾这样说，这让我充满了喜悦。
>
> 她之所以产生这个想法，也许是因为她发现《小妇人》的作者赚了很多钱，而且只把其中的一小部分给了她的家人。不过我不敢保证是这样。[21]

因此莱农的原型，应该不仅仅是乔·马奇，我们大多数人，还有年轻的女性读者所知道的，是乔背后的人物——路易莎·奥尔科特。费兰特的写作灵感也来自路易莎的传记，这体现在莱农的一些经历中。莱农曾经被骚扰过，因为她很穷，需要为自己赢得在海边过暑假的住所，相似的事也发生在十九岁的路易莎身上，当时她急需挣钱，答应照顾一个来自戴德姆的律师的妹妹。这个律师很虚荣，是爱默生在哈佛的同学，可能对她动手动脚：那段痛苦经历留下的文字都已被销毁，但她在一八五三年的回忆录中留下了蛛丝马迹，她以讽刺的口吻提到了这件事。[22]路易莎是有名的女权主义者，她为妇女争取投票权，给《妇女杂志》①撰稿，这不是一份鼓吹斗争的女性期刊，凸显了鲜明的政治导向性。她发表了关于女孩的教育、行为规范和服装的文章。莱农后来也成了女权主义者，但她并没有给激进杂志撰文，而是在更受欢迎的《我们女人》②上开了专栏。[23]

---

① 《妇女杂志》是1870年至1931年出版的美国妇女权利期刊，1870年在马萨诸塞州波士顿成立。——译者注

② 是罗马出版的意大利语女权主义月刊，意大利最重要的女权主义出版物之一。——译者注

也许“那不勒斯四部曲”中还有一个隐藏的线索：这个青涩的年轻女作家身上，有某些特质会让人想起奥尔科特小姐，《小妇人》带来的灵感产生了令人惊喜的结果。让我们跟随莱农来到她的文科高中，在这里，她的青春生活开始与她的朋友莉拉，还有城区生活脱离开来。在文科高中里，方言作为一切情感的根源，与希腊语和拉丁语形成抵抗，反抗着古老语言的形式和根基。

莱农的高中

那是冬日的一天，那不勒斯突然下起了瓢泼大雨，雨水就像汹涌的海浪，那天我看到了一座截然不同的城市。光线暗淡下来后，那不勒斯马上呈现出另外一番模样。车站大厅的那架钢琴，还有即兴表演的乐手、歌手都不见了；没有蓝天，地中海的气息都隐匿于门廊之下。整座城市被阴郁萧瑟的灰色笼罩，破伞和塑料袋被风卷着，滚过加里波第广场，被风吹到了小巷里，在小贩兜售的地摊货中间，风里满是东方菜肴的味道。

为了写《那不勒斯铁路》(*Napoli Ferrovia*)，作家埃尔马诺·雷亚会在天黑时出门探访这些街道，去到那里临时搭建的清真寺里，走近地下室那些生活在城市边缘的人。他已经八十岁了，头发已然花白，但仍像孩子般无所畏惧，他回到这个贫民区，就是为了给新文学作品积累素材。[1] 后来他离开了，这座城市就像他的情人，虽然充满谎言，但难以割舍。

那不勒斯让人害怕，这座城市几乎每个角落都被写进了文学，因此，对于一位创作者而言，它并不“宽容”。如果想要写这座城市，要么在文字表达上做到极致，让人望尘莫及；要么只能做出让步，赤脚行走在过往文字织就的“地毯”上。这时我的背包突然一轻，我转过身去，看到一个小偷打开了我的包，他应该是个新手，手法轻盈，但速度算不上快：我装在布套里的笔记本，这时在他手里悬在半空中。他耸了耸肩，把笔记本还给了我，仿佛刚才只是在开玩笑。一个站在商店门口的店主目睹了这一幕，告诫我说："您可小心点儿吧……"

如果不小心，你会看到什么？会去哪里？我沿着加里波第路，向查理三世广场走去，莱农的文科高中就在那里。在埃莱娜·费兰特的小说中，莱农家祖祖辈辈很多人都不识字，这所学校改变了这个那不勒斯女孩的命运。途中，我在一家商店的橱窗前驻足，橱窗里挂着一条肉色的美人鱼样式的裙子，腰部的凹陷处，缝着绿色玻璃做的鳞片装饰。路尽头是一栋十八世纪的疯狂建筑——宏伟的"波旁济贫院"[①]，由著名建筑师费迪南多·福加于一七四九年为国王设计。正面是一栋五层的建筑，长有近四百米，比卡塞塔皇宫[②]的更长，在今天看来，它就是乌托邦般的存在，但偏离了本意，像一座城市的毒瘤。

在诞生之初，这座建筑主要是为了掩盖贫穷而存在，给那些从农村进入城市的穷人提供食物和住所，让他们免于去街上行乞，但显然这个办法并不可行，这一切只是徒劳。这个浩大的工程前后持续了约七十年的时间，最终还是烂尾了，成为我们现在看到的样子，这座

---

① 波旁济贫院（Albergo Reale dei Poveri，俗称 Reclusorio）位于那不勒斯，曾是一座公立救济院。它是由建筑师费迪南多·福加设计的，始建于 1751 年，高 5 层，长约 354 米。国王查理三世打算在此容纳穷人和病人，让他们在此生活、学习和工作。——译者注

② 位于坎帕尼亚大区卡塞塔市的宏伟建筑群，于 1997 年被列入联合国教科文组织世界遗产名录。——译者注

建筑的修建花费巨大，维护它更是艰难的差事。在这座大型建筑的一侧，有供流浪的人使用的厕所和淋浴间，还有用于举办演出和临时展览的空间。建筑正面虽然重新粉刷过，但里面是个空荡荡的迷宫，高层的窗户没有玻璃，时不时有传言说这座建筑会被卖掉，以偿还那不勒斯政府的债务。

在十八世纪末和十九世纪初，这里有教手艺的学校，有搞印刷的、制鞋的，也有刺绣和做绢花的作坊。那时，济贫院也被称为“兽园”，因为人们讨厌这个建筑，它集多种功能于一身——宿舍、收容所、传染病隔离院、孤儿院、单身妇女和未婚母亲的避难所，还有少管所。根据那不勒斯银行历史档案中的会计文件记载，直至意大利统一时，这里还能够为穷人提供足够的食物和衣服，但之后不久就受到了调查。当时，城里组织了一个调查委员会，由路易吉·塞滕布里尼领导，目的是“查清济贫院背后的各种勾当”，提议将“尚可教育的穷人”送去工作，与那些已经“无可救药”的人分开。一八六六年，这里收容的人已达五千多名，生活条件非常恶劣，政府就想把那些年龄尚轻、身体条件不错，没有权利待在那里的人送走。但第二年，负责这里的主任安东尼奥·温斯佩尔就“遭到猛烈攻击”，后来不得不辞职。[2]

济贫院里发生了很多神奇的事，那些流氓恶霸控制了这里，滥用暴力，肆意欺压，动不动就掏出刀具，女人则被迫出卖身体。这儿是可怜人的避难所，收容的人中，四分之三是女性。在意大利统一之前的那不勒斯，每一百名女性中，至少有七个生活在慈善机构里。学者劳拉·圭迪研究了这一现象，谈到了女性的“收容所倾向”。沦落到济贫院，现如今看来很可怕，但当时，很多人都排队想进收容所，成百上千的女性会投递申请书：孤儿、单身女人、寡妇、处于危险中的女人、荣誉扫地的女人、修女等。统一后，意大利政府决定将收容所里平民出身的女性，比如济贫院里的女人，送去工厂强制劳动。于是她们成了强制劳动力：有些人设法挣到了嫁妆，结了婚，而其中一些最幸运的女人，成了纺织女工。[3]

现在看来，这座庞大的建筑仍然像个巨型的盒子，显得很突兀；在二十世纪末，塔哈尔·本·杰隆①被波旁济贫院和它的幽灵迷住，他听着那里的声音，后来写成了一部小说。安东内拉·西伦托②在她的《那不勒斯寓言集》中写道：“从本质上看，查理三世广场就是济贫院……这是个幽灵般的广场。”[4] 在天才女友的故事中，莱农喜欢的男孩尼诺·萨拉托雷，在一份学生办的报纸上列举出了那不勒斯穷人的数量，那是一九六八年学生运动前的预热，文章的标题就是《那不勒斯：穷人的旅馆》。毕竟，莱农和尼诺的高中就在济贫院对面，是一栋中间有个大院子的建筑，建筑的正面是弧形的，是顺着广场的边缘建造的：他们每天去学校，不可能无视那栋巨大建筑。

一九〇二年以来，作为那不勒斯的老牌名校之一，

---

① 1944 年出生于摩洛哥非斯，摩洛哥裔法国小说家、诗人和散文家。——译者注

② 意大利作家，1970 年出生于那不勒斯。——译者注

朱塞佩·加里波第文科高中起先是维托里奥·埃马努埃莱高中的分校，后来在一九〇五年开始自主招生，学校有十九个班，近六百名学生。但现在意大利人口减少，市郊学校增多，抢走了市里学校的生源，再加上学生对传统文科兴趣寥寥，这两所高中现在又合并到了一起：注册人数下降到了平均每年四百人，比二十世纪初还低。加里波第高中一直是一所开放包容的学校，在这里，城市资产阶级子弟和那些来自东郊和乡村的学生混在一起，比如，阿夫拉戈拉、卡索里亚、波米利亚诺、弗拉塔马焦雷、圣约翰·特杜奇奥、蓬蒂切利镇子的孩子都会来这里上学。

在卡洛·佩奇亚街上，我爬上大理石楼梯，在四楼看到了一尊加里波第的黑色半身像，后面有块石碑，上面写着在第一次世界大战中死去的学生姓名。加里波第中学占据了大楼最上面的两层，这所高中“现在全仰仗它的附属小学才得以保全：如果说，从前它是一只准备扑向猎物的秃鹰，而如今则很像一只正在育雏的母鸡”，[5]罗伯托·安德里亚在个人博客上这样写道。他编写过拉丁文学教科书，现在是退休教师，在“秃鹰时代”①曾是加里波第高中的学生，而在“母鸡时代”②则是学校的拉丁语和希腊语教师。

学校的走廊顺着建筑的曲线延伸，阳光从朝向波旁济贫院的高层窗户中透射进来。我一进门，课间休息的铃声就响了，学生们都带着青春期的冲动和激情，飞

① 指之前生源好的时候。——译者注

② 指文科走向衰落的时代。——译者注

也似的冲出教室，荷尔蒙像新酿葡萄酒的气泡一样溢了出来。有些教室是有故事的，上面会印老师或学生的名字。“让你的学识造福大家。”① 在以安东尼奥·加尔齐亚② 命名的图书馆牌匾上，写着这句拉丁文格言。安东尼奥·加尔齐亚是研究古代戏剧的重要学者，也是拜占庭研究的创新领袖，他还在维也纳和巴黎索邦大学任教。他有一双蓝眼睛，眼神很锐利，他会说八种语言，要求学生先学会德语，再从事古典研究——他的学生被戏称为“加尔齐亚派”。[6] 学生对这位老师的感激之情溢于言表，他后来在费德烈二世大学担任希腊文学、纸莎草学和拜占庭语史学教授。

不久之前，加里波第中学还有个双语部，学生同时学习意大利语和德语，还有古代语言，但现在双语部要撤销了，因为学生太少了。说到这一点，路易莎·奥兹诺有些沮丧，她是拉丁语和希腊语教师，二十世纪七十年代曾就读于加里波第高中，从小到大一直居住在卢扎蒂区。路易莎·奥兹诺的父亲是铁路部门的主管，她从小就住在詹图尔科大街——就是“那不勒斯四部曲”中的“大路”。她一般乘地铁去学校，偶尔也会步行：“我记得第一天上学，我穿着粉红色的裙子和朋友一起走向查理三世广场，我父亲远远地跟着我们。他说，这是为了确认放学后我知道怎么回家。”路易莎·奥兹诺有个哥哥也在这里上过学，她在这所高中认识了后来的丈

---

① 原文为拉丁语：Quae tua erant communia fecisti。——译者注

② 安东尼奥·加尔齐亚，1927 年出生于意大利布林迪西，希腊文学教育家，研究员。——译者注

夫，他们的孩子也是在加里波第中学读了高中。

安东尼奥·巴索里诺曾担任过劳动部长、那不勒斯市长。他在这里度过了人生中最重要的时光；时光流逝，命途多变，他一直与这座城市命运相连。巴索里诺来自阿夫拉戈拉，父亲是个花商，二十世纪六十年代，他还是个小男生，是加里波第文科高中的学生。在学校的档案中，一九六五年七月的毕业登记册中，还保存着他以平均七分的成绩通过毕业考试的记录。巴索里诺觉得，安东尼奥·加尔齐亚很有感召力："他对我影响很大。他经常让我们翻译纸古莎草纸文本，那时我想成为一名古典语文学家，在大学继续学习。但为了让父亲高兴，我报了医学专业，他根本不了解我对希腊文学的热爱。后来我从政的意愿很强烈，我还在读高中时，就成了意大利共产党的支部书记。那时候，城里到处都是来自圣约翰还有港口工厂的冶金工人，我每天黎明时分就去发传单：一九六八年的学生运动，我不是和学生一起参加的，而是和工人在同第一次世界大战线上。"

巴索里诺出生于一九四七年，他一九六〇年读高中四年级，比其他人早一年。他的高中教育经历，与埃莱娜·费兰特笔下虚构的人物几乎一样——那个天才女孩一九五八年开始读高中。但在莱农的故事中，没有发现安东尼奥·加尔齐亚的身影。不过小说中有另一位优秀的老师——加利亚尼，她会把书借给莱农，让莱农与自己的孩子接触，与莱农分享新的感受。她的支持比之前奥利维耶罗老师的更有效：这是一种被重视的温暖。莱农和莉拉一起去加利亚尼家参加聚会时，这位老师对莱农的欣赏差点儿破坏了两个女孩之间的友谊。那天，在维多利奥·埃马努埃莱大街那所漂亮的房子里，莉拉很愤怒，所有人的注意力都集中在莱农身上。作为班上的第一名，莱农越来越知名，已经可以和尼诺·萨拉托雷讨论政治。“你也想像个布娃娃，扮演那个角色，和那些人来往？我情愿生活在我们狗屎一样的现实里，我自己头破血流，你们去叽叽咕咕吧！去他的饥饿、战争、和平、工人阶级！”[7]

在加里波第中学那些纪念学校重要人物的教室中，只有一间是以女教师安吉拉·萨尔皮的名字命名的，她在二十世纪九十年代因公殉职。副校长罗莎莉娅·布拉西教授告诉我：“她是个很特别的人，一位了不起的教师，她兢兢业业，带病工作，直到生命的最后一刻。她住在查理三世广场，她的孩子也在这所学校上学。”这位安吉拉·萨尔皮老师与加利亚尼生活的时代完全不同，但除了她之外，没有其他老师能让人联想到加利亚尼。尽管也有其他女教师曾在加里波第教过书，对学生的成长产生了重要影响，但通常，女性在死后会被轻易遗忘。我们不知道加利亚尼老师的名字，只知道她的姓氏，因为学生都这样叫她。她似乎是个纯粹虚构出来的人物，在这所高中的历史上，找不到对应得上的原型人物。但谁能说得清呢？几乎六十年过去了，也许人们对这位老师的记忆也几乎完全淡褪了。我问过当时的学生，虽然当时大部分都是男老师，在这所中学教书的女老师还是少数，但没有一个人记得这位出色的老师。

但毕竟，在小说中，埃莱娜·费兰特的描述和学校的真实情况也很难对得上。在书中，我们可以看到，莱农当时是在男女混合的班里上课，而实际上，那时的加里波第中学男女生还是分开上课的。男女混合的教学制度推行得很缓慢，很晚才贯彻实行。到一九六八年前后，奥兹诺老师入校时，改革才开始推行，而且实行男女混合的也只有几个班级。在书中描写的高中里，老师与学生谈话，学生并没有以“您”相称。罗伯托·安德里亚教授回忆起他的学生时代，尖锐地指出：“这是为了保持师生之前已经遥不可及的距离感。”加利亚尼老师与学生关系亲近，会以“你”相称，她是个共产主义知识分子，从不掩饰自己的信念。加利亚尼这个姓氏也大有来头：历史上有一位费迪南多·加利亚尼，是位修士，但他很关注世俗生活，他是十八世纪那不勒斯经济学家和文学家。他写了一篇关于货币的论文，预见了现代的供求法则，被卡尔·马克思引用到《资本论》中。他也写一些论战檄文和滑稽的仿剧。他是狄德罗和达朗贝尔的朋友、埃皮奈夫人的笔友。

这所高中里，校友会组织了“加里波第中学拉丁语比赛”，每年你都会看到老毕业生——有些垂垂老矣，拄着拐杖回来参赛。他们回到教室里，向新校友发起翻译拉丁文经典的挑战。朱塞佩·加洛是学校一九六七年的毕业生，现在是一名妇科医生，也是比赛的获奖者。他向我解释说：“实际上，老校友之间比赛，在校生之间比赛，这是两个不同的赛道。”我想到已经遗忘的拉丁文，问加洛医生，这些年来他是不是一直在练习翻译。“并没有，”他回答说，“我如今仍能翻译出来，是因为我当时上了所好高中，我为此感到骄傲。”

加里波第中学培养了一批很优秀的年轻人，有的甚至成为全球知名人士。在法比奥·德安吉洛老师的组织下，一群学生把学校的档案馆整理出来当作学习和使用历史资料的实践。加里波第中学的优秀校友包括意大利前总统乔瓦尼·利昂纳，一九二四年，他在波米利亚诺·达科分校，以平均七分多的成绩获得了文科高中毕业证。[8]自然学家乔治·蓬佐，环境保护的先驱，保护鸟类联盟的创始人，一九三四年以校外学生身份从该校毕业。他在普罗奇达①附近无人居住的维瓦拉②小岛上，建了一片绿洲，在那里生活了二十年。在法西斯主义盛行时期，恩佐·斯特里亚诺③写出了伟大的小说《空虚之遗迹》，讲的是一七九九年那不勒斯革命，他也是加里波第中学的学生。还有意大利航空航天研究之父——工程师路易吉·杰拉尔多·纳波利塔诺，也是从这里毕业的，这个名单可以一直延续下去。

一九六四年，莉娜·萨斯特利注册了加里波第中学，她后来成为女演员，和安娜·马尼亚尼④的气质很像。莉娜·萨斯特利一九五三年出生在卡普尔港附近，一家人生活在拥挤的房间里，她父亲是移民，母亲聪明、机智、有天分，也有副好嗓子。莉娜·萨斯特利小时候很害羞，尽管成绩还不错，但她依然非常努力，就是为了能继续上学。她也承认："当时，像我这个社会阶层出身的女孩，在上完小学、初中之后，最多再读个

---

① 意大利南部那不勒斯海岸附近的弗莱格里群岛之一。——译者注

② 属于普罗奇达的一个卫星岛。——译者注

③ 意大利作家和记者，1927 年出生于那不勒斯，早年生活在那不勒斯东郊的一个小镇圣乔瓦尼，他家靠近大海和铁路。——译者注

④ 意大利女演员，1908 年出生于罗马，以朴实、逼真的人物刻画而闻名。——译者注

师范，学习生涯就结束了……我很想进入文科高中，也就是加里波第中学。我想成为一名记者、哲学家。我被分到贾洛老师带的三班，非常可怕，我学习很好，但脾气不好，不过随着时间的推移，我也变了……”[9]这和“天才女友”的故事相距十年，但与两位主人公的经历十分相似。

那天，在加里波第中学的走廊里，我没有感觉到埃莱娜·费兰特的存在，我感应不到她。然而在城区里，我从来没有怀疑过：她在那里生活过。她的文学世界诞生于与那个环境的直接接触中：瓦砾堆和沼泽，庭院和下水道，阿斯卡雷利区的棚屋和新房，将城区与其他地方分隔开的隧道（黑暗又潮湿，有三个出口），战后的混乱，爱与恨，竞争和友谊的关系，一切都那样直接、真实。然而在学校里发生的一切都显得很模糊，让人有一种距离感。虽然不知道为什么，但我觉得，加里波第中学好像并没有饱含情感，那里只不过是那不勒斯版《小妇人》的一个取景地。

虽然加里波第文科高中还是老样子，连天花板上漏水时的情景，都和莱农上学时一样。有人在五楼走廊的尽头玩笑打闹，那里有一道施工屏障，正在进行修缮工作，把大楼“待修的”部分隔开了。这不是像不像的问题，毕竟在小说中，费兰特从未真正描述过学校的真实情况。真正的问题在于，我读过恩佐·斯特里亚诺的《青春期报纸》，其中有个人给我留下了很深刻的印象，他叫马里奥·莫罗内，二十世纪三十年代时，他还是个孩子。他是《晨报》报社印刷工的儿子，住在阿雷纳西亚。一九三六年，也就是法西斯第十四年，他注册了加里波第中学。

斯特里亚诺从小看起来就有些忧郁，但非常英俊。在一张侧影的照片上，他正在用打字机打字，看起来像金发碧眼版的马塞洛·马斯楚安尼①，不过更清纯、秀气些。他一九八七年去世，没能见到小说《空虚之遗迹》的成功。他写于一九五八年的《青春期杂志》的出版也历经波折，[10]这本书明明在一九六一年已经完成修订，但在他去世后才得以出版。在书里，读者可以感受到那份生命的悸动围绕着加里波第文科高中展开。对主人公马里奥·莫罗内的父亲来说，学校是他实现阶级攀升的象征；而对儿子来说，这是父亲对他的投资，这让他可以直视父亲的目光，感觉自己是个男人。但在这所学校，所有那些成长的焦虑，都在单调的日常中消散了。文学老师是个牧师，他像驯兽师一样，试图驯化全班，喜欢取笑那些不努力学习的人。学生中有个奥地利人，名叫布卢姆斯坦，是个犹太人，在院子里的集会和宗教课上开小差。在一九三八年的种族法颁布之后，他就从学校消失了。学校里也有欺凌者，他们仗着父亲与法西斯交好，会藐视老师的权威。当一位被称为“鱼刺”的老师指挥男孩们出去时，如果听到有女生从楼上下来，他们就会紧紧抓住楼梯扶手，抬头去看她们露出来的腿。星期天，他们会去卢扎蒂区的体育场活动，晚些时候会赶去参加法西斯的广场游行；有些学生会投机取巧，还有些想初尝禁果，但均遭遇失败。男孩们在学校门口高喊

① 意大利电影演员，被认为是20世纪意大利最具标志性的男演员之一。——译者注

着，支持参加战争，仿佛卷入战争，就可以让他们从学习的负担中解脱出来。在高中时，马里奥很喜欢一个名叫加莱尼的老师（莱农的老师是加利亚尼）：他有一双灰色的眼睛，戴着金边眼镜，看起来总是很厌烦，显然不是法西斯政权的支持者。男孩们叫他“软蛋”，但他一直以自己的方式，抵制着不断传播开来的侵略倾向。

现在我知道，为什么在加里波第中学，二十世纪三十年代的男孩马里奥·莫罗内的故事，似乎比莱农的故事更有感染力。因为对斯特里亚诺来说，学校是映照出内心深处冲突的镜子，那是一个青少年的世界，见证了从无知地滑向战争的悬崖，后来在大炮轰炸下觉醒的过程。莱农的高中就像个戏剧舞台，或者说是个布景，在那里，这位门房的女儿学会了另一个社会阶层的说话和行为方式。因为不能上学，莉拉浪费了童年的天赋，正如费兰特所说，莱农就像个木偶，亲密关系并不在那里，她的情感世界一直在城区，就像她的朋友莉拉一样。

在《我的天才女友》中，有一次，莉拉和城区的其他人伤害了莱农。原因在于他们都无法像莱农一样去学校上学，都被排斥在“天堂”之外。这让莱农意识到，她的高中并不像她想象的那么好。事情发生在他们第一次到基亚亚街散步时，当时莱农、莉拉以及几个朋友，越过了城区的“边界”，进入了别人口中的花花世界：“我记得路上人特别多，和路人之间的那种差异让我自惭形秽。我没有看那些男孩，而是看着那些女孩和太太：她们与我们完全不同。她们呼吸的似乎是另一种空气，吃的是另一种食物，穿得宛若天人，走路的样子是那么轻盈。这一切让我目瞪口呆。”[11]

漫步在切拉马雷大楼下，一行人看到一位身穿绿色衣服的金发女孩，从鞋子到头上戴的礼帽都是绿色的。城区的朋友嘲笑莱农，因为她的学校没有这样的人物。莉拉做出了定论:“如果没有像这样的女孩，那你的学校很糟糕。”当晚是以城里人和乡巴佬打架结束的。从城区出来的这群人知道情况不妙，就在即将屈服时，克莫拉分子索拉拉兄弟开着“菲亚特 1100”赶来救援，他们抄起铁棍加入斗殴，保卫了城区的人。

那不勒斯的高级学校在哪里呢？就是戴圆顶硬礼帽的金发少女会去上的中学。小说中虽然没提到，但肯定是一八六二年建在基亚亚街的翁贝托一世高中。这座城市的报纸一直把它塑造得很高级、时尚。加里波第中学的安德里亚老师，一九七九年曾在翁贝托一世高中任教，他在日记中写道，这所高中的修建似乎是为“那不勒斯某些重要人物而设，那是有钱人的学校，最‘凶狠的’、最有后台的人的学校”。令人难忘的是，那里的老师几乎在学年末才开始和这位新来的同事打招呼，他才最终被“古典主义的圣坛”所接纳。

基亚亚街上的青少年

翁贝托一世高中的黄金时代，可以追溯到二十世纪三十年代，当时学校里有一批出色的老师和学生。共和国前总统乔治·纳波利塔诺曾在这所中学上过学，后来转学去了帕多瓦，在那里获得了文科高中毕业证。他在给另一位校友的信中写道：“我记得严厉的达方索校长；严格、教学水平极高的斯卡莱拉老师，她教拉丁语和希腊语；还有几位很外向、古怪的老师，比如数学老师达尔比就有点儿另类；我还记得许多三班的同学。”在翁贝托一世高中的学生中，有后来成为大作家的拉斐尔·拉卡普里亚，成为记者的安东尼奥·吉雷利[①]、毛里齐奥·巴伦德森、露莎琳娜·巴尔比，研究南方问题的专家弗朗西斯科·孔帕尼亚，还有导演弗朗西斯科·罗斯和朱塞佩·帕特罗尼·格里菲。这批学生确实很优秀，但二十世纪六十年代的毕业生也不逊色，作家法布里奇亚·拉蒙迪诺、埃里·德卢卡[②]，演员维多利奥·梅佐乔诺，都曾在翁贝托一世高中上过学；二十世纪七十年代的学生里，有把费兰特的小说《烦人的爱》拍成电

---

① 安东尼奥·吉雷利，1922 年出生于意大利那不勒斯，是一名记者、作家。——译者注

② 埃里·德卢卡（Enrico De Luca），1950 年生于那不勒斯。意大利作家、记者、诗人和翻译家。——译者注

影的导演马里奥·马尔托内。这所学校藏龙卧虎，有过无数优秀的教师，哲学家塞巴斯特里亚诺·马图里（贝奈戴托·克罗齐的老师）、尼古拉·阿巴尼亚诺、拉丁学家和希腊学者乔瓦尼·拉马尼亚，还有坎帕尼亚抵抗运动史研究所创始人维拉·隆巴迪。翁贝托一世高中是中产阶级和贵族的学校，是培养外交大使、政坛领袖、律师法官、名医和教授的学校。这所学校的名字经常出现在各种名人回忆录和故事中，塑造了一段神话。[1]

在翁贝托一世高中的教师中，来自中欧的卡洛·哈伯斯通夫老师是个传说般的人物，据说他是穆齐尔①的亲戚，因为二十世纪三十年代的战争和迫害，他来到那不勒斯。拉斐尔·拉卡普里亚对他的描述很精彩：“哈伯斯通夫就像一块能打破死水寂静的石头，石破天惊，名字也让人觉得不同寻常。当时有位教意大利语、拉丁语和希腊语的老师生病了，哈伯斯通夫作为代课老师突然出现，后来就留下来当老师了。没人知道这个‘哈伯’（当时学生对他的简称）的情况，他出生在奥匈帝国时期的维也纳，一九三九年忽然来到那不勒斯的一所中学，没人知道是怎么回事！大家不知道他经历了怎样的变故，才来到这里教书。有人说，他是的里雅斯特一位领土收复主义者的儿子，有人说他是躲避纳粹迫害的流亡者。关于他的离奇故事有很多，也有人说他是犹太人。总之大家不清楚他的身份，但他开创了新的课堂风格，教学的方式方法和学校其他老师都不一样。”[2]

① 奥地利作家，他未完成的小说《没有个性的人》被认为是最重要的现代主义小说之一。——译者注

我越是深入了解那不勒斯那些古老中学的历史，就越是意识到：这个来自卢扎蒂城区的女孩的求学路，是一场孤注一掷的赌博，比通过文字在这个世界上获得一席之地更需要勇气。二十世纪五十年代末去文科高中读书，真的意味着走出寒门，接受公认的精英教育，尽管只是通过侧门进入这个世界。但显然，加里波第和翁贝托的入口是不同的，在安东尼奥·吉雷利的《那不勒斯之路》中，二者是两个不同城市的入口。

吉雷利是个伟大的记者，他在基亚亚街长大，总是笑容满面，带着一丝戏谑。拉斐尔·拉卡普里亚回忆说："他来自那不勒斯，这座城市好像有七条命，共存于他的身体中。"[3]他们俩曾是校友。也许正是这座城市猫一样的性情，让吉雷利对它的另一面有了认识——那是恩佐·斯特里亚诺长大的地方。很久以后，埃莱娜·费兰特将小说的背景设定于此。这个"城市"位于瓦斯托和卢扎蒂城区之间，那段时间那里修建了很多楼房，去那里生活的人，不仅与基亚亚街上的人不同，也与梅尔卡托街、雷蒂菲洛、福利亚街的人不同。"那不勒斯工人住在那里，"吉雷利写道，"有造船厂高级技工的子孙，有木材加工或炼钢厂车间主任的兄弟姐妹和后代。老人和新人都有，他们最终都聚集到属于自己的城区——工业区，他们希望挽回过去五十年时光里，那不勒斯被夺走的财富、黄金、生命。"[4]

只可惜事与愿违，那片曾播种梦想的世界，现在却变成了一片满目疮痍的墓地，连进去的钥匙也找不到了。对于少年吉雷利来说，"这片新城区，显然已经与那不勒斯分离，他们的语言、思想、物质条件以及生活，都和我们不同。我们这些住在基亚亚街的孩子，甚至都没有机会去那些街道逛逛，看看那些居民的样子。不幸的是，虽然有工厂，工人阶级努力工作，这个城区在崛起，但并没有和我们产生交集，当时我们对这个城区也没有产生兴趣。这就产生了一道裂缝，是那不勒斯的富人区和无产阶级城区之间的鸿沟，像化脓的伤口一样很难愈合”。[5]莱农和莉拉第一次去基亚亚街，看到那个头戴礼帽的女孩，她们目瞪口呆。从拉卡普里亚和吉雷利去翁贝托一世高中读书开始，二十年过去了，这个伤口依然没有愈合。

后来在一九六〇年，莱农以最高分通过了加里波第高中五年级的毕业考试，而莉拉嫁给了肉食店老板斯特凡诺·卡拉奇。当时在那不勒斯，人们仍然很崇敬阿奇勒·劳罗①，他拥有船只，会赞助足球队，曾担任过市长和民粹主义领袖。当时有条件的人都在做生意，新一代的热潮还没有兴起，但在学生间，一种不安的躁动情绪已经悄然蔓延开来，为一九六八年的运动做准备。因为青春期的不安，还有莉拉的早婚，莱农觉得很迷惘，导致在学校表现不佳，失去了奖学金。但她也指望不上家里人，儿时的伙伴莉拉支持了她，她从丈夫的店里偷偷拿了钱，帮莱农买了教材。莉拉给莱农准备火腿三明治，让她吃时，脸上有被丈夫殴打的痕迹。莉拉帮莱农复习功课，并给她下达了任务：好好学习，你是我的天才女友，你一定能成功。

① 意大利商人和政治家，被认为是意大利政治现代民粹主义的主要先驱之一。——译者注

这段时间，在波旁济贫院前的这所旧高中里，也出现了一些骚动；一九六一年校舍部分坍塌，学校实行了分批教学制:“那真的是地狱。教育厅欺压校长，校长欺压教师，教师欺压学生，学生们焦虑不安。我们大部分人都无法忍受繁重的课业负担，唯一高兴的就是可以隔天上课。此外，少数人对学校建筑破旧、课时减少的状况感到不满，希望立即恢复正常课时。这个少数派的领头羊就是尼诺·萨拉托雷，正是这一点使我的生活变得复杂。”[6]那几年在加里波第高中读书的人，肯定都记得分批教学的情景，这种情况一直持续到一九六七年，却没有任何真正的政治内涵；但几乎是生理上的不适，正是山雨欲来的前兆。

根据我的调查，在记忆之中，基亚亚街上翁贝托一世高中的学生，也感觉到了当时的大环境的压抑和不适。作家埃里·德卢卡长着一张瘦削的脸，就像那些严格要求自己的登山运动员，他一九五〇年生于一个资产阶级家庭，但因战争而家道中落。他一九六八年中断了学业，离开那不勒斯，投身于政治，参与到“继续战斗”①（意大利议会外左派组织）的斗争中。他记忆中的高中很阴暗，有一种很强的压迫感:“我在学习上花费很多时间，但成绩依然很差。那时没有任何反权威的学生运动，一点儿迹象都没有……高中毕业是一项苦役。从那时起，我就决定不再读大学，高中文凭对我来说毫

① Lotta Continua，简称LC，是20世纪60年代末至70年代上半叶意大利议会外左翼的主要组织之一，具有革命共产主义和工人主义倾向。——译者注

无用处。我去参加高中毕业考试完全是为我父亲，但我知道那是最后一次。”[7]

因此那时根本就没有公然的反抗来对抗压迫。埃里·德卢卡的一部短篇小说讲述了发生在一九六七年的事，那是一次抵抗的尝试。事情发生在翁贝托一世高中的一个班级里，班里全是男生，都是十七岁的年纪，有两个男孩拆掉了讲台上的一块板子，想看到一位穿迷你裙的代课老师的腿。这位女老师在“很多双眼睛的注视下”，在尴尬中愤怒地离开了，学校马上就开始追查肇事者。“不可思议的事情”发生了：没人说出对讲台动了手脚的学生名字，即使严厉威胁，也不奏效。“每个人都承担着一定程度的风险。但没人揭发肇事者，这也不是出于高尚的动机，想要挽救其他人，没人要求这两位同学自首，他们遵从班级决定，掩护了他们。”[8]

后来不分青红皂白的惩罚，并没有让抵抗者低头，反而使学生的力量更强大了：学生团结了起来对抗成年人。不管他们的理由是否站得住脚，这种对立已然形成，但时机尚不成熟。“这些孩子每天一起上课，在教室里一待就是好几个小时，他们已经成了同盟，宁愿一起被罚，也不愿交出两个同伴。在这群联系本来不紧密的同龄人之间，开始传递着一种电流。从更高的层面看，这能将不同的人团结成一个民族，将谨慎变成勇气。”因为这件事，一位德高望重的老师批评了这个班级——那也是他们唯一接受的批评。这位老师名叫乔瓦尼·拉马尼亚，是位伟大的古希腊研究者，一个热情、结实的西西里人。德卢卡对他的印象是：“他让我们爱上了古希腊，因为那是他的挚爱。”[9]

总之，在上大学前，加里波第和翁贝托一世高中的学生没进行过公开的抗议活动。但这些故事足以表明，这股反抗的风潮，已经酝酿了一段时间。如果把这些小插曲当成预演，这个事实会让人很感动，埃莱娜·费兰特和埃里·德卢卡讲述的这两个故事，都体现出一种前所未有的团结：两个天才女孩也像这群男孩一样，有过协议，相互支持（或相互掩护），一起对抗世界。后来这些举动的意义才变得清晰：起初什么都没有，后来有了反抗的一代。许多男生和女生，脑子里第一次有了梦想，充满了对生活的期冀，他们准备好打破陈规，希望能改变些什么。

在这些年轻人中有个瘦高瘦高的小伙子，与莱农和莉拉年龄相仿，他后来写了大量关于学校的文章。他就是多梅尼科·斯塔尔诺内[①]，人们坚持把他与埃莱娜·费兰特联系在一起。他一九五六年注册了加里波第文科高中，一九六二年以平均七分的成绩毕业。他上学的时间段，与《我的天才女友》中的莱农的很接近，而他在自己的处女作《撑竿跳》的序言里，也描述了自己的高中生活。

“我们的高中，”故事的叙述者说，“不是城里最好的学校。去那里上学的人都穿得破破烂烂的。也许是因为天时地利，加上骨子里的傲慢，他们通过了小学和初中三年的考验，决定上文科高中，挑战古典文学。米凯莱和我就是这样的人，我们在学校里没有发现什么好东

① 意大利作家、编剧和记者，出生于那不勒斯附近的萨维亚诺。——译者注

西，在校外，在书店橱窗里，反而发现了令人激动的东西：各种文字排列组合，装订成册，我们希望有一天能看到我们的名字印在封面上。”[10]

多梅尼科告诉记者安娜莱娜·贝尼尼，他热衷于描写有教养的中产阶级，他们社会地位不高，没法发挥自己的创造力。[11]斯塔尔诺内的小说《撑竿跳》里的米凯莱想成为作家，他是讲述者的同谋和朋友，住在阿纳尔多路奇街一百四十八号。斯塔尔诺内一家曾经在这儿住过一段时间，他是铁路工人和女裁缝的儿子，他父母的婚姻一地鸡毛，充满着贫穷和暴力、嫉妒和威胁、粗野和激情。父亲在家里追赶母亲，打她的脸，几个孩子和他们的外婆，惊愕地看着这一切，母亲跑来跑去，甚至试图从窗户跳下去。米凯莱和他的朋友——一位很有幽默感的老师，会从当地图书馆借书，或在书摊上看书。他们从经典作品中得到了滋养，梦想从写作爱好者成为真正的作家。当时伊塔洛·卡尔维诺来到那不勒斯做讲座，谈论“垮掉的一代”，他们去听讲座，就是希望将米凯莱写的小说交给他，让卡尔维诺做出评判。那篇小说很古怪，是围绕卡尔维诺的回信展开的。

一九八九年，斯塔尔诺内的《撑竿跳》出版了，那时埃莱娜·费兰特还不存在。这本书中出现的地点和一些元素，在斯塔尔诺内多年后出版的另一部小说《格米托街》中也能找到，他声称，这也是取材于自己家的故事。在这个城区，即使是蒙着眼睛，也能遇到多梅尼科·斯塔尔诺内的描写。因为他不但在加里波第（莱农的高中）上过学，还和费兰特一样，描绘的都是一些相同的街道，他的父母与费兰特在自传中描述的父母很相似。根据西蒙内·加托的比较研究，他的处女作和《我的天才女友》简直如出一辙：两个生死之交的朋友，两个男孩或两个女孩紧密相连，希望写出一本小说，改变自己的生活。[12]

费兰特作品中有一些散落的记忆，都指向了同一个地方——泰迪奥·达瑟萨路的尽头。在那里，铁路站台后有池塘和战争留下的废墟，在那之前是沼泽地，可以看到故事的取材地。费兰特提到过母亲的裁缝店，那是故事成形的地方，而他父亲的暴力和占有欲，助长了她的幻想倾向。他们的家庭日常用语都很相似，调子也很像，和这座神奇、不可救药的城市的噪声融为一体。这一切在多梅尼科·斯塔尔诺内的作品和传记中反复出现，长期以来，他都侧重于写这些主题。

斯塔尔诺内确实在这里长大，他熟悉那片街区的一草一木，这在他的书中也出现过。他是裁缝和画家的儿子，他父亲生来就是个艺术家，但为谋生，做了铁路工人，时不时会动手打妻子。他母亲的亲戚住在卢扎蒂区，她在那里开了一家生意惨淡的小服装店。事实上，他们家亲戚现在仍有人住在那里。“他小时候，”他表妹农齐娅·马蒂亚奇告诉记者维多里奥·德尔·图福①，“常会来城区，我记得，他总是带着笔记本，在上面画画、写故事……我们当时还是孩子，但我们确信，他长大后会成为作家。”[13]二〇〇一年，他凭借《格米托街》获得了斯特雷加奖，很多人拿这部小说与埃莱娜·费兰

① 维多里奥·德尔·图福，记者，在那不勒斯生活和工作，《晨报》（*Il Mattino*）主编。——译者注

特的《烦人的爱》进行比较。

斯塔尔诺内不喜欢谈论这个话题。他一直否认自己是隐藏在著名女作家费兰特背后的作者。由于多次被记者纠缠，他在二〇一一年出版的一本书——《阿里斯蒂德·甘比亚的情色自传》中，讲述了这段经历。他以一种风趣、豁达的方式，提到文学上出现的误解、影射、相似性。但如果埃莱娜·费兰特是位男作家，那么她作品中如此明显的女性身份特征，还有对这个身份的执着，又该如何解释呢？

如果埃莱娜是男的呢？

埃莱娜·费兰特只能是一个女人，这个确凿的信念，让我琢磨了好几天。一个男人怎么能懂得与母亲对抗的感觉？怎么会体会到作为女儿，因为没得到足够的爱和关心，从而无法接受自己的身份，觉得自己女性气质很稀薄？一个男人会不会知道，他收回充满爱意的目光，会给女人带来什么样的灾难，留下什么样的痛苦，甚至让她失去自我？一个男人是否体会过痴迷的爱慕，品尝过灼热的嫉妒，还有女性友谊的蜜糖和毒药，因为太在意一个人，就想得到属于对方的东西，甚至想成为她？作为男人，是否能体会到女性孕育生命的幽暗体验？他是否理解，身体里另一个生命在成长的感觉？我越是列举原因，就越发现这些都和我自己，也和所有女性紧密相关：这都是赤裸裸的女性经验，都通过费兰特精确无情的文字展示出来，总是能牵动人的思绪。

有人说，这位著名女作家的作品确实出自一位男性之手，这其实是意大利文化中大男子主义的无意识流露。费兰特也抨击过这种普遍信念，认为男作家可以模仿女性口吻写作，反之则不行，女作家“伪装不出男性的力量”，她们没有这种力量，所以根本做不到。由此可见，“认为有些女性作家的作品受到了男性作家影响，这很常见，而男性作家表明他受女性作家的影响，这则非常罕见”。[1]如果埃莱娜·费兰特不再是“她”，而只是或者就是“他”，一切就要推翻重来了。

沿着这个方向，我不断深入探究时，想起了在女权主义蓬勃发展的年代，那些论证“女性写作”① 具有“独一无二特点”的女性理论家：海伦·西绪②、露西·伊里加雷③、朱莉娅·克里斯蒂娃④以及其他人，她们并没有将“女性写作”与作家的性别对应起来。这个概念很复杂，安娜·玛丽亚·克里斯皮诺⑤和玛丽娜·维塔莱在《论矛盾心理》这本论文集的《前言》中解释道:“女性写作”是对男性话语秩序的违抗，就是在内容、语言、形式和性别融合方面，断裂式的自由表达，根据这一理论，让·热内⑥和詹姆斯·乔伊斯就是女性写作的范本。[2]在同一本书中，塞琳娜·瓜拉西诺说，埃莱娜·费兰特只存在于写作和文本中：正是通过

---

① Écriture féminine，或“女性写作”，是法国女权主义者和文学理论家海伦·西绪在她 1975 年的文章《美杜莎的笑声》中创造的一个术语。西绪旨在建立一种偏离传统男性写作风格的文学写作类型，一种对女性身体的文化和心理与女性语言和文本差异之间的关系研究。——译者注

② 海伦·西绪，法国作家、剧作家和文学评论家，以其实验性的写作风格与作为作家和思想家的多才多艺而闻名，她的作品涉及多种流派：戏剧、文学和女权主义理论、艺术批评、自传和诗歌小说。——译者注

③ 露西·伊里加雷，出生于比利时的法国女权主义者、哲学家、语言学家、心理语言学家、精神分析学家和文化理论家。——译者注

④ 朱莉娅·克里斯蒂娃，保加利亚裔法国哲学家、文学评论家、符号学家、精神分析学家、女权主义者，以及小说家。——译者注

⑤ 安娜·玛丽亚·克里斯皮诺，意大利记者、散文家和编辑顾问。——译者注

⑥ 让·热内是法国小说家、剧作家、诗人、散文家和政治活动家。——译者注

那些文字，我们认出了一具身体、一种特定的语言和文化，这个作家是女性、那不勒斯人，剩下的不过是捕风捉影，是关于这个笔名的各种想象。[3]

埃莱娜·费兰特认为，那些男性作家创造的女性角色很逼真，但不真实。[4]在《离开的，留下的》中，故事叙述者莱农写了篇评论文章，关于伟大文学作品中的女性形象，她指出这都是“由男性创造出的女机器人”。[5]这是二十世纪七十年代典型的两性间的论战，就是反对男性“发明”的女性，用传承下来的文化特性定义女性。他们认为真正有血有肉的女性应该符合妻子、母亲、情人、姐妹、女儿、情人、处女或妓女的形象。在“那不勒斯四部曲”中，莱农逐渐成为女权主义者，她热衷于阅读卡拉·隆奇①的《唾弃黑格尔》，参与到当时的文化批判之中：如果连她也是个“女机器人”，那么这部小说就有些讽刺了，不过文本中从未流露出这一点。

作为女性的费兰特，待在“政治正确”的性别里，当然最好了，但她“活生生的原材料”和她穿的“衣服”都来自一个自由、原始、充满创造性的世界。费兰特从来没排除过“合体”的可能性，《碎片》中收录了很多读者的来信，其中有一位读者就表现出对作家性别的清晰认知，她认为，费兰特的性别有多种可能性。费兰特在回信中写道：“我喜欢您用‘如果’来分析两种可能。我觉得，面对所有书的作者，都应该采取这样的态度……自然，性别是决定性的，我知道，我的书只能

① 卡拉·隆奇，意大利艺术评论家和女权主义活动家。——译者注

是女性的。但我也知道，它们不可能是绝对的女性或男性。我们就像旋风一样，内部席卷着来自不同历史和生活的碎片。这让我们身上聚集着一些相互矛盾、非常复杂的东西，我们勉强能保持一种临时的平衡，一切都一言难尽，难以用简单的模式概括，永远都有很多东西被留在外面。因此一部小说越站得住脚，越有说服力，就越像一个防护栏，让我们可以站在那里，看到没有写进小说的东西。”[6]

所以费兰特只能是女性，但作者只“存在于作品中”，没有其他身份。[7]毕竟我们也知道，有很多强大、可信的男性角色都出自女性作家笔下，是她们用第一人称“我”塑造出来的：比如玛格丽特·尤瑟纳尔的《哈德良回忆录》中的皇帝，或者艾尔莎·莫兰黛的《阿拉科利》中的叙述者。这又该如何定义？他们是逼真的，还是真实的？如果女作家能做到，那反过来也可以。为什么费兰特就不能是个男作家：他真正了解女性内心的隐秘，并能够讲述女性世界吗？

多梅尼科·斯塔尔诺内有一丝神秘感，脸上线条硬朗，像是木雕，他戴副近视眼镜，犀利的目光仿佛能穿透镜片，胡子和头发的样式很像戈佩托——《木偶奇遇记》里制作木偶的木匠，牙齿从唇间露了出来——他写了一本关于牙齿和牙医的搞笑小说，献给他的妻子阿妮塔。[8]他的叙述腔调很男性化，像粗糙的羊毛，或某些品牌的烟草。他是个善于运用文字，拥有好奇心和天赋的作家，可以从多个角度观察和描绘这个世界，那他为什么一直不承认自己就是炙手可热的费兰特呢？

原因很简单：这位著名女作家真的不是他，或者至少不完全是。也可能是因为在一九九二年，埃莱娜·费兰特发表了第一部作品《烦人的爱》，他可能无法在这样的作品上署上自己的名字，因为这部小说太真实了，映射出一个家庭的真实遭遇。一九九八年，斯塔尔诺内的父亲去世，他二〇〇〇年出版了《格米托街》，做到了开诚布公，他用一种直击人心的真诚讲述了父亲的死。但那时新世纪即将到来，费兰特的作品已经开始环游世界，给她带来了许多读者，给她的创作带来了可能。为什么要破坏这一切？这样一来，我们永远也读不到"那不勒斯四部曲"了。

我们在假设的世界里，"猜测也带点儿幻想"——贝奈戴托·克罗齐在他的《那不勒斯传奇和故事》中这样写道。若要考证的话，多年来我们只对多梅尼科·斯塔尔诺内和埃莱娜·费兰特文本做了比较分析。十五年前，路易吉·加雷拉就认为，斯塔尔诺内的《格米托街》和费兰特的《烦人的爱》是出自一人笔下，因为都讲述了家庭的故事，只不过是以儿子和女儿两个不同的视角展开，才显得有些不一样。两者父母的形象不谋而合：父亲是个画家，母亲是受丈夫家暴的裁缝，两部作品对暴力的细节描述也惊人地一致。同时也反复出现对环境的细致刻画，两家的房子几乎一模一样，房间的布置和物品——如放银器的柜子、父亲的画笔桶也一样。二〇〇六年，罗马大学进行的文本分析，通过比较几位当代那不勒斯作家的语言，第一次发现了斯塔尔诺内和费兰特存在极其相似之处。同年，巴勒莫大学的研究员西蒙内·加托在斯塔尔诺内的处女作《撑竿跳》中，找到了一个反复出现的家庭故事。这是一个不小的发现，因为《撑竿跳》是一九八九年出版的，如果斯塔尔诺内和费兰特之间真的有关联，按照时间顺序，也应该是斯塔尔诺内在先，费兰特在后，而不是反过来。[9]

从那时起，关于两人作品的比较分析研究就层出不穷。二〇一四年，多梅尼科·斯塔尔诺内的小说《鞋带》问世时，人们立即将它与埃莱娜·费兰特的第二部小说——《被遗弃的日子》联系到一起，仿佛前者就是后者的续篇。小说讲述了一对夫妻，多年前婚姻破裂，后来虽重归于好，但也留下了无法弥补的裂痕，整个故事是通过抛弃家庭的丈夫的视角，而不是妻子的视角来展开的。不过，在小说第一部分——妻子婉妲的讲述中，我们似乎能听到奥尔加的声音，她是费兰特十多年前出版的小说《被遗弃的日子》中的主人公。[10] 二〇一六年，西蒙内·加托再次表示，斯塔尔诺内作品中反复出现的自传性故事，在"那不勒斯四部曲"中可以找到原型。尼诺·萨拉托雷——两个天才女孩的爱人或者情人，就是《格米托街》中带着自嘲意味的叙述者的变体。这两个男性人物都希望和父亲决裂，但最终却越来越像他们的父亲。只不过在费兰特的作品中，父亲是铁路员工兼诗人，而不是铁路员工兼画家。西蒙内·加托认为，《烦人的爱》是《格米托街》的"草图"，而"那不勒斯四部曲"则是斯塔尔诺内从《撑竿跳》就开始的叙事计划的终结。二〇一七年，帕多瓦大学选取了四十位当代意大利作家的一百五十部小说，对书中重复出现的词汇和文体进行了研究，最终得出了一致的结论：只有斯塔尔诺内和费兰特类似，他们运用的词汇和文体风格很相似。[11]

这个比较的过程就像拼图，需要巨大的耐心；而我越来越受多梅尼科·斯塔尔诺内《阿里斯蒂德·甘比亚的情色自传》中的大胆故事吸引。斯塔尔诺内在这部小说里写了很多想法：他与费兰特令人烦扰的关联，以及作者和笔下的人物之间的复杂关系。这本书从表面上看，是一个年老的那不勒斯出版商的画像，是从一个独特的视角——主人公混乱的性生活入手的。这是一本充满实验性、滑稽、神秘的书，它就像一个玩笑，展现出生活和虚构相互交融，它们之间复杂的关系，让那些试图用手术刀把生活与文学虚构割裂开的人无法下手。

最后，欢迎来到多梅尼科·斯塔尔诺内的文学“后厨”，你们用心探索一下吧。“阿里斯蒂德”就像个工地，作者向我们展示出，人生经验、做过的白日梦、错误的记忆、口头故事和即兴的想法的碎片是如何随意混合到一起，经过加工，改头换面，很难再还原成最初激发作者灵感的模样。这种魔法就是通过偷取这个人的眼睛、鼻子，那个人的声音和内心，组合成人物模型。这种融合的艺术达到了巅峰，来参观这个工地的人，一定都会惊异于作者的技巧。

艺术与生活的作坊

斯塔尔诺内的《阿里斯蒂德·甘比亚的情色自传》于二〇一一年十月出版，比“那不勒斯四部曲”第一部《我的天才女友》大约早两个星期出版。在这本小说中，斯塔尔诺内讲述了一个可笑又忧伤的花花公子的风流史。这些故事是从局外人的角度讲述的，视野很开放，经常让人物直接表达思想，主宰文字。不过在故事的最后，作者本人会登上舞台，讲述自己的故事；本书以一篇日记结尾，谈论的是写作问题。作者在与埃莱娜·费兰特进行较量，读者们在这本书中的很多地方仿佛都能看到这位作家的影子。

最后的这篇日记告诉我们：斯塔尔诺内怀疑自己曾在二〇〇一年时遇到过费兰特，那年他凭借《格米托街》获得了斯特雷加奖，这位他年轻时与之有过暧昧的女人不知从哪儿冒了出来。当时，他在那不勒斯参加一家书店的开业仪式，那位差不多被遗忘的旧情人找到了他，并将一份手稿交给了他。斯塔尔诺内连那个女士的名字都想不起来了，她的作品很简短，但让他很震惊：小说描述了他们三十年前的那场相遇，语言非常直白。“充斥着赤裸的性描写。让我觉得惊异的是，那个那不勒斯女人已经有些年纪了，她出生于一九四五年，一直生活在意大利北方的博尔扎诺，她在人生大部分时间扮演的都是一个资产阶级太太、三个孩子的母亲、地方法官的遗孀的形象。她用很粗俗的语言去描绘那段动人的回忆，给我留下了很深刻的印象。”[1]

这个让人好奇的插曲，进入作者的虚构之中，经由作者加工、打磨后，与已经存在的人物联系起来。这个人物已经出现在作家的书桌上，且有了轮廓，等待着一个真正的故事展开。他就是阿里斯蒂德·甘比亚：作者把与那个陌生女人的相遇，变成阿里斯蒂德的一段艳事。这个有待塑造的人物受到刺激，开始回忆与性有关的最初体验，粗俗的方言也被唤醒：“在我有意识地去体验这一切之前，方言已经赋予了这些器官、液体、身体的分泌物、性能、喷薄名字……”[2]

在斯塔尔诺内这本纯属虚构的小说里，随着情节的发展，这位旧情人时而出现时而又消失，成了《阿里斯蒂德·甘比亚的情色自传》第一部分的主角，她名叫玛丽拉·鲁伊斯，是个生活在费拉拉的那不勒斯女人。她年轻时曾勾引过甘比亚，当时他刚结婚，假装在性事上很潇洒，但实际上很浮夸、不太真实。三十年过去了，玛丽拉·鲁伊斯给他写了一封信，用很露骨的语言描述了他们多年前的那场相遇。但甘比亚几乎不记得当时的情景，不过看得出来，那女人充满了灵感和表达创意。玛丽拉很擅长激发对方的想象，事实上她是位作家，她的名字很陌生，因为这位撩拨人心的那不勒斯女人用笔名写作。很明显，玛丽拉极有可能是费兰特。

故事已然铺展开来，但还很苍白，缺乏生命力。为了让玛丽拉·鲁伊斯这个人物形象更加丰满，作者开始寻找素材，挖掘自己的过去，寻找他童年时那些女性的身影。他试图通过记忆，找回对女性最初的朦胧认知，他的探索越来越深入，甚至追溯至出生之前，回到母亲的肚子里，那时“他”还是她。在那场时光倒流的旅行中，女性仍然是个谜，身体的记忆改变了生物学：“我母亲被迫在我的血液里循环，看不清她的轮廓，她与我的那些女性祖先没有区别。性是纯粹的运动，人们缺乏对它真正的认识，通过写作来描述这个过程，是一种徒劳。”[3]

也许，阿里斯蒂德的故事只能半途而废，但恰好有位女作家克拉拉·塞雷尼也面临着类似的困境，她从男性的角度讲述性，邀请斯塔尔诺内与她合作，各自如实描写自己的那部分：斯塔尔诺内以男人的视角写，她以女人的视角写。“我想，我们经历过同样的时代，才会陷入同样的困境。”斯塔尔诺内指出，“我们的性别认同都很明确——男性或者女性，就像给我们画了一条边界线，即使是靠想象，也无法跨越。”[4]

“四手联弹”的写作计划最终落空，但我们也因此了解到，多梅尼科·斯塔尔诺内无法从他女性的一面汲取营养，创造出一个女人，他的女性人物只能靠想象。在《阿里斯蒂德·甘比亚的情色自传》结尾的回忆中，作者写到，他经历这些尝试和迷惘时，埃莱娜·费兰特突然出现在新闻中：不是想象中的作家，而是真实的。那是二〇〇五年，路易吉·加雷拉首次对斯塔尔诺内的《格米托街》和费兰特的《烦人的爱》进行比较分析，他得出的结论是：两部小说十分相似。斯塔尔诺内在与采访他的记者通话时调侃此事，而且还发了火。他说自己不是女人，他和费兰特只是碰巧生活在同一时代背景下的同一座城市，那一代人用的语言和词汇都一样，那不勒斯曾经遍地是画家和裁缝，因此两人小说中的人物有相似之处很正常。后来他也提出反驳：两人之间的差异很明显，他会调侃，而费兰特不会；他倾向于讽刺，而她则更关注情感的深度。

如今，多梅尼科·斯塔尔诺内已经学会面带微笑，面对费兰特这个话题，不再为此生气。后来，轰炸式的新闻报道过去之后，他开始重读费兰特的书，也试图寻找他们相似的根据："……我越是沉浸其中，就越发现它们写得并不太好，一点也不好，也不深刻。有一天我在《碎片》的书页边上，写下了'很吸引人'这个评价。没错，她的文字很吸引人。我努力想弄清楚这个概念，它与文学没什么关系。我被这些文字所吸引，就像人们被一个手势、步态、声音、女人的气味所吸引一样……那一刻对我来说，这些作品除了各种事件和人物具有力量之外，很明显，这些文字能精确呈现背后的女性人物。我感觉，作者和她笔下的人物是一种实实在在的存在，我甚至会把作者和人物混合在一起。作者通过顽强的决心，实现了这个效果，这样的作品有人喜欢，有人排斥，但不会让人无动于衷。我承认，我后来喜欢上了这种写作，在阅读时，几乎在不知不觉中就能感知到埃莱娜·费兰特的存在。"[5]

"混合"这个词吸引了我的注意，埃莱娜·费兰特在表达同一意义时，多次使用这个词。比如，这个横空出世的女作家，在给她的编辑写信时说，只有当她能达到"与文学相同的效果，也就是把人们常说的谎言和真相混合在一起"时，[6]她才会以书面形式，回答记者的问题。斯塔尔诺内的感觉也很清晰、惊异，他感觉到，作者似乎真的和书里的人物混合在一起，她有意融入其中。我们看到她从文本中冒出来，成了“一个头发乌黑的女人，眼睛有股东方韵味，身体散发着一种黏稠的性感，眼窝有些发青，就像我童年和青春期时常见到的那不勒斯女人。我看到了她的形象，感受到了她的温度……”斯塔尔诺内写道，“她也摆脱了那不勒斯底层背景。她衣着讲究，关注每个细节，那么精心改造自己，看起来就像在文化氛围浓郁的中欧出生和长大的女性：金发碧眼、皮肤白皙。她是一位读过很多书、掌握多门语言、冷酷睿智的女士；然而当她写作时，我们会看到她真实的一面——变得黑暗又凌乱，充满下流和暗示性方言，她不会祛毛，不会用芳香剂，破旧的胸罩艰难地支撑着她沉甸甸的乳房，肚子上的脂肪层层堆积，像游泳圈……”[7]

埃莱娜被一分为二，这个人物很丰盈，甚至近乎怪诞，包含了两个女性形象：一个是书中的叙述者，一个阴郁、本能、感性的女人；另一个就是写作的女人，即隐藏在作品后面的那个人，像个肤色白皙、头发黄褐的中欧人，很优雅，会说多国语言。这位著名的女作家有种很强的现场感，能唤起并控制读者的想象，这一点和创造了这个形象的自控、淡漠的女人很不同。多梅尼科·斯塔尔诺内擅长挑起读者的好奇心，玩猫捉老鼠的游戏，他根据作品中浮现出的女作家形象，突出了她的一些特点，塑造了一个女性形象，也有他妻子阿妮塔·拉雅的影子。当时是在二〇一一年，距调查埃莱娜·费兰特的稿费收入还有五年，那场调查引起了全世界的关注，阿妮塔·拉雅成了所有人关注的焦点。她长期以来一直担任罗马歌德学院欧洲图书馆的馆长，也是一名翻译家，费兰特的处女作所属系列小说的责任编辑。有没有一种可能，斯塔尔诺内故意将不愿露面的费兰特描述成他妻子的样子？他在嘲讽这个文学谜团的同时，也不忘提供一些小线索，想把原本属于她的东西赋予她？他写到，他照着一个影子画出了另一个影子，他捕捉到一直以来扑朔迷离的费兰特。但如今重读那本回忆录，我感觉文本里头早已暗暗说明了一切。

至于这部小说的主人公——阿里斯蒂德·甘比亚，他在那不勒斯卢扎蒂城区附近长大，在查理三世广场旁边的加里波第文科高中上学，他上的中学和斯塔尔诺内、莱农一样；他的性爱初体验发生在绿色的池塘边，那里原是片沼泽地，他小时候常在那里玩耍。这个还没长胡子的男孩，在来自帕斯科内区的表兄的怂恿下，在黑暗中第一次和妓女产生了亲密接触。阿里斯蒂德很后悔，他从没像年轻时读到的书中的人物那样疯狂过，后悔没有真正“打破界限，特别是没在性爱方面，肆无忌惮地放纵过”。[8]界限消除是埃莱娜·费兰特在《我的天才女友》中，用来描述莉拉发生幻觉的词，在斯塔尔诺内这里具有讽刺性，带有狄奥尼亚式的享乐色彩。

阿里斯蒂德与尼诺·萨拉托雷颇为相似：虽然前者性格温和，有点儿漫不经心，后者则是个愤世嫉俗，很会投机取巧的人，但两者与异性的关系类似——都受冲动、方便、欲望的支配，他们四处留情，都是很不负责任的父亲。也可以说，甘比亚是《烦人的爱》的主人公黛莉亚的兄弟，因为他和黛莉亚一样，很关注母亲的裁缝工作，会陪着母亲出行，乘电车去给顾客送新衣服，这些衣服都用包装纸包着，用别针固定。而且小阿里斯蒂德和黛莉亚一样，也会产生幻觉，在幻象中，他会看到母亲衣着优雅，离开家和别人偷情。这个情节暗合了近二十年前出版的《烦人的爱》，这也许是作者刻意为之，又或是充满乐趣的挑衅，但和当时仍未出版的《我的天才女友》之间的巧合，就绝不是有意的了。

《阿里斯蒂德·甘比亚的情色自传》中的很多凌乱的细节，让人想到两位作家共同的故事库，有口述的故事，还有各种物品、文字、幻想、记忆。作者可以从里面找寻各种素材，加工成不同的故事。总之，显然有好几部作品都使用相同的素材：不仅是文化和时代背景相同，故事也是同源的。两条轨道上的作品：从男性或女性的不同视角看着同一个世界。如果这是一个创作计划的成果，那确实很有意思，但我们无法确定这是一个，还是两个心有灵犀的作者的作品。一场艺术创造上的"联姻"，在叙事内容、语言和风格上的深刻共鸣，在同一个艺术和生活的作坊中，产生出不同的结果。

埃莱娜·费兰特的父母确有其人，正如雷切尔·多纳迪奥①所写的，我们现在破译不了她的基因：她到底是谁。[9]只有这个作坊的"师傅"——愿意的话——才能说出她的诞生过程，但把她和一个活人对应起来，不管是男性还是女性，都很复杂。因为费兰特是活生生的小说人物，就像用纸做的一样：这不是一个匿名女士，用

① 雷切尔·多纳迪奥，作家、记者，《大西洋月刊》的特约撰稿人，《纽约时报》的前罗马分社社长和欧洲文化记者。——译者注

笔名写自传式小说，把自己变成小说人物；恰恰相反，这是一个虚构人物的冒险故事，这个人物凭借自己的声音和力量，在这世上占得一席之地，变成了一个人，随着时间的流逝，甚至变成一道文学神谕，会在洞穴深处解答所有问题。

斯塔尔诺内在作者日记中推测，二〇〇一年出现又消失的那不勒斯女人，留下一篇情色小说的老情人，激发他写《阿里斯蒂德·甘比亚的情色自传》的人，可能就是真正的费兰特。这个谜底基于一些不可靠的推测，因而没人把它当真，但可以肯定的是:《阿里斯蒂德·甘比亚情色自传》的主题，就是关于故事的诞生、共享以及最终成形。我们只要跟随这个古怪的出版商，就能发现他的想象力是催生于与别人的融合，他醉心于美丽女性的陪伴，沉迷于肉体上的关系和强烈的情色体验。如果性别是条不可逾越的界线，这对作者来说，几乎是个文化禁忌，阿里斯蒂德·甘比亚这个角色无疑很飘忽不定：这个滑稽的花花公子富有同情心，又很糊涂，他告诉我们，身份并不是纯粹的，在与他人的关联和关系中，我们的身份会混入其他的元素。

我放弃了从作者入手，而是让他笔下的人物来引导我去了解故事的形成。在《阿里斯蒂德·甘比亚的情色自传》中，就是玛丽拉·鲁伊斯——假定的费兰特，写出那些口无遮拦的话，唤醒了甘比亚被遗忘的过去，在想象力的帮助下，很多事情被唤醒。三十年前，在黑暗的电影院中，两人之间到底发生了什么？那次久远的约会中很多充满情欲的细节浮现出来：那些细节是真的吗？那是他在那一天，与那个女人，在那座城市经历的吗？或者，这只是主人公生命中不同时刻的记忆，后来因为玛利拉·鲁伊斯的出现，串联成了一个故事？这位隐姓埋名的女作家，嘲笑这位记性很差的好色之徒，这样开他的玩笑：“三十年前，甘比亚先生，是一个小婊子、一个幽灵把她的手伸进了你的裤子。在我看来，她是个真实的女孩，行为大胆惊人，但却是真的……那个真实的女孩，玛丽拉·鲁伊斯把嘴唇靠近他的耳朵，几乎是贴着他，轻声对他说，我对你的那玩意儿有些厌恶。她出生的城区令人作呕，男人会对女人动手动脚，他们一瞬间就用一只手摸向你的屁股，另一只手伸向你的胸口。”[10]

总之，永远不要把看到的东西和真实的东西混为一谈，也不要把作者和他 / 她的叙述者搞混了。这只是一种策略，许多文学作品都是如此。在《阿里斯蒂德·甘比亚的情色自传》中，阿里斯蒂德和玛丽拉之间的秘密对话表明他们之间的文字属于他们俩，这是一部共同的作品。因为如果没有她，他叙述的内容就不会存在，是她激发了他的想象力，唤醒了他的文字和记忆。甚至最后一切都翻转了：后来我开始觉得，阿里斯蒂德的故事，也许是玛丽拉·鲁伊斯创作的。

阅读从来都不是被动的行为，读者也会进入文本。我也沿着创作过程的线索，进入了一条满是镜子的长廊。作者和书中人互换角色，让我们相信，大家不断相互吸引，经历了同一个故事。矛盾的是，为了摆脱埃莱娜·费兰特的影子，他放出了创作后台的烟幕弹，但实际上却产生了相反的效果，让人感受到虚构文学是如何在男女之间的共鸣中汲取养分的。我很惊讶，就像刚刚从旋转木马上下来，我站在地上，看着它闪烁着光，发出声响，我想象着：阿里斯蒂德和玛丽拉、斯塔尔诺内和费兰特骑着同一匹紫鬃的纸扎马。这使人想起两个天才女孩——莱农和莉拉，她们一个是作家，一个是主角；一个是作者，一个是缪斯。她们之间也有故事、口头以及书面形式的见闻传递，一个人委托给另一个人保存的笔记。

共鸣让我们产生同理心，分享相同的意象，但它并不是唯一传递深层内容的方式。阿里斯蒂德·甘比亚也经历过一个探索的时刻，与性、身体的秘密相关。在《阿里斯蒂德·甘比亚的情色自传》中，小甘比亚回忆起在叔叔婶婶的婚宴上的情景，五六个年龄不一的男孩女孩在婚床上玩耍。“一个叫卡梅丽娜的眉毛又黑又密的小女孩问：路易塞拉婶婶和多尼诺叔叔会做什么？我不知道怎样对她说，因为乐趣不在于说，而在于做，于是游戏开始了。摸摸这里，摸摸那里，我们欢快地挤在一起……即使知道我们男女有别，但我对此依然印象模糊，只记得有许多脚和许多手，男女有别仿佛不存在的虚假真理，床单就像一层外膜一样，覆盖在大家身上。”[11]

这是一幅具有冲击性、色彩鲜明的画面。以前，孩子就是在这样的时代和文化中成长的，小部落继而形成，数量不断增加。于是不论男女，所有生命都以一种清澈的方式混在一起成长，体验这种“游戏的狂欢”。这是“似懂非懂、似是而非的源头，我们这些孩子，似乎没有伤害他人或感觉被伤害。在性游戏后，紧接着还有其他游戏，不再有性的影子，没有训斥、责备”。[12]我们是否可以说，在过去的“似懂非懂”中，有一些复杂的、像千足虫、不分男女的东西，一直在我们体内纠缠、隐藏着？我想事情就是这样，在我们的身体肌理中，仍然带有一些最初情欲的机体，当我们不设防地与他人交流时，都会感到自己是他们的一部分。阿里斯蒂德·甘比亚知道，童年的纯真将一去不返，但他年轻时无拘束的性行为，也就是他和两个女孩的三角关系，重新让他感受到了那种惊人的能量，并详细地描述了出来:“好吧，如果当时有人问我：童年经历的快乐是否重新出现，我会回答：是的。就在我与伊莎贝拉、娜迪娅在一起放纵情欲的那晚。”[13]

情欲的能量——共鸣的能量，这种能量如同电流穿过全身，使身体能感知到其他人。这通常以不由自主、本能的形式发生，比如在性行为，或母子共生的关系中，或在更有意识的方式，如爱、友谊、同情中出现。阿里斯蒂德·甘比亚不相信性是《圣经》意义上的感知，他把性进行降格，让它接近于巴甫洛夫式的感官反应，可以通过共鸣，或将自己的幻想投射在别人身上，传递给别人，但这只适用于人，而当我们谈论的是塑造的角色，或是使用的素材时，我们谈论的是一个想象的世界、写作的作坊。

一个混合的自我，内化的男性和女性、老人和孩子、爱和暴力、过去和现在，在埃莱娜·费兰特的《碎片》中，这些体会以其他术语和清晰的认知形式出现。她说这些话的语境完全不同，对共鸣的提及（隐含的）带有另一种色彩——伦理的色彩。埃莱娜回答了尼古拉·拉吉奥亚提出的问题——他人与我们共存的主题，他人即使已经离开我们的生活，甚至明确地消失了，也会继续对我们产生影响。

她很快回到了街区，回到拥挤的房子里，回到她童年时不得不过的群体生活，回到一种局促的日常生活中，那些与你亲近的人会让你喘不过气来。她说:“在很大程度上，每个人的自我都是由他人组成的，而这种想法，并不是一种理论总结，而是一种现实。活着，就意味着不断地去和他人的存在产生碰撞，同时也被他人碰撞，也许一开始产生的好的结果有可能变得不好，然后又变成好的……我不能想象自己身边没有别人。至少在写作方面……我指的不只是亲戚、朋友、敌人。我指的是今天、此刻，只出现在图像中的其他男女：在电视图片或杂志上，有时令人心碎，有时因花里胡哨而令人反感的男男女女。我指的是过去，我们广义上所说的传统，我指的是以前在这个世界上出现过的所有人，他们一直通过我们延续自己的生命。我们的整个身体，不管是否愿意，都实现了死而复生。”[14] 写作时的我，就像是一座有人居住的房子，但谁也无法摆脱。

当我结束探寻《阿里斯蒂德·甘比亚的情色自传》这本书的旅程，已是春末。我决定放下甘比亚，去伊斯基亚看看两个女孩和她们命中注定的唐·璜——萨拉托雷，他们在那里建立起了牢固的三角关系。尼诺身上，有着二十世纪七十年代的男孩那种无意识的大男子主义。

伊斯基亚岛

一大早，我乘坐水翼船，就像飞越波光粼粼的海面一样行过短短一段海路。伊斯基亚岛离我越来越近，港口很僻静，那是一片边缘被修整过的火山湖，方便了船只的通行。岛上的房屋被粉刷成奶油白、柠檬黄和草莓红，房子掩映在一片片茂盛的植物里，蓝花丹和红色夹竹桃争奇斗艳，让我感觉自己仿佛置身一座水上花园。这里就像一个与世隔绝的世外桃源，让人畅想幸福田园的生活。伊斯基亚并不是一座被过多消费的天堂。七十年来，作为旅游胜地，依然保持着自然美的状态，没有过多人工雕琢的痕迹。

我翻开了“那不勒斯四部曲”中的第一部《我的天才女友》。莱农在升入高中五年级后，第一次离开城区去了巴拉诺度假，住在她小学老师的表妹内拉·因卡多的家里。那是一九五九年，一切都让人耳目一新，她甚至觉得连空气也和家里不一样。莱农第一次去游泳时，发现自己可以浮起来，这才想起自己小时候其实见过大海。在那片黑色海滩上，母亲用灼热的沙子，覆盖住她那条有毛病的腿。这座岛离她所熟悉的世界并不遥远；要想知道它离城市有多近，只要租一辆小汽车，开上埃波梅奥山就可以看到。这座山峰在塞拉拉丰塔纳[1]，是海底火山露出海平面的部分。我的车子跟在一辆坐满德国游客的大巴后面，后面紧跟着一辆岛民的车子，一路上都在按喇叭。向下纵情一望，海湾、维苏威火山和岛屿的美景简直惊艳。在山顶上，我仿佛置身于一幅中世纪地图的中心，山顶周围被一圈陆地环绕着，四处都是海水，维苏威火山耸立在那片起伏的黑色土地的边缘。这两座火山看起来很近，也许只是视角效果，但这时想看到城区，只需要一台高精度的望远镜，对准圣约瑟教堂上的陶瓷圆顶放大看就可以了。

小说中没有太多景物描写。莱农的注意力集中在自己的身体上，她的身体在发生变化：她笨手笨脚、满脸痘痘，穿着母亲做的游泳衣，浑身包裹得很严实。她还想着留在城区的莉拉，独自一人应对索拉拉两兄弟之一——黑社会分子马尔切诺的骚扰……当时，在这座岛屿上，房子的颜色都很简约，只有黑白两色，还没有像冰淇淋那样缤纷好看的颜色。在夏天，游客会拖家带口，从那不勒斯过来度假，他们在岛民家里租房子住。但与此同时，海底电缆、新引水管的铺设，出版商安吉洛·里佐利在拉科阿梅诺的投资，温泉浴场的重建，还有豪华酒店“伊莎贝拉女王大饭店”的开业，也为这里打开了旅游和时尚度假的大门。

对于那些热爱原始野性之美的旅者来说，也许一切都太晚了：英国诗人威斯坦·休·奥登一九四八年开始

---

① 塞拉拉丰塔纳是伊斯基亚岛上的镇子，海拔最高，人口最少，由塞拉拉和丰塔纳两个村合并而来。——译者注

就住在伊斯基亚岛，一九五七年才离开；次年德国画家爱德华·巴格尔也离开了，他从一九三九年起就住在那里，会说本地方言，和那些渔民打成一片。这俩人都经常去“国际酒吧”，留下不少传说，这家酒吧在福里奥，是玛丽亚·塞内塞开的。从保存下来的照片看，她总是站在那些艺术家中间，身上穿着围裙，一头染色的鬈发，头顶能看到新长出的白发。大导演卢奇诺·维斯康蒂从一九四五年起，就经常去伊斯基亚岛，他对这个岛屿的依恋一直持续到了生命的最后一刻。他想在这座岛屿上寻找个僻静的地方住，最终在科纳奇亚岬和卡鲁索岬之间的扎罗海角找到了，他设法从法西尼男爵手里买下了科隆巴亚别墅。那是一座花叶饰风格的别墅，修建得像剧院一样，他斥巨资进行修复，给他看门的是和真狗一样大小的陶瓷狗，在一种悲壮的气氛中，他创作了最后几部电影。[1]

英国作曲家威廉·沃尔顿和妻子苏珊娜，一个年轻

玛丽亚·塞内塞、爱德华·巴格尔和朋友在一起

的阿根廷女人，也住在伊斯基亚岛的同一个海角上。他买了一块地，夹在火山喷发形成的粗面岩中间，就像个巨大的花瓶，稳固后又被地震打碎。一九五六年，在造房子之前，沃尔顿夫妇已经构想出一座有异国情调的花园，委托建筑师罗素·佩奇设计建造。来到莫尔泰拉[①]，一定要进去散散步，苏珊娜种的植物在生长，威廉的音乐在这里诞生，他的大部分作品都是在这里完成的。[2]

突然间，我眼中的伊斯基亚仿佛成了历史的后台。第二次世界大战结束后，它甚至成了墨索里尼家人的避难所。一九四五年七月二十六日，墨索里尼的第二任妻子雷切尔离开战俘营，带着两个孩子罗曼诺和安娜·玛丽亚来到这里，后来大儿子维托里奥也来了。他们在福里奥找房子住下，二楼的一个房间和厨房可以俯瞰大海。他们的日子很艰难，摄影师和记者还会趴在屋顶窥视他们。一九四九年，杜鲁门·卡波特[②]也在伊斯基亚岛上住了几个月，留下了一篇报道，有对墨索里尼家人的描述。那时岛上仍然没有通电，“炎热的下午就像白夜”，人们就像原始人，带着天生的优雅，或很狡猾，伺机而动。卡波特对那个独裁者的家人，怀着超然的怜悯之心：墨索里尼的女儿是个金发姑娘，跛脚，但人很机灵，她在海滩上和当地年轻人一起玩耍，她说的话逗得大家开怀大笑。墨索里尼的遗孀已经是个老太太，穿

---

① 莫尔泰拉是意大利伊斯基亚岛上的一个私人花园，于 1991 年首次向公众开放，从 20 世纪 50 年代起就是作曲家威廉·沃尔顿和妻子苏珊娜·沃尔顿的主要住所。——译者注

② 杜鲁门·卡波特，美国作家，代表作有中篇小说《蒂凡尼的早餐》。——译者注

着寡妇的黑色衣服，提着沉重的购物袋，步伐踉跄。[3]

当莱农来到这里时，战后的阴霾已经消散了，违章建筑开始涌现。在通往港口的路上，仍然有洗衣服的人，那些妇女弯着腰，在凹凸的石板上搓衣服，快递员爬上尘土飞扬的大坡。曼德拉海滩上晒满了渔网，停着拉上岸的渔船。一有游船进入码头，岛民们就会赶过去叫卖水果、篮子和草帽，顽皮的孩子会跳入海中，捡拾外国人从船上抛入海中的硬币。这就是老电影、纪录片、时代新闻中的伊斯基亚。诗人兼作家埃里·德卢卡小时候常来这里，当时人们还不用防晒霜，“都是外国人在涂防晒霜，抹完之后，身上都油亮亮的，就像进油锅前裹满了蛋液的凤尾鱼”。[4]他在一部小说中讲述了在这里开启的爱情和生活故事。莱农显然对自己踏上的这片土地一无所知，当时伊斯基亚已然是个熙熙攘攘的名胜之地：从一九三六年到一九五八年，至少有十六部电影在这里取景。[5]

一直以来，伊斯基亚就是电影之岛。一九五七年，因麦卡锡主义①而流亡欧洲的查理·卓别林，选择在这里举行《纽约王》的首映式，这是他主演的最后一部电影。在里卡尔多·卡波内当年拍摄的逼真、传神的照片里，我再次见到了卓别林。他坐在年轻的乌娜·奥尼尔②身边，看起来是个魅力四射的丈夫、几个孩子的爷爷：他们坐在一辆由“蜜蜂”三轮车改装而成的观光车上，在街道上逛，成群的孩子跟在后面。

---

① 麦卡锡主义是一种政治态度，涉及 20 世纪 50 年代初美利坚合众国的历史，反对亲共产主义的人、团体和行为。——译者注

② 乌娜·奥尼尔，查理·卓别林的妻子。——译者注

有名人的地方就少不了狗仔队，伊斯基亚也有自己的狗仔：他的名字叫盖塔诺·迪斯卡拉，骑着一辆“兰布雷塔”摩托车，穿着短裤，鸭舌帽戴得很低，会向国际媒体提供各种照片。岛上的一桩桩轶事，都见证了他的神通，例如，阿图罗·托斯卡尼尼[①]刚从温泉浴场出来，他的出浴照就传遍了世界各地；还有不希望被人认出来的阿莉达·瓦利[②]，在圣方济各海滩上被拍下的照片：为了吸引她的注意力，摄影师大喊一声，她忽然转

查理·卓别林和妻子乌娜·奥尼尔在伊斯基亚岛 1957年

① 阿图罗·托斯卡尼尼，意大利指挥家。他是19世纪末20世纪初最受赞誉和最有影响力的音乐家之一。——译者注

② 阿莉达·瓦利，意大利女演员，法西斯时代意大利电影界最出名的明星之一，曾被贝尼托·墨索里尼称为“世界上最美丽的女人”。——译者注

过身，这位女影星就像一只被针刺穿的蝴蝶，永远定格在那一刻；他还乔装成农民，把相机藏在麻袋里，拍下了劳伦斯·奥利弗①的照片。[6]

同年，也就是一九五七年，和卓别林一样在岛上的还有罗密·施奈德，当时她因扮演奥地利皇后巴伐利亚的伊丽莎白而广受欢迎。那时候，她和阿尔弗莱德·韦德曼一起拍摄《斯康波罗》，这部电影的副标题很用心，叫《茜茜在伊斯基亚》，这唤醒了德国游客内心深处的浪漫，吸引了很多德国人来岛上旅游[7]——德语至今仍是岛上的第二大语言。斯康波罗是个迷人的女孩，她住在停泊在港口的船上，靠做导游谋生，会带游客参观阿拉贡城堡和索科索教堂。她精致的脚上貌似随意地穿着木屐，踩到街上的光滑石头上，啪嗒作响。影片很注重风景的拍摄，捕捉到了伊斯基亚岛原生态的美，其他方面的内容——包括贫穷——也以德国人的方式展现出来，岛民都是很风趣的好心人。这就是二十世纪五十年代这里的情况：以小资产阶级的形式，展现出的地中海异国情调，那些正在过着富裕生活的阶级想要获得的一切。

这里吸引到了德国人，也吸引着米兰人，他们很羡慕在游艇上和美女一起度假的工业大亨。看看皮诺·梅坎蒂一九五四年在伊斯基亚岛上拍摄的《爱的眼泪》就知道了这是一部音乐剧，一名企业家的妻子，爱上了

① 劳伦斯·奥利弗，出生于英国伦敦，英国导演、制片人、演员。——译者注

一位声音感人的歌手——阿奇勒·托利亚尼[①]，他曾凭借影片《爱的声音》的配乐，赢得当年那不勒斯民歌节的大奖。这位阔太太被他的声音，还有充满激情的生活方式迷住了，他和沉迷于生意、玩世不恭的丈夫是如此不同。最后她还是抛不下家人，回归家庭，而歌手也回到了他的未婚妻身边。这就是在意大利“经济奇迹”那些年，电影为伊斯基亚岛充满希望的人编织的美梦：一片南方的海洋，充满感伤的音符和涌动的情欲。

当然，二十世纪六十年代即将到来，这并不是伊斯基亚唯一的“衣装”：伊斯基亚已经拥有一个不错的“衣柜”，蕴藏了可以向公众展示的不同形象。这里是拍摄冒险片的海盗岛，也是很多新现实主义黑白片的取景地，[8]比如路易吉·赞帕和马里奥·卡梅里尼的悲剧和喜剧片。比如一九四九年上映的《警钟》，吉娜·劳洛勃丽吉达饰演的妓女，将自己的积蓄寄给圣玛丽亚·德尔索科索的教区牧师保管，却无意中资助了意大利姑娘与美国士兵的私生子。还有一九五六年的《天煞》，安娜·玛格纳妮在里面饰演一名神职人员，她被派往伊斯基亚，打理一座旧修道院，发现这里“比非洲还糟糕”，于是决定建一所学校。我们进入了“里佐利电影”的神奇世界里，这部电影由安吉洛·里佐利的“齐内利兹制片厂”制作。报纸杂志上的文章热衷于将出版商兼制片人安吉洛·里佐利塑造成一个飞黄腾达的孤儿，会慷慨

① 阿奇勒·托利亚尼，意大利歌手和演员，曾参加1951年第一届圣雷莫音乐节。——译者注

帮助有需要的人，因为他自己也是个“马丁尼特”（米兰地区对孤儿的称呼），一个米兰小混混。里佐利和《天煞》里的主人公——莱蒂齐亚修女一样，发现伊斯基亚岛处于落后的状态，决定投资改造它：他用自己的钱建造了一家医院——他是个广告天才，把岛屿变成了展示自己功绩的橱窗。里佐利很有钱，但他和社会主义党人走得很近，他私下和彼得罗·南尼是朋友，会穿着衬衫和他一起玩地掷球。[9]

当时，来伊斯基亚岛上旅游的人络绎不绝，可谓声色犬马、灯红酒绿，但埃莱娜·费兰特的小说没有丝毫这方面的描写。除了尼诺·萨拉托雷对伊斯基亚岛的违章建筑和逃税的“不法之徒”的指责外，再无其他。[10] 不过，追寻着岛上的电影记忆，我们可以发现，在费兰特的叙事形式中，也可以看到当时电影的质地。“副刊新现实主义”，还有意大利人初次度假的喜剧里，都有和两位天才少女很相似的形象，她们出现在一片已经照亮的舞台上。莱农在伊斯基亚度过的两个假期，就像“那不勒斯四部曲”中的插曲、一个小小说，有着大海和电影的味道。在拍摄照片之前，我去了巴拉诺，那是一九五九年莱农去过的村庄，位于伊斯基亚岛上不怎么商业化、比较贫穷的区域，这个地方远离热闹的拉科阿梅诺，有蘑菇状礁石的海湾，远离“伊莎贝拉女王”酒店、安杰洛·里佐利和他周围的那帮人。这位成功人士穿着雪白的亚麻布衣服，总是叼着一根假烟，垂下的烟灰很逼真，鹰钩鼻，虽然头发稀疏，但眉毛依旧很粗很黑。他身边总有美女相伴，连名字都跟图片小说里的人物似的，比如米丽昂·布鲁。

电影一样的假期

巴拉诺镇紧挨着伊斯基亚岛主干道，路两侧都是这个镇子的房屋。在玛隆蒂海滩上方的山坡上，一排排高大的梧桐树遮天蔽日，洒下阴凉。我在广场上驻足，看了看店里出售的陶器，最后买了只飞行的燕子，粉刷匠正在把圣塞巴斯蒂安教堂的墙壁刷成柠檬黄。后来我去了海滩，就是莱农还有内拉·因卡多家的房客游泳的地方。一到海滩，空气马上就不一样了，变得温暖而潮湿了。玛隆蒂是一条银色沙滩带，被高大的岩石包围着，差不多有三千米长，海滩上都是碎石，没有沙子，每走一步，在身体的重压下，脚下的碎石就发出嘎吱嘎吱的声音。这里的热气不仅来自刺眼的阳光，也来自地下深处，越接近火山喷气口——火山热气进入大海的地方，地面就越炽热。

岩石间的沟壑里流淌着温泉，最著名的温泉是古罗马浴场的卡瓦斯库拉温泉，那座浴场的池子，是直接在石头上雕刻出来的。卡瓦斯库拉是地热的边缘地带，就像个门槛，跨过那里就会进入一个岩浆涌动、炽热的世界。我蒸着桑拿，心跳也慢慢舒缓下来，我听到在小木屋的绿松石墙后面，有女人用德语愉快地交谈。在玛隆蒂海滩上，时不时会有身上沾着白色泥浆的人从沟壑那边来，身上穿着比基尼和色彩鲜艳的泳裤，看起来像从阴间逃出来的鬼魂，尽可能穿戴整齐地出现在人世间，也像是巴布亚部落[①]的土著，在海上迷了路，最后在一片遥远的大陆上了岸。玛隆蒂海湾的尽头是一座小岛和圣安杰洛镇，大海闪烁着蔚蓝色的光芒，水却脏得令人难以忍受，没有净化的污水上，漂浮着从船上扔下来的垃圾。

在玛隆蒂，莱农并没有关注大地涌出的热气，大海给她的冲击更强烈，她的心思在与心上人尼诺略显窘迫的重逢上。内拉·因卡多家的房客，其实就是萨拉托雷一家人。在那个夏天，尼诺告诉莱农，他无法忍受自己的父亲，那个虚荣的铁路职工兼诗人，在那不勒斯民粹主义市长阿奇勒·劳罗的报纸《罗马》上写文章的人。多纳托·萨拉托雷诱惑了梅丽娜，一个靠打扫附近楼房的楼梯来养活孩子的寡妇，这个“可怜的女人”[1]在他离开城区之后就疯了。当多纳托放假来到巴拉诺与家人团聚时，尼诺又回到了城里。这时，多纳托就像圈里的公鸡，不满足于妻子和女儿对自己的崇拜，还试图勾引睡在厨房里临时搭建的小床上的莱农。

尼诺的父亲在诱惑一个少女，一个喜欢他儿子的女孩。在多纳托所处的旧世界，还有莱农和莉拉的新世界之间，这个情节被作者巧妙地勾勒出来。这个铁路工人兼诗人扮演了诱惑者的角色，就像那些有钱人家的老爷和少爷，试图占睡在厨房里的女佣的便宜，当女主人觉察时，这些女佣也就会被解雇了。这是二十世纪五十年

---

① 巴布亚是印度尼西亚的一个省，大约有312个不同的部落居住在巴布亚，包括一些孤立的民族。——译者注

代的经典剧本，经常出现在电影和图片小说中。[2]埃莱娜·费兰特太了解这些刊登在报纸副刊上的故事了，她改变了叙述方式，让故事变得和过去完全不同。这是一个属于未来的故事，在这个时代里，女学生为寄宿家庭干活，换取住宿与食物，顺便度假，在离开家的夏天，她们会获得第一次感情和性体验。这是所有人都熟悉的情景，特别之处在于作者打破了常规，讲述了与之前截然不同的体验。发生的事情无疑很不愉快，是主人公残酷的成长体验的一部分，但并没让她沦为“可怜的女人”——那些被糟蹋、遗弃，也许是怀了孕但没人愿意娶的女孩。莱农不是受害者，因为她不这样想，她不是副刊小说中的典型人物：她是一个精神丰富、充满矛盾的人物。[3]

所以当时她的声音让人听出了一个十五岁少女的迷茫，产生出矛盾的情感。她很想尝试性的初体验，不再有任何保留，其实她早已开始和莉拉较劲，看谁先迈出那一步。她很着急，当然想和心爱的尼诺一起跨过那道门槛，却发现自己在黑暗的厨房中被他父亲压在身下。一个穿着睡衣的成熟男人，打开了她的嘴唇，用小胡子扎着她，用手摸索她的身体，让她感到一种夹杂着恐惧的快感，厌恶和敬畏混合在一起。她全身麻痹，连呼吸都止住了，那是一种当时无法描述的感觉。这对于她来说只是一次糟糕的体验，让她很不安，而不是一次留下烙印的创伤，并没引起她的自责和内疚，让她崩溃。这段和副刊小说一样的情节，是一种叙事策略，是一种“伪装”，使事件更具有冲击力。此外，二十世纪五十年代的那抹余晖，也照耀在玛丽莎轻盈的步伐上。她是尼诺的妹妹，在那不勒斯已经有男朋友了，但她每天晚上都想去伊斯基亚，那里有各种娱乐活动、音乐、冰淇淋，还可以和骑着“兰美达”摩托车的男孩调情，反正假期过后，他们就再也不会见面了。莱农第二次去伊斯基亚时，莉拉和年轻的萨拉托雷调情，这让她感到不快和嫉妒，决定主动委身于那个诱惑自己的人——不可救药的多纳托。剧情反转了：这是一个情感失意者自虐的行为，是为了较劲的自暴自弃，但这是一种有意识的行为，因此无怨无悔。

“副刊新现实主义”电影潮流式微，电影明星、市长和乐队齐聚在伊斯基亚港口的时代也就结束了，俱乐部和夜生活在伊斯基亚岛、圣特罗佩和马尔米堡开始出现，形成了一种时尚的娱乐潮流。在港口的右岸，伊斯基亚夜生活的引领者和策划者托尼诺·巴伊科，开了一家名为“阿兰巴拉”的餐厅。大导演维斯康蒂经常请阿兰·德龙、让·索雷尔、赫尔穆特·伯杰去那里吃饭，但他是在歌手乌戈·卡利塞开的夜店“浪巧菲洛尼”里，第一次听到一位女歌手充满磁性的声音，歌手当时名叫“吉特宝贝”，就是后来的“米娜”①；维斯康蒂马上邀请她为他“莫雷斯科”俱乐部的朋友进行独家表演。[4]

从巴拉诺出发，我也去了港口，那是故事中几个女孩第一次探险的地方，但我在伊斯基亚桥上停了下来。维瓦拉岛吸引了我，岛上鸟类众多，它就在不远处，离

① 米娜，意大利国宝级传奇歌手，流行乐坛女神，艺名安娜·玛丽亚·马志尼，20世纪60年代到70年代中期意大利流行音乐的领军人物。——译者注

在那不勒斯的米娜　1960 年

我一水之隔。不远处，一座砖石桥把阿拉贡城堡跟海岸线连接起来。在黄昏的风中，一群孩子在赛跑，叫喊个不停，他们飞奔向在岩石中凿出来的隧道，那是通往城堡内部的通道。阿拉贡城堡坐落在火山岩喷涌出来后在大海中形成的一块圆形土地上。这座小岛现在就像个巨大的乌龟壳，从底部被刺穿。在它被海水腐蚀的脊背上，形成了一座村镇，有墙壁、房屋、梯田、圆顶、拱顶，而碎石变成了土地，维瓦拉岛的鸟粪让它变得肥沃，滋养了青榴、仙人掌、橄榄树和香桃木。

我迈着轻快的步伐过了桥，买了那天的最后一张入场券。这个小岛为岛民提供了庇护所，让他们可以抵御各种袭击。阿拉贡王朝时期修了防御设施，十六世纪这儿有一千八百多个居民，有一座克拉丽莎修女修道院、一座僧侣修道院、一家神学院、一座大教堂，一个主教和教士会、一位君主和一批驻军。这是费兰特·达瓦罗斯①和维多利亚·科隆纳举行婚礼的地方。维多利亚·科隆纳是文艺复兴时期最耀眼的才女，她在这里住了三十五年，使这里成为艺术家聚集的宫廷：阿里奥斯托、桑纳扎罗、贝尔纳多·塔索、米开朗琪罗都来过这里。关于维多利亚·科隆纳，米开朗琪罗留下了两句诗，或者说一句半诗："她体内好像有个男人，或者上帝 / 在借她之口说话。"[5]这片种满橄榄的梯田，是维多利亚·科隆纳公主的花园，她像个雌雄同体的神，得到人们的崇拜，从这片橄榄田望出去，会看到城堡像是海湾的肚脐，是眼前风景的中心。

从海上对城堡发起的所有进攻，都发生在附近那片清澈的水域中，那里有一座沉没的古罗马港口。一九六一年至一九六三年间，场面宏大的电影《埃及艳后》在卡尔塔罗马纳海湾②——伊丽莎白·泰勒和理查德·伯顿邂逅的地方拍摄，这是电影史上耗资最多的电影。在精彩的海战镜头中，阿拉贡城堡就在她身后，埃及女王和她的将军们在指挥台上，关注着具有决定性的阿克提姆之战，看着屋大维的大帆船像钳子一样，紧紧包围了安东尼的船队。拍摄《埃及艳后》的巨大制作团队，对这座岛产生了巨大的影响。影片幕后爆出的巨额

① 费兰特·达瓦罗斯，出生在那不勒斯，但他的家人是阿拉贡人，他是拥有西班牙血统的意大利军官。——译者注

② 卡尔塔罗马纳海湾位于伊斯基亚岛，还有一片同名的沙滩。——译者注

花费清单，也引发了极大关注，包括由于拍摄延误而增加的十亿美元费用和加班费，泰勒从出酒店到完成化妆，总是要花费好几个小时，常会醉醺醺地来到拍摄现场。影片拍摄的高潮在于故事主人公的扮演者——两个俊男靓女暴风骤雨般的婚外恋。

资金源源不断地涌向这座岛屿：仅矿泉水的费用就达到了八万美元，这就是说，剧组拍摄成员每人每天要消耗十升水，还有酒店房间、餐馆、午餐费，船只和仓库租金，在海上安装宏伟布景的运输费，数百名木匠和临时演员的工资。但有趣的是，伊斯基亚岛从此树立起了自己的国际形象，岛民们觉得仿佛身处好莱坞，随处可见各种布景、服装、特效、豪华汽车和船只。他们也见证了一场光天化日之下的出轨，各种细节和爆炸性的照片传遍各地，绯闻满天飞，而这风暴中心就是泰勒——一位有着紫罗兰色眼睛的女神，诱人而任性。

差不多在同一个时期，在好莱坞的光芒下，莱农在

伊丽莎白·泰勒和理查德·伯顿　1963 年在伊斯基亚

做什么？她在伊斯基亚的故事像一部爱情小说，充满了任性、背叛和出轨。这段故事在“那不勒斯四部曲”第二部《新名字的故事》中占据了一百二十五页。莱农在十五岁时，在巴拉诺的一间厨房里有了性的初体验，后来她和莉拉又再次回到了岛上。据推测，那时应该是一九六二年，两个姑娘已经十八岁了。莉拉嫁给了斯特凡诺·卡拉奇，他是一家生意兴隆的肉食店的老板，她变成了有钱人的太太。莉拉与她的哥哥里诺和嫂子皮诺奇娅一起，在岛上福里奥郊区的库托租了套房子度假。里诺夫妇正满怀期待，等待着他们的第一个孩子降生。问题在莉拉身上，她是个不幸的妻子，第一个孩子流产了就再没怀上——她丈夫说是她不想怀孕，在身体里就杀死了孩子，医生让她去海边“强身健体”。[6] 为了陪着她去海边，莱农放弃了暑假在书店的工作，充当她的女伴。谁是女神显而易见：莉拉已经成了城区小世界的明星，雷蒂菲洛街上的裁缝店橱窗里，展示着她穿着婚纱的照片，让大导演卡罗所内和德·西卡驻足观看，激动不已；她美丽、优雅、忧伤、令人向往。那年夏天，莉拉付钱给她的朋友，把莱农当成侍女，莉拉在岛上很任性，儿时的大胆自负更加凸显出来了，一出度假的闹剧上演了。

成为卡拉奇太太的莉拉，为了确保娘家有经济方面的保障，她屈服于婚姻的枷锁。她正在接受“再教育”做个好妻子，丈夫用暴力驯服了她，而家里的女人正试图教导她顺从男人。他们带她去看了妇科医生，她要谨遵医嘱，认真备孕。事情真是很巧，为了强身健体，她登上了促进生育的温泉岛。温泉疗法的坚定支持者、著名的妇科医生、里佐利家妇女的私人医生皮耶罗·马尔科瓦蒂，说服这位媒体大鳄入股，重建和复兴拉科阿梅诺的“伊莎贝拉女王温泉”，那几年的小报、宣传册子一直在谈论这个话题。温泉具有放射性，甚至得到居里夫人的认证。从那时起，人们就有了这样的观念：到岛上去可以提高怀孕的概率。马里奥·卡梅里尼一九五七年推出的喜剧《伊斯基亚的假期》中，也可以看到这样的情节，片中维托里奥·德·西卡饰演的是一位年老的丈夫（可能被戴了绿帽子），他妻子经常去岛上泡温泉，希望能怀孕。

《伊斯基亚的假期》是“假期三部曲”中的第一部，后来还有一九六〇年马里奥·马托利的《伊斯基亚的约会》和一九六六年维托里奥·萨拉的《伊斯基亚的爱恋》。这些都是最古老的低成本假日电影（以及圣诞喜剧），里面有优秀的专业喜剧导演，并有维托里奥·德·西卡、佩皮诺·德·菲利波、保罗·斯托帕、多梅尼科·莫杜格诺、米娜和沃特·基亚里等艺术家组成的演员阵容。这些影片是由“齐内利兹”制片厂制作，或联合制作的，都像小岛的彩色宣传片。故事都具有某些相似特点：都会在旅游景点取景，如拉科阿梅诺的蘑菇湾、福里奥的索科索教堂、圭瓦拉塔或圣安杰洛塔；喜剧效果是由各种误会带来的，人物包括寻求艳遇的年轻人、美丽的女孩、寻找拉丁情人的成熟且富有的外国游客、互相吃醋的夫妻。影片塑造出来自不同社会阶层、不同年龄和出身的游客形象，以及导游、司机、退休人员、音乐家等的岛民形象。[7]

在伊斯基亚发生的故事，是埃莱娜·费兰特“那不勒斯四部曲”的一部分，这在《新名字的故事》中得到了体现，作者广泛采用了那些年在岛上制作电影、小报新闻的各种手法。城区的小世界搬进了已经布置好的场景，利用那里的灯光，有女主角——莉拉，她像女演员一样，按照当时的潮流和习俗进行演出。故事的叙事结构，也由发生在岛上不同景点的片段组成，这些情节符合故事的发展，也符合人物的性格，并按照假日喜剧的方式进行拼接重组，但整体上缺少对于电影来说必不可少的元素：戏剧性。如果我们看一下情节大纲，就会发现两者惊人地相似。

两个对生活不满的少妇在度假：一个怀着孕，充满了希望；另一个等待怀孕，但没有这种欲望，且不断逃避。两个女人的丈夫周六会从城里赶来，看似很迁就妻子，但实际上充满占有欲，对待她们态度专横。另外还有两个在准备考试的学生，下午他们会去海边寻求艳遇。两个学生和那两个少妇搅在一起，而唯一真正陷入爱恋的女孩落了单，她扮演侍女的角色，其他人都陷入了不同程度的激情和迷恋中，只有她顺从自己的内心。然而有一天，莱农讲述了他们的故事，正是这一点造成了差异，打破了规则，因为莱农的声音让我们明白，发生的事和那些假日喜剧相比，只有框架是一样的。

让我们来看看伊斯基亚岛浪漫假期的明信片：情侣手拉手散步，或在索科索教堂的广场上接吻。“假日三部曲”的每一部电影，几乎都有这种场景，在埃莱娜·费兰特的小说中，也有一样的情节。尼诺带着莱农，在岛上最著名的开阔场所观看日落，在水手教堂前的空地上，水手会带着暴风雨中挽救的物品，跪在这里进行祈祷，希望避免遭遇海难。“他拉住我的一只手，就像电影里演的那样对我说：‘我带你去看一处风景，你会永远忘不了。’他把我拉到了索科索广场上，手一直都没松开，我们十指交叉，我看到了大海还有拱形建筑，天很蓝，当时的情形我记得不是很清楚了，我只记得他始终紧紧拉着我的手。”[8]“像电影里演的那样”精准地描绘出，我们就像身处明信片里，背后是绘画作品，或修过图的照片，或是图片小说的背景。

我们身处这个地方，情侣会在此许下海誓山盟，检验真爱。在电影中，这一幕通过“他、她和其他人”的故事表现出来。在索科索，一个已婚或订婚的女人，会意识到自己爱的是另一个人——把她带到那里拥抱、亲吻、端详着她的男人。在埃莱娜·费兰特的“伊斯基亚小说”中，情况也是如此，但一切都反转过来了。欲望的对象变成了一个男人——尼诺，两个女孩在争夺他：一个是在卡普里岛度假的莉拉，还有那个拉着他的手、心潮澎湃的女孩莱农。但很快，加上莉拉，尼诺的女朋友就会变成三个。他们在伊斯基亚公然私通，多纳托·萨拉托雷的本性，第一次在儿子的身上得到体现。虽然尼诺痛恨父亲勾三搭四的行径，却不知不觉步了他的后尘。在索科索，当城区的两对已婚夫妇坐着“兰美达”摩托，在轰隆声中出现，浪漫的光环就消失了。莉拉、皮诺奇娅和她们的丈夫在一起，带来了一种玩世不恭的感觉：结婚或订婚，是为了把自己安顿下来，爱情是另一回事……从那一刻起，看到尼诺和莱农并不是真正的男女朋友后，莉拉开始征服他。他们将开始一段持续一生的三角关系。

即使在假日喜剧中，现实（还有玩世不恭）几乎总是会战胜浪漫的想象，但在短暂的假日里，一切往往会让人误会，在假日喜剧中，体面、社会凝聚力、规矩会占上风，那些人会回到家里，一切都回到原来的轨迹，让人悲哀。在埃莱娜·费兰特的小说中，情况并非如此，假日喜剧的规则显然成为设置故事框架的基础。埃莱娜·费兰特的小说里是完全不同的内容，充满生活的暧昧和不确定性。莉拉得到尼诺，是为了赢过莱农，还是因为想成为莱农，渴望得到她所爱的东西？莉拉是否想通过尼诺——这个要成为知识分子的邻家男孩，获得她因退学与斯特凡诺·卡拉奇结婚而失去的东西？尼诺爱上莉拉，又是莱农的爱人，他是否只是个盾牌，是莱农和莉拉玩镜像游戏的一个借口？我们将带着这些问题翻阅整本书，在书页上寻找，但可能始终找不到确切的答案。

我走进圣玛丽亚·德·索科索教堂光秃秃的中殿，帆船形状的水手送来的祭品吸引了我，还有会动的纸糊的小天使，在一个木制十字架上摆动着，据说这个十字架是从风暴中带回来的。我在黄昏时离开了那里，海水刚刚吞没了夕阳。尼诺和莱农也是在那时离开了海边，因为骑着“兰美达”摩托的人突然出现，破坏了梦幻般的气氛。最后，莱农感知到了大海，看到了它：它不是蓝色的，而是葡萄酒色的，像尤利西斯故事中的描写。莉拉背叛了她，在岛上和尼诺谈情说爱，这让她备受折磨，而这一切只有当她远离家乡和城区，在比萨高等师范找到自我时，才能释怀。

比萨高等师范学院的女生

我是八月份来到比萨的，住在加法尼亚纳山区，我家祖上留下的一栋老房子里，我经常去那里避暑。一大早，我坐着火车，这列载满自行车的火车名为“秋千”，从山上下来，穿过森林、中世纪的村庄、桥梁和穿山而出的隧道。

从中央车站出发，我很快就到了索尔费利诺桥，我停在桥上，看着阿尔诺河碧绿的河水。就是在这个地方，莱农将一个铁盒扔进了河里，盒里装着莉拉的八本笔记。她受莉拉委托保管这些本子，却自己悄悄读了一遍。莉拉在日记里记录了自己作为已婚女性，与她从莱农身边抢走的男孩尼诺·萨拉托雷之间的秘密关系；莱农去了高中，而她却在父亲的作坊里做学徒，莉拉谈到她被抛弃后的愤怒。笔记本里也有莉拉自学希腊语和拉丁语时的练习，还有对城区作坊的细致描述，她记下了所有工具的名字，很多有用的词汇，方言和意大利语都有。莉拉的文字毫不矫揉造作，那是她从小就展现出的天分，文字有极强的真实性和感染力，让莱农觉得自己很渺小平庸，她永远无法像莉拉那样写东西。浑浊的阿尔诺河在桥底下流淌着，像一头巨兽主宰着这座城市，带来淤泥和沼泽的气味，也决定了这里的气候：冬天寒冷潮湿，夏日酷热沉闷。到了晚上，这条河变成了一面黑色的镜子，静静流淌，反射出路灯的金色灯光，使阿尔诺河沿岸的路尽显古老欧洲的魅力。

一九六六年十一月的一个夜晚，莱农走到索尔费利诺桥上。她很愤怒，尽管和莉拉相隔很远，但莉拉好像就在身边，折磨着她。莱农凝视着阿尔诺河沿岸从寒冷的薄雾里渗透出的光，把装着笔记本的盒子推下了护栏，看着它们被河流吞噬。“我感觉那就像是莉拉本人带着她的思想、语言，还有那种与任何人都针锋相对的恶毒，一起落入河里；她对我的影响，她拥有的每个人、每样东西和知识都落入了河里。”[1] 在“那不勒斯四部曲”第二部的开头，我们了解到在比萨发生的事，莱农通过比萨高等师范学校的入学考试后，去比萨求学：两个朋友分开了，关系趋于破裂。

莱农摆脱了莉拉的影响，成为自己：她解除青春期的共生关系，破茧而出，变成了蝴蝶，虽然还不能熟练飞行，但她用自己的力量在飞。莱农完全变了个样，她改变了声音和姿态，完全脱离了城区。她回到城区时，人们叫她“比萨人”，看她的眼神就好像上学给她“消毒”了。但消了什么毒呢？也许是方言的颤音、非理性的冲动、不受控制的激情，对思想、行为、姿态的净化，使她进入了智者的无性状态。回那不勒斯，成了莱农不愿面对的事，会让她很紧张。莱农将莉拉所有的日记扔进河里，象征与她告别，就像一种成人仪式。莱农重新定义自己，成为独立的个体，不久之后将开始写她的第一本小说。

这个意义非凡的场景，有个明显的站不住脚的地方，没能逃过语言学家马可·桑塔伽塔敏锐的眼光。[2]

在小说中，我们读到这个情节发生在一九六六年十一月的某个夜晚，地点是索尔费利诺桥，然而事实告诉我们，这是绝不可能的事。实际上，那年十一月初，比萨遭受了一场大洪水的侵袭，阿尔诺河的水位不断上涨，那场著名的大洪水也淹没了佛罗伦萨。铅灰色的天空下，汹涌湍急的河水中升起一股腐烂的气味，一艘驳船撞上了梅佐桥，砸出一个缺口，河水流到了街道上。为了拯救比萨，人们在城市上游炸毁了一个堤坝，把洪水排泄到农村，大量河水汹涌而至，淹没了圣克罗齐的工业区，下游水位降了下去。城里沿河的防护墙几乎都倒塌了，剩下的也损坏得很严重，阿尔诺河沿岸的路基下沉了三米多，一些楼房里的人被疏散了，坍塌带来的成堆泥土和碎片堆积在路基上。十一月十三日早晨七点半，一声巨响使房屋的窗户也晃动起来：索尔费利诺桥塌了。那座桥坍塌了，因此莱农根本无法在那里与莉拉进行告别仪式。

在这一点上，我们不得不赞同桑塔伽塔的观点。如果莱农真的在女子学院的楼里，师范学院的提巴诺大楼，那栋楼就在河岸上，正对着索尔费利诺桥，紧挨着乔尔纳塔大楼——校长办公室，那段时间，学院全员撤离了，她绝对不会把一九六六年十一月的那一幕安排在那里。一个真正近距离感受过洪水，还有大桥坍塌的女孩，不可能忘记当时的情景。

烈日下，我在以多米尼科·提巴诺骑士命名的女子学院前站了一会儿。企业家提巴诺在美国禁酒时期销售了大量以酒精为基础成分的滋补糖浆，积累了大量财富。一九三二年，他将这栋楼捐赠给了比萨高等师范学院。我躲避着炙热的阳光，沿着林荫路走着，享受着这份凉爽，向位于骑士广场的学校总部走去。学校还在原处，在卡罗瓦那大楼凹形的建筑后。大楼上的装饰和黑白涂鸦使这座低矮的中世纪建筑看起来很优雅。大楼对面是关押乌戈利诺·德拉·盖拉尔代斯卡伯爵[1]的塔楼，一二八八年，他因叛国被判处死刑，和几个儿孙一起饿死在了这座塔楼监狱里。这个可怕的故事深深地刻在了我们的脑海里，那是小时候在但丁的诗句中读到的历史。

伽利略一五八〇年进入比萨大学学习，后来留校任教，成了数学老师。这座城市和比萨大学是一体的，很多古老建筑都是大学的院系大楼、图书馆、办公室，城市居民也只是大学人口的两倍多一些。大学与城市紧密融合在一起，每条阴暗的小巷都可以通往大学的门口或院子。在大学总部——萨皮恩扎大楼附近，一家名为“方便肉食”的温馨小店，会给学生提供美味的牛肚三明治——将牛胃的一部分仔细烹饪，配上由香菜和青榴做的绿色酱料。这是一种由内脏做成、经济实惠的食物，口感很像阿尔诺河中的一种鱼，但现在已经灭绝了。鱼的名字来自一本古老的动物目录，它与一种已经灭绝的鳗鱼——七鳃鳗——相似，这是奔涌不息的河流的馈赠。那周围有很多小店，售卖煮腌肉和茴香味猪肉，猪油和猪肚以各种奇特的名字，出现在街边摊贩的

① 乌戈利诺·德拉·盖拉尔代斯卡伯爵（约1220年—1289年3月），意大利贵族、政治家和海军指挥官。他被指控叛国，在但丁的《神曲》中有对他的描绘。——译者注

菜单上，凸显出一种饕餮的欢乐，就和当地报纸的头条标题一样浮夸。本地人充满讽刺和欢乐，也具有科学的严谨。

从阿尔诺河沿岸到骑士广场，会经过库尔塔托诺路和蒙塔纳拉路，以前的五月二十四日大街和“七鳃鳗”一样，已经消失了。这条街之前的老名字，可以让我们确定这位著名女作家在比萨的时间：在一九六七年比萨遭遇洪水，智慧大楼被学生占领时，她已经不在这里了。因为在小说中没有提到这些纷扰，她应该没有回来参与活动，因为她用的是旧地名，而且记忆不太准确。桑塔伽塔教授按照小说的描写，通过一系列的线索和推理，找出了一九六三年至一九六六年夏，唯一一个在比萨高等师范学院学习的那不勒斯女生：马塞拉·马尔莫。她目前是腓特烈二世大学的当代史教授，做了许多关于克莫拉组织，还有十九世纪那不勒斯工业无产阶级的实证研究，不过她马上否认自己是费兰特，但不得已被卷入了这场搜寻埃莱娜·费兰特的旋涡。[3]

在疑似埃莱娜·费兰特的人物中，有很多充满魅力的人物。马塞拉·马尔莫是位七十多岁的教授，她为人严谨，不喜抛头露面。她在研究中，对方言的使用和黑社会的语言做了仔细分析，她也是位电影爱好者。研究历史上的克莫拉组织让她身份独特，她的研究很有意思：使十九世纪波旁王朝时期，隐藏在那不勒斯地下的犯罪重见天日。[4]马塞拉·马尔莫的家庭和亲属关系也引人注目：她嫁给了圭多·萨切尔多蒂——画家、医生、政治家、马拉松选手、国际象棋冠军，他充满激情的个性，很容易让人想起他舅舅——作家卡洛·莱维①。圭多·萨切尔多蒂是战后那不勒斯第一个由盟军舰队上的拉比实行割礼②的犹太儿童，“当时收到的食品礼盒非常精致，令人赞叹”。[5]圭多·萨切尔多蒂的母亲阿黛尔·莱维是位很有个性的女人：画家，也是学者、钢琴家。但对于比萨高等师范学院来说，马塞拉·马尔莫也只是一颗流星，这个漂亮的女生在比萨学习的时间很短：从一九六三年到一九六五年，大约持续了一年半，她没通过阿曼多·赛塔老师的历史考试就离开了比萨，回那不勒斯大学继续学业了。[6]

在八月的热浪里，如此多埃莱娜·费兰特的影像在我眼前重叠在一起，而证明费兰特在比萨生活过的一条主要线索，是她使用的老地名，但这些名字在我手中导游手册的地图上已不复存在。市面上还有一些比萨地图，用的是旧地名，来标注库尔塔托诺路和蒙塔纳拉路。因此在阿尔诺河沿岸到骑士广场之间行走的人，试图进入虚构的小说里，可能会继续使用旧地名，就像在“那不勒斯四部曲”中那样。也许《新名字的故事》里那个不太准确的名字——二十四日大街，而不是五月二十九日大街，也只是个寻常的错误，不是记忆的玩笑，从而富含深意。[7]也许，这位著名女作家根本不是从这里毕业的，更别谈毕业时间是“那不勒斯四部曲”里所写的一九六七年，或者更早之前。这位知名女

① 卡洛·莱维，意大利作家、画家和政治记者，他的第一部纪录片小说在国际文学界引起轰动，并推动了战后意大利文学的社会现实主义趋势。——译者注

② 犹太人的割礼是男性割礼，指的是割下男孩的包皮。——译者注

作家可能只是听说过一些比萨高等师范学院的事，然后加以虚构。不过有一点可以肯定：她特意选择让故事的主人公进入这所高等师范学院，把意大利最著名的精英学校作为主人公发生蜕变的地方。这所学校是拿破仑在一八一〇年根据巴黎高等师范学院的模式创办的，曾培养出许多学者和科学家、国家元首和诺贝尔奖得主。费兰特为什么选了这所大学呢？

一九六二年至一九六三年，“土包子”莱农从那不勒斯抵达比萨时，比萨高等师范学院上了《意大利画报》的一篇头版报道，这所学校被称作“阿尔诺河畔的牛津”。杂志的插图很完美：意大利文艺复兴风格，取代了英国哥特式风格。在瓦萨里风格的学校大门口，科西莫·德·美第奇雕像周围，簇拥着他的追随者。入口处有大理石楼梯，进入后就是朴素的图书馆和一间会客厅，教授会在这里和学生交谈。这里似乎能听到食堂餐桌旁的细语声，感受到热火朝天的学习氛围，教室里的女孩头发蓬松，埋头看书，学习间隙，她们会踩着细高跟鞋，穿着喇叭裙，在女子学院的花园里潇洒地抽烟。是的，师范学院的精英确实有些不同，学校不再只是男孩的俱乐部。[8]

一九五二年，比萨高等师范学院重新招收女生，此前将女性排除在招生范围外的做法，已经持续了二十多年。校长埃托里·雷莫蒂①在一九五二年给了女生八个入学名额，第一年招收了七名女学生；当时，师范学院

① 埃托里·雷莫蒂，生物学家和医生，在很长一段时间内担任比萨师范学院的校长，其间恢复了招收女学生的做法。——译者注

的学生还很少，总共只有七十人。女学生不能住在男子学院里，她们被安置在圣安娜修道院，可以想象，她们过着类似隐居的生活，也不能随意外出。这些年轻女孩要去听音乐会时，副校长会亲自去接她们，陪她们去。[9]女子学院的大楼战前是医学法律学院，一九四四年时被炸毁，一九五九年才得以重建，重新投入使用。

男女混杂在一起，难免会闹出事端，而且那时入学的新生都还没成年，必须将男女宿舍分开，这也是促使当时的校长乔瓦尼·詹蒂莱①决定一九二九年起不再招收女生的原因之一。在此之前，一八八九年女性获得了入校资格，尽管只被当作“临时学生”，但仍会获得属于她们的荣誉。在自由年代的毕业生中，三十年里有九十五名女性，较为知名的有物理学家——丽塔·布鲁内蒂，磁力理论的先驱，以及数学家——玛丽亚·帕斯托里，她因研究连续变形体的力学而闻名。在一九二九年拍摄的一张著名照片中，这些天之骄子围在校长乔瓦尼·詹蒂莱周围；第一排的两侧站着师范学院最后一届女学生：文学专业的多拉·卢奇亚迪、科学专业的尼娜·皮斯蒂利——扎着黑色麻花辫，看起来年纪很小。

乔瓦尼·詹蒂莱领导下的高等师范学院，是一所旨在培养高素养的文理科教师的学校，非常重视校园生活、老师和学生团体打造。当时学校把女生排除在外，不仅仅是社会习俗问题，因为不可能让女生生活在男子

① 乔瓦尼·詹蒂莱，意大利哲学家和政治家，对意大利的黑格尔唯心主义复兴产生了影响，对意大利教育体系做出了重大贡献。——译者注

寄宿学校里。詹蒂莱对教学工作的女性化和平等化表示担忧，他认为女性的温柔对儿童很有用，但在高等教育中却是个巨大的阻碍，因为“即使是最优秀的女性，也缺乏必要的力量，因为想要进行教育，首先必须征服学生”。[10]

学生凭借优异的成绩考入这所学院，学费和住宿费全免。在这所男性专属的“修道院”里，仍留有生动的回忆和记载。学生宿舍被描述成“世俗僧侣的小房间”：[11]粉刷过的简陋房间，铺着红色的陶土地砖，放着一些基本的家具。到吃饭时间，学生必须穿上外套，打好领带，规矩很严格：在圆柱大厅，大家围着一个U形桌子吃饭，教授坐主位。服务员都穿着白色外套，这在家境普通的外地学生心中，更增添了一种高级感。学生可以选择是否去食堂吃早餐，一般只有喜欢白天活动的学生才去；那些熬夜看书的夜猫子，会让新生把早餐送到他们的房间。

SNS 档案馆版权所有

学校里最让学生害怕的，除了顺利通过考试，保住在学校的位子，还有霸道的前辈。他们快要毕业了，所以地位很“神圣”，会经常使唤新生，并“教训”他们。这算是种入学考验，训练新生服从男性团体的规则，现在我们可能会称之为“霸凌”，但在师范学生的记忆里，这些都被玩笑，甚至是娱乐教育淡化了。[12]一九四八年，语言学家乔治·帕斯卡利，在战争期间一直在高等师范学院任教，他将这个全部由男性构成的学院描述为一个近乎完美的集体，大家在这里日夜努力工作，就像在矿井里一样，但这里的纪律“理论上很大胆开放”。前辈们严厉地照顾着新生，不会发生其他学院那种“走邪路的危险”，因为那些男生很自由，来去自如。[13]

历史学家玛丽亚·皮亚·保利推测：“法西斯时代之前，比萨高等师范学院之所以没有重要的女性回忆录，也许是因为在比萨还没有像在法国塞夫尔那样的寄宿学校，教授会用修道院的方式来教导女学生。”众所周知，当时比萨师范学院的女生主要来自中产阶级和小资产阶级家庭，往往通过家庭关系进入这所学校：她们可能是教授的女儿、姐妹，或可能是其他学生的妻子。[14]总之，当时女生被拒于校门外，但奇怪的是，不久之后，一九三二年詹蒂莱做了个自相矛盾的决定，他招聘了两位女教授。在接下来的三十五年里，也就是直到多事之秋一九六八年，在高等师范学院教学的女性只有她们俩：比阿特丽斯·吉利奥利是其中之一，她是比萨高等师范学院的毕业生，也是比萨大学高级农业学院院长的女儿，她被聘为英语讲师；另一个是古代莎草纸文献研究者——美狄亚·诺萨，看着她的照片，会让人产生好奇，想进一步了解她。从一张一九一〇年左右拍摄的照片中我们可以看到，这个生活在“美好时代”的年轻女孩，一头棕发，身材瘦长，浅色的带羽毛的帽子，她有一个充满神话色彩的名字——“美狄亚”，最后成了希腊学学者和古莎草纸“猎人”。

诺萨教授一八七七年出生于的里雅斯特，她父亲是塞法迪犹太裔意大利人，母亲是笃信天主教的斯拉夫人。她在维也纳上过学，二十世纪初搬到了佛罗伦萨，师从当时著名的莎草纸文献学家——吉罗拉莫·维泰利。她紧跟这位导师的步伐，继承了他的事业，先是成为古莎草纸文献研究的老师、古莎草纸文献的守护者，后来担任佛罗伦萨古莎草纸研究所的主任。在任职期间，她取得了重要的成果，支持在埃及的考古发掘活动，并得到了国际认可。[15]她发现了萨福作品的陶片（ostrakon）——那是当时关于诗人作品的最新发现，她在一九三七年负责了萨福作品新版本的出版。一九三八年，她发现了“古莎草纸哲学文献”。[16]

一九二六年以来，美狄亚·诺萨经常到埃及寻找莎草纸，她从布林迪西乘汽船出发，访问开罗和亚历山大的村庄和古董店。她一眼就能认出重要的作品，会从旧箱子里拿出莎草纸碎片，用细长的手指整理古莎草纸的纤维，马上辨认出它们的来源。[17]诺萨来到高等师范学院任教时，不再是那个戴着羽毛帽子、目光充满神秘感的年轻女人；她已经五十多岁了，容颜老去，可怕的时代即将到来。卢恰诺·坎福拉①在他的《东戈的古莎草纸》一书中，讲述了那场摧毁她事业的学术斗争。

一九三五年，吉罗拉莫·维泰利去世时，诺萨小姐——她的同事总是这样称呼她，不带教师头衔——无疑很伤心：她是中学拉丁语和希腊语教师，也作为自由教授在大学上课，并被“借调”到佛罗伦萨的古代莎草纸文献研究所。诺萨和同门一起工作，但他们认为她不过是个助手。一九三八年，乔瓦尼·詹蒂莱认识到“古莎草纸哲学文献”的重要性，帮她出版了著作，并承诺支持她在大学的稳定发展。然而那年意大利正好颁布了种族法，一九三九年美狄亚·诺萨在申请前往埃及的许可时，不得不面对羞辱性的调查，证明她是“非犹太混血”，调查所花的时间很长，致使她错过了战争爆发前的最后一次发掘活动，也阻碍了她成为教授候选人，她的名字也被从最重要的古代莎草纸文献学活动中抹去。诺萨被认为是“技术上的雅利安人”，可以留在佛罗伦萨的古代莎草纸文献研究所和师范学院，但学术生涯却受到了极大影响。[18]

我们已经到了独裁和战争的尽头。一九五二年，也就是诺萨教授去世的那一年，这所高等学校重新向女生敞开了大门。在此期间，发生了轰炸学校和洗劫卡罗瓦那大楼事件，更早些时候，法西斯垮台，乔瓦尼·詹蒂莱辞职，后来他在“GAP”党派游击队组织的暗杀活动中死于佛罗伦萨。高等师范学院涌现出反法西斯的

① 卢恰诺·坎福拉出生于巴里，是意大利古典学家和历史学家。——译者注

新一代：吉多·卡洛杰罗①、阿尔多·卡皮蒂尼②、路易吉·鲁索③的学生，这些年轻人在一九四〇年宣战当天，法西斯分子焚烧法国国旗时，他们唱起了《马赛曲》，还有的加入了抵抗运动，有两名学生牺牲。女生重返校园，也需完成同样的学习任务和入学考试，但入学考试有所不同。女生的名额较少，纪律限制也更多：根据规定，女生必须"避免与男生，或学院里的陌生人一起学习"，晚上必须比男生早两个小时回到宿舍。[19]

不过，新学年女生的回归并非一帆风顺。一方面是冷战的大背景，另一方面路易吉·鲁索的任期即将结束时，围绕他的争议很多，他所属的人民阵线党派在一九四八年的政治选举中失败，职位被天主教教徒埃托里·雷莫蒂取代。比萨高等师范学院的毕业生——作家卢西亚诺·比安夏尔迪④写道："学校的总体情况，比战后那几年还要衰弱，缺乏男性气概，也比不上战前的秘密抵抗时期。"[20]当时是一九五四年，学校的女生不足十五个，怎么能让气氛"缺乏男性气概"呢？围绕着师范学院的笔墨战中，大家都针锋相对，历史学家德利奥·坎蒂莫里指出："我发现，重新允许女生参加师范

① 吉多·卡洛杰罗，意大利哲学家、散文家和政治家，意大利政坛二十世纪最活跃和最坚定的知识分子之一。——译者注

② 阿尔多·卡皮蒂尼，意大利哲学家、政治家、反法西斯主义者、诗人和教育家。他是意大利最早掌握和理论化甘地非暴力思想的人，被称为意大利甘地。——译者注

③ 路易吉·鲁索，文学评论家，在盟军政府的要求下于1944年出任比萨师范学院的校长职位，于1948年被撤职。——译者注

④ 卢西亚诺·比安夏尔迪，意大利作家、记者、翻译家、图书管理员、活动家和电视评论家。他与各种出版社、杂志和报纸积极合作，为战后时期的意大利文化传播做出了重大贡献。——译者注

比萨高等师范学院的男女学生 1957 年

学院的入学考试，是一件天大的好事，我希望学校能得到支持。”[21] 虽然缺少资金，也缺乏国家拨款，但必须重建女子学院——提巴诺楼。一九五九年，女子学院落成典礼隆重举行，历史学家保拉·卡鲁奇写到，女子学院即将成为学校的“耀眼明珠”。[22] 校长办公室的一封信，也证明了这一雄心壮志，一九六四年，他们派遣女子学院院长——莉娜·泽博格里奥·比昂迪前往美国，

"直接、深入地去实地考察"[23]瓦萨学院——美国一所极负盛名的精英学校，专门招收家庭背景优越的女孩，玛丽·麦卡锡的著名小说《群体》就是以此为背景创作的。泽博格里奥小姐——比萨师范学院的女生都这么叫她，是莱农大学时代女子学院的院长。

莉娜·泽博格里奥·比昂迪

反叛的一代人

我开始经常光顾比萨高等师范学院的历史档案馆，置身女子学院提巴诺楼的环境中，会让人想感受莱农在比萨上学的氛围。中间休息时，我会在市区散步，有一天下午，我去了奇迹广场，我已经不记得有多久没去那里了。我沿着植物园的围墙向前走着，心想，对于这位天才少女来说，在比萨的时光，说到底只能算生命中的一段插曲：莱农知道，城区才是她的世界，而比萨、佛罗伦萨、米兰都只是“例外情况，意想不到的事”。[1] 在费兰特的小说中，比萨这座城市没有性格，没有血肉，它不像小说中的“主角”那不勒斯，它甚至不是舞台布景，而像一张纸糊的背景。在莱农居住过的城市中，这座城市有什么特别的地方呢？

这时，我来到了奇迹广场，那里人声鼎沸，挤满了游客。站在老圣基亚拉医院的门口，我想起了第一次从楼上的一扇窗户望向壮丽的“奇迹广场”时的情景。小时候，家人带着我去医院看望祖父，从病房窗口，我看到了令人震惊的风景：一座巨大的白色螺旋状建筑，像是白糖做的，好像随时要倒在翠绿的草坪上，变成粉末。但如今比萨斜塔虽历经风霜，仍屹立不倒，而其他许多事物都已变换了模样。事实上，行走在这些几何图形中，看着建筑的主体和大理石饰带，会让人有种超脱感，忘记巨大的体积带来的压迫感。不过斜塔里挤满了游客，非常吵闹，公墓成了躲避处，在那片墓地，数学家斐波那契[①]就葬在教士和海外总督之间。经过漫长而复杂的修复，在墓地柱廊下方，可以看到一组壮丽的壁画。

这组壁画简直就是十四世纪的"图片小说"，滑稽而怪诞，可怕但充满梦幻色彩。壁画从伟人公墓的一面墙延伸出去，打破了庭院的肃穆线条。艺术家的名字博纳米科·布法马可，已然说明笔画的风格，他是一个不拘一格的佛罗伦萨画家，擅长随心所欲地自由使用空间。乔万尼·薄伽丘在《十日谈》中塑造了他放荡不羁、刁钻促狭的形象。这组图画的第一个场景"死亡的胜利"中有许多动物的身影：野兔、野鸡、猎鹰、灵缇犬、马、没有奶水的母鹿。而空中长着彩虹翅膀的天使在和丑陋的魔鬼、嗜血的蝙蝠打斗着，两派为抢夺死者身体中脱离出来的灵魂大打出手；在地面上，出现了宫廷生活的画面。一帮人在狩猎中，偶然看到很多没盖上的棺材，尸体的臭味迎面扑来，一位骑士不得不捂住鼻子，他的马伸长了脖子，皱起鼻子，也闻到了恶臭，一位贵妇则用面纱遮住了嘴。旁边第二个场景的核心部分是"最后的审判"：一个身材庞大的路西法，看起来不男不女，不像野兽也不像人。我们看到的是一个剖面图，可以看到他吞噬了很多身体，这些人在他肚子里滚

① 斐波那契，中世纪意大利数学家，是西方第一个研究斐波那契数列的人，并将现代书写数和乘数的位值表示法系统引入欧洲。——译者注

动，最后被排泄出去。如果这幅作品呈现的不是生动的民间传说，那也算是最可怕的噩梦。这是一幅寓意画，但充满了真实的肉感，非常荒诞，几乎像是滑稽模仿，是对常规有力的颠覆。

莱农来到比萨，这里会发生什么事？是否只能是对常规有力的颠覆，让传统学术研究遭遇艰难考验？比萨之所以重要，是因为这位天才少女来到这里求学，比萨高等师范学院成了她的蜕变之所。她把城区作为“反应剂”，她和其他社会群体进行混合，这是前所未有的事。事实上，真正意义的社会混合就发生在这里——甚至比伯克利大学还要早，提前引爆了一九六八年的学生运动。莱农在比萨高等师范学院，这改变了小说的视角和情节发展，让我们看到莱农成长为成年人，同时也看到了一代人的经历。让莱农来这里学习，让她进入女性仍占少数的“实验室”，这是一个实现社会阶层提升的空间，就如同让“野孩子”去接受最高端的精英教育，观察会发生什么。一九五七年至一九六三年，在那个充满新希望的世界里，比萨高等师范学院的学生数量几乎翻了一番，女生差不多占到三分之一，但在此后的十年间——直到一九七〇年，有近两百个女孩进入比萨高等师范学院。同时大学的学生注册人数呈直线增长，意大利正在迈向大学教学普及化，很快领导阶层连站的位置都没有了。

在女子学院这个“微型世界”里，莱农从做政府门房的父亲拥挤的房子里搬到寄宿学校的单间，这对她来说简直像跨入了“天堂”。她在学习上严于律己，紧紧抓住了这个机会，尽全力保住了自己的位置。其他同学会嘲笑她的那不勒斯口音。她的衣柜里没什么衣服，每年的联欢舞会是认识骑士广场的男生的好机会，但她没有合适的衣服，即使是她最好的一件衣服，也已经很旧了。小说里写到，大家都会去参加这个舞会，实际上每个女生只能邀请一个人，而没被邀请的人必然会很失望。[2]在这场舞会上，莱农就像灰姑娘，认识了弗朗科·马里——她在比萨的第一个男朋友：他很聪明，长得算不上帅，但家境富裕，无所畏惧。他成了莱农的皮格马利翁①：给她买衣服，重塑她的政治观点，带她去巴黎，去维西利亚②海边。她喜欢马里，会偷偷去男生宿舍和他过夜，这是当时严厉禁止的事，但她并没有爱上他。马里因为一科考试成绩太差被开除了，两人才分开。莱农很早就发现，和弗朗科·马里这样出色的人在一起，能提高自己的地位，会被他反射出的光芒照亮，但当他离开后，这种光环就消失了，留给她的是深夜去男生房间、"放荡女孩"的坏名声，弗朗科的存在"掩盖了我的真实状况，但没有改变它"。[3]

莱农进入比萨高等师范学院的十年之前，女子学院的女生如果想要离开宿舍去听音乐会，还需要副校长的陪同。现在一切都变了，人们也不再过问，男女学生一起过夜成为无人问津的事。大家都这么做了。但在这一

---

① 皮格马利翁是希腊神话中的塞浦路斯国王，善雕刻。他不喜欢塞浦路斯的凡间女子，决定永不结婚。他用神奇的技艺雕刻了一座美丽的象牙少女像，把全部的精力、全部的热情、全部的爱恋都赋予了这座雕像。——译者注

② 维西利亚位于托斯卡纳，以时尚的里维埃拉度假胜地而闻名。——译者注

时期，也就是一九六三年，学校对四名学生做了违纪处分：有两个女生，到了宿舍门禁时间还没回来，游荡到火车站附近的酒吧，喝得醉醺醺，在那里待到深夜；还有两个男生，把女朋友带到宿舍，他们也受到了处分。四个涉事学生都提交了书面检讨，承认了错误。两个女生只是初犯，认错态度较好，被停了三个月的课。而两个男生由于是惯犯，受到了警诫性的惩罚：其中一人被停学六个月，错过了一个学期的考试；另一人则被师范学院开除，他就是阿德里亚诺·索弗里①，当年只有二十一岁。[4]

如今，回过头来看这四名学生的违纪处理文件，还是很有意义的。对两个女生，女子学院院长莉娜·泽博格里奥·比昂迪当时在听证会上表示：这两个女生不遵守纪律，但“没有犯严重的错误”。她解释说，那个叛逆的女生刚失去了父亲，她感觉有些迷失，这可以理解。至于索弗里，他被开除的原因是：他没有承认自己的错误行为，也没有悔过，而是为自己辩护，声称事情没那么严重，因为那些规矩通常“执行规定时不会太死板，会适当变通”。这暗示当时这些行为已经普遍存在，但每个人都假装视而不见。第二年，也就是一九六四年，年轻的索弗里变得很有名：在学校大礼堂的一次演讲中，他和工人运动领袖詹马里奥·卡扎尼加②一起，向意大利共产党领导人帕尔米罗·托利亚蒂喊话，要求

① 阿德里亚诺·索弗里，意大利前极左翼恐怖分子、记者和作家。——译者注

② 詹马里奥·卡扎尼加，哲学家、政治家和意大利工人运动的领袖。——译者注

打破僵局，进行革命。那时距离一九六八年还有四年时间，但在比萨，中国的革命热潮已经涌来，毛泽东这颗明星在世界上冉冉升起，当时意大利共产党开始走左倾路线，党内一些人“一直在抵抗，直到被剥夺资格，或开除党籍”，而另一些人“在政治方面是一张白纸，但被直接民主的自由气氛所征服，他们在火热的大学集会上呼喊（或自欺欺人）”。[5]

从一九六一年开始，莉娜·泽博格里奥担任女子学院院长，负责管理学院的事务。她毕业于法律专业，当时已是一位成熟女性，气质沉稳优雅，头发已经花白，她丧偶后就一直住在学院里。她出生于一九〇三年，几乎是二十世纪的人，经历了另一个世界的故事。她经历了学生运动的动荡，情绪容易激动，有点儿像那些女生的母亲，也有点儿像监护人，她的管理方式就是：尽量控制冲突。在与她相关的档案文件中，最经常用来形容她的词是“奉献精神”。泽博格里奥试图解决学生的问题，答应延迟门禁，她和管理层协商，每周里有两天——周四和周六，制定更灵活的时间表。[6]

当然，这些肯定不够。当年学院的学生菲奥雷拉·法里内利如今是一名工会成员和政治活动家，她来自蒙特罗索，人很娇小，长着一张圆脸，像法国女演员。一九六一年，她以第一名的入学成绩考入师范学院文学专业。她记得：“当时发生了一点小动乱，女生受够了没有独立食堂的日子，开始抗议。学生领袖阿德里亚诺·索弗里像个求爱者，拿着一朵花茎很长的红玫瑰，出现在莉娜·泽博格里奥面前。她出身比萨上流社会，非常优雅，她的任务是让学生家长放心，她会保护好学生。因为当时比萨人都不喜欢师范学院的学生，因为在法西斯主义统治下，这里的学生被看作体制内的奸细，再加上他们行为出格：吸烟、在街上唱歌、在奇迹广场上随意调情。”

那段时间，每天晚上都会有集会，让人印象深刻的是，一到某个固定时间，女生就会匆忙离开，因为她们必须赶在关门前回到宿舍。她们会偷偷溜出去，从智慧大楼到阿尔诺河岸的宿舍只有三百米，几分钟就走到了。天气热起来之后，院长会非常担心，亲自去找女子学院的学生，把她们带回宿舍。朱莉安娜·比亚乔利如今在比萨教书，是教经济史的教授。她是“奥里维托”公司一个铁匠的女儿，一九六二年进入比萨师范学院。她记得有一次，泽博格里奥院长出现在学校一扇窗户下面，试图说服她。朱莉安娜当时已是高年级学生，“回宿舍，并叫上那些未成年的低年级女生，你对这些小姑娘是要负直接责任的”。[7]为了拥有和男生同等的权利，不用再在夜间集会中匆匆回去，那些女生给校长办公室写了一封信。菲奥雷拉·法里内利告诉我：“如果权利少了，那么义务也该少一些。我们的领导者安娜·加贝西说。物理学家路易吉·阿里尔多·拉迪卡蒂·迪·布罗佐洛接待我们时，几乎要晕倒了。”一九六七年的占领运动，女生整晚都待在宿舍外面，她们铺开毯子，睡在学院的地板上。看看她们的穿衣打扮就知道她们家庭条件不错：格子呢百褶裙、花呢套装，还有珍珠项链。警察来清理智慧大楼时，逮捕了十四个人，其中九人是师范学院的女生。

莉娜·泽博格里奥有埃莱娜·费兰特小说里女院长

比萨基金会蓝楼，富拉斯档案馆版权所有

的影子。莱农发高烧，不能回家过圣诞节，她母亲心急火燎，从那不勒斯赶过来，来到了她的宿舍。重读那一页，我不知道莱农更担心的是什么：是害怕违反学校规定，也就是说即使是家属，也不能进入学校宿舍；还是害怕母亲和院长，两个女人之间让人不安的会面。[8]但如果说莱农为母亲感到羞耻，对她的动作、说话方式、一瘸一拐的步态，以及一只有些斜视的眼睛感到羞耻，那确实过于肤浅。这其中有更深层次的原因，展现了那些年年轻人的复杂情感。

菲奥雷拉·法里内利用冷静、清晰的语气说，在墙上所有标语中，最吸引人的文字是“我想成为孤儿”。“我很赞同，还拍了照片，把传单带回了家，这是我最喜欢的一张。我想成为孤儿。”[9]那一代人，无论社会背景如何，他们都想从零开始，成为和父母不同的人。他们不认同老一辈人的想法。为什么会这样呢？法里内利向我解释了这句标语的力量："我们的父母是在法西斯统治下出生和长大的，这是我们之间存在差别的原因之一，即使是出身于反法西斯主义家庭的人，也能感受到它的压迫。成年人的虚伪让人不适，教人吝啬小气：你不能和其他社会阶层的人约会，不能出去玩……政治不该凌驾于自由之上。如果没有对自由的渴望，就不会有一九六八年的学生运动。"

在彻底抹去出身的过程中，人们处于一片黑暗的盲区，母亲的形象被保留了下来。路易莎·帕塞里尼在她的《一代人的自叙》中，用一种极端清晰的笔法，写到了这一点，这是那一代人的集体传记。在激情四射的反抗运动中，每个人的情感和想象力都得到了释放，男生女生都是如此。矛盾的是，他们要释放的有些天性明明很女性化，人们却很难把这些事和母亲联系在一起，甚至都不会开口谈论。女性的一面可以经历，但还很难用语言表达出来，更别说深入思考了。半个世纪后，我们似乎能更好地理解母亲的形象：被捆绑的家庭妇女，几乎毫无所长。这是一种家庭模式的象征，她们显然想逃离这种模式。即使还是高中生的莱农，也被这样的想法吓坏了：每个孩子的身上都有父母的影子，迟早她身上也会出现她母亲的影子，斜着眼，跛着脚。[10]

菲奥雷拉·法里内利说："我想成为任何人，除了我母亲。我清楚这一点，我总干很多出格的事：偷偷抽烟，在聚会上抽烟。即使母亲不同意，我也总去跳舞，想在晚上出去玩。好吧，其实最出格的行为是恋爱。"[11]

然而，莱农与母亲的关系有一种特殊的色彩，她母亲是一位神奇、强大，优点和缺点并存的地中海式母亲。也许正因为如此，莱农才分外担心她母亲和院长碰面。她担心万神殿里，敌对的诸神之间发生战争。

但他们是如何从大学生前辈和新生的不平等中跳脱出来，团结一致，发动一九六八年的学生运动的？女生是否也会压迫新生，这种情况持续了多久？“当她们停止压迫新生时，我以为世界就要改变了。”菲奥雷拉·法里内利回忆起入学仪式时，她告诉我：“我们要经历两场考验：一场在男子学院，一场在女子学院。男生会对同性使用暴力，而给女生安排的是文明的专题考试，如果答不出来，就会被大声呵斥。女子学院的前辈做的事更可怕：她们会闯入你的房间，你不得不爬上衣柜。她们会不断问你问题，用水浇你，拿走你花费几个小时做的作业，把你衣服上的纽扣剪掉，这叫‘扣除’。所有人都知道这些事，没有人反抗，那时学校的理念是，你必须学会应对生活中的困难，不存在什么民主，也不存在对新生的热烈欢迎。”

在莱农经历的故事中，没有出现这种高年级学生霸凌的迹象，但也有寄宿学校里常见的暴力场景：莱农被诬陷从同学的钱包里拿了钱，她用方言骂了那个女生，并给了她一记响亮的耳光。朱莉安娜·比亚乔利被两个女生“折磨”，以让她感到无知、自卑为乐，她们后来成了学生领袖。“就我个人而言，我把这一切羞辱都抛到了脑后，但有个比较脆弱、胆小的女孩就受不了，哭着退学了。让我感到自豪的一点是，我们那年的所有女生，一致决定抵制学校里的这些做法。”[12]

莱农像她的初恋男友弗朗科·马里一样成为托洛茨基主义者①，她会记住那些政治术语，但只在私下里使用。她学会了谈论艰深的话题，在公开场合，她很温和，不会轻易发表自己的观点，也从没真正融入过学生团体。她不知道如何像其他人一样，结识重要人物，她的交际圈仅限于家里有关系的人，还有学界的要人。费兰特没写过学生运动的“史诗”，也没有投身任何事件，她只是通过“寻常生活”看待那段历史时期。[13]莱农在比萨只待到一九六七年底，当时学生运动中已经涌现出几位突出的女生，比如化学家安娜·加贝西。一位编年史家认为，她在“领导集会和工作组方面的能力无与伦比”。菲奥雷拉·法里内利留校攻读研究生，见证了抗议活动的关键时刻，在卢西亚诺·弗拉西的照片档案里，可以看到法里内利坐在桌子旁边的照片，在大学被占领期间，她负责撰写抗议活动的纲要。在文学系，卡拉·梅拉齐尼“以雷厉风行的态度领导运动”，[14]和她一起的还有里娜·加利亚尔迪，她后来成了《宣言报》主编、参议员。年轻的梅拉齐尼是这样一个人：“她家境良好，但不屑于比萨高等师范学院赋予她的特权，她离开了学校，成了集会领袖，她的发言总是简洁而引人注意……”[15]

在这群女生中，二〇〇九年在那不勒斯去世的卡拉·梅拉齐尼无疑是最引人注目的人物，也可能是关

① 托洛茨基主义主张建立列宁式的无产阶级先锋队政党，反对官僚主义，实现真正意义上的民主集中制，拥护无产阶级国际主义和不断革命。托洛茨基主义的支持者被称作托派或托洛茨基主义者。——译者注

键人物。她是个瘦削、内向、短头发的金发女人，与莱农和莉拉一样，她也生于一九四四年。她是个彻头彻尾的北方人，但那不勒斯方言说得很好。一九六三年，她从瓦尔特林纳南下。那些年，几乎所有关于比萨的回忆录里，都会出现她的名字；她丈夫切萨雷·莫雷诺，一位物理系学生，回忆起她时，仍把她看作学生运动的领袖。“她是如此坚定，对手只能在墙上写些讽刺她的话。”有位特别厉害的教授、文学评论家弗朗西斯科·奥兰多，在她的学生手册上给了很高的分数。但卡拉和切萨雷很喜欢在巴比亚纳①的经历，对堂洛伦佐·米拉尼在穆杰罗乡下试验的特别的办学模式，以及与儿童相处的方式很感兴趣。他们选择了那种生活，并加入了“继续战斗”（意大利议会外左派组织）的领导小组。她离开了高等师范学院，“她觉得，以那种搞文化的方式远离现实，她无法认同”。[16]从那之后，梅拉齐尼和莫雷诺就在那不勒斯定居：切萨雷回到了他出生的地方，而他妻子则自愿成了那不勒斯人。他们一起成为街头教师，在“克莫拉”黑社会招募“小弟”的街区教书，照顾那些“无药可救”的人——所有学校都拒收的困难儿童。

因此，莱农在比萨高等师范学院上学期间，那里不只有历史学家马塞拉·马尔莫一位那不勒斯人，[17]还有另一位，即卡拉·梅拉齐尼——学生运动的领袖，后来选择成为那不勒斯人。二十世纪七十年代，她住在圣约翰·特杜奇奥，这里离城区——“那不勒斯四部曲”故

---

① 巴比亚纳位于佛罗伦萨北部穆杰罗地区的中心。——译者注

事的核心——只有几千米远，也是小说中莉拉离开丈夫后去的地方。书中描写的工人运动就是以此为背景，在布鲁诺·索卡沃的香肠厂里工作的莉拉，为了谋生，堕入地狱一样的工厂。我不想把卡拉也看作“埃莱娜·费兰特”的候选人，但不难想象，她的轶事从比萨传到那不勒斯，会在一个城郊发酵。费兰特的语言和表达形式都属于那不勒斯，但故事的细节却来自这座城市中一个特定的地方，即中央车站外围的街区，废墟工业区周围，卡拉·梅拉齐尼和切萨雷·莫雷诺也在那里居住过。

一九六七年底，莱农离开比萨时已经毕业，并与一位知名学者和社会主义参议员的儿子彼得罗·艾罗塔订婚。她提升了自己的社会地位，只不过是通过传统的方式：婚姻。在比萨高等师范学院女生的故事落下帷幕之前，我们有必要提到当时的新事件：一位女教授的到来。从久远的美狄亚·诺萨时代开始，到那时的第一位女教授。一九六八年，在学生运动的背景下，艺术史学家保拉·巴罗基被聘入校任教，并在此工作了三十五年。当时她才四十出头，是乔治·瓦萨里《米开朗琪罗的生活》这一著名作品评论，当时她在开展一个重大项目：整理出版米开朗琪罗的信件。两年后，即一九七〇年，保拉·巴罗基成为比萨高等师范学院的副校长。据说，伟大的艺术史学家伯纳德·贝伦森[1]在她还很年轻

---

① 伯纳德·贝伦森，一位专门研究文艺复兴艺术的美国艺术史学家。他的著作《佛罗伦萨画家的素描》在国际上取得了成功。——译者注

时就预言，许多男人会希望在学术上超越她，接下来的二十年里，有人多次推举她担任学校的校长，而她总是拒绝。也许是因为她真正愿意投身的开创性事业，是将信息技术应用于艺术史资料，这将使她成为全世界的学术标杆。

在学校里，她是所有人眼中的“大小姐”，这个称呼和她“盎格鲁—佛罗伦萨”的混血形象相吻合。她总爱穿喇叭裙、运动款的西服套装、低帮鞋，还有定制的丝绸和羊毛衣服，以此来隐藏自己的曲线，掩饰女性气质，但这没有削弱她的权威。相反，这更像是一种独特的个性标签。她的第一个学生米米塔·兰贝蒂回忆说，保拉·巴罗基就像可可·香奈儿，在巴黎的工作室里，她是唯一可以自称“小姐”① 的人。[18]

① 原文为法语：Mademoiselle。——译者注

福荫子孙的书香门第

离开比萨后，我想认识一些莱农那个时代，从那不勒斯去比萨读师范学院的女生，随后找到了马尔莫教授。马塞拉·马尔莫教授几年前的一张照片流传甚广，那是她儿子为她拍摄的：在绿意盎然的花园中，她穿着一件宝石蓝上衣，耳朵上戴着红色的珊瑚耳环，映衬着她线条柔美的五官，她一头黑色的短发，显得和蔼可亲。但如今，马尔莫教授似乎有些后悔把这张照片放在费德烈二世大学的教授介绍页面上。如果这是一张黑白照片，背景是灰色的，就像美国大学的教授照片，也许传播度就不会这样广，流传到世界各地，甚至出现在一些让她不悦的地方。虽然她很不情愿，但是有一天，人们怀疑她就是埃莱娜·费兰特，因为在一九六六年，佛罗伦萨发大水之前，她就是从那不勒斯考入比萨高等师范学院的女生之一。

马塞拉·马尔莫并不愿再谈起这件事，我很感谢她的耐心，她在电话里解释说，这是她第无数次向别人解释：她并没读过“那不勒斯四部曲”，更不用说写书了。她只向朋友借来第一部曲看过，但后来还把书弄丢了，只得买了一本新的还给人家。她追剧看了《我的天才女友》，但对于再回头看小说没什么兴趣。我听着电话里的声音，想象她在家中，在沃梅罗山上，俯瞰伊斯基亚岛和梅尔杰利纳港口。那是一栋花叶饰风格的建筑，房子内部装修很温馨，经常受邀去那里共进晚餐的朋友，生动地讲述了屋子里的摆设，马尔莫教授的丈夫圭多·萨切尔多蒂会给来访的客人画像，但在2013年，他不幸逝世了。

圭多·萨切尔多蒂多才多艺，他是过敏疾病的医生、象棋冠军、画家、萨克管吹奏者、马拉松运动员，个性与众不同。他是作家卡洛·莱维的外甥，而舅舅是他的人生榜样。来自卡塔卢尼亚的语文学家、翻译家安娜·玛丽亚·萨鲁德斯·阿玛特也惊异于圭多·萨切尔多蒂的才艺和个性，她回想着那段在那不勒斯大学做外教的日子，她同马塞拉·马尔莫和圭多·萨切尔多蒂夫妇有过来往，当时圭多还是她的家庭医生。“那时，他常请大家去他家做客，有时是晚餐时间，有时是晚餐之后。他常下象棋，有时一边下着象棋，一边作画。”“一边下着象棋，一边作画？”“是的，他常一边和别人下着象棋，却在旁又摆着画架，将下棋的人或其他人画下来。他总是这样：同时能做两三件事……奇怪的是，他会将画作赠给你……他十分钦佩舅舅，作画的风格也像他。”[1]历史学家保罗·麦克里也留下了关于圭多·萨切尔多蒂的轶事：“我记得在哈斯别墅度过的下午，在调色板前，圭多抛出了一个话题后，总是带有一丝开玩笑、心理分析的意味，之后他不再说什么，只是听大家聊天，皱着眉头或点头，眯起双眼或面露微笑，同时还在画画。那时他想搞清楚，那一刻的我到底是谁，同时他还想捕获我的根源。但这一切都不是被动的，他能将两个人的自我进行交融：说话的我、沉默的他，尽管他不说话，却又十分活跃、敏锐，会捕捉到很多东西……他试图捕获他绘画的对象，同时也让自己被捕获。绘画意味着理解，理解意味着占有和被占有。”[2]

维托里奥·福阿，意大利工会和左派创始人之一，在二十世纪三十年代，反法西斯密谋中，他是卡洛·莱维的同伴。他对我讲过类似的事：一九三五年四月，他去了莱维在都灵的房子，警察的围捕即将开始，他当时很惊慌。莱维对他说：“坐下吧，我要为你画张像。”他坐下来，莱维一次就完成了画像，花了一个半小时，也许是两个小时。“我站起来时，恐惧已经消失了。”维托里奥笑着说。[3]正如安娜·福阿在家庭回忆录中写的一样，她在小说《钟表》中，就以父亲为原型，创作了一个人物，事实上在画像中，这位谋反者眼中的恐惧留在了画布上。[4]圭多·萨切尔多蒂，一位内心躁动的艺术家，过着多重生活，他在绘画时，方式和莱维很像。他敬爱舅舅莱维，把他视为“精神之父，不仅是绘画上的，更是生活上的”。这是他表兄——斯特凡诺·莱维·德拉·托雷在回忆录中写的。这位表兄也是艺术家，他回忆在阿拉西奥别墅度过的夏天，傍晚时分，他们陪舅舅一起组装画架，看着“一幅画的开始，画完时天已经黑了。蝉鸣早就结束了，青蛙从远处的灌溉水槽中发出鸣叫”。[5]

卡洛·莱维——作家、艺术家、政治家、反法西斯主义者、行动党领袖、独立左翼参议员，他夏天居住的阿拉西奥别墅，“离海岸线仅百余米的别墅的花园延伸到广阔的田野”。卡洛·莱维的妹妹阿黛尔——圭多·萨切尔多蒂的母亲，在安娜·玛丽亚·萨鲁德斯·阿玛特的美好回忆中，她在沃梅洛的家中，曾多次看见这位十分有趣的女士，阿黛尔有着“丰腴的身材、美丽的浅色眼睛，她是卡洛·莱维的妹妹，是莱娅·马萨里在电影《基督不到的地方》中饰演的角色”。[6]一九六七年，在圭多为母亲所作的画像中，她目光微斜，阴影从脸部一直落到肩部。她是因种族法被迫来到那不勒斯的都灵女人，也是一位画家、钢琴师。阿黛尔·莱维是萨切尔多蒂家族的核心人物，人们都是这样描述她的。

人们推测，马塞拉·马尔莫可能是费兰特，突如其来的关注让马尔莫深受困扰，也非常厌烦，我们也可以理解其中的原因。她很珍视自己作为当代史学家的身份，她研究了十九世纪的“克莫拉”黑社会组织，通过警方的信息，重建了“克莫拉”的黑市，还有当时已经在那不勒斯布开网络的黑社会网络。这是一只能够将其触须延伸出去的章鱼，它的触须接触的“已经远远不止贫民阶层”，还有那些通过低价购买赃物、发家致富的商人，那些放高利贷的人预付购买走私物品的钱，律师成了议员，社会精英参与将非法赌博合法化，海关警卫和官僚受贿，甚至还波及戏剧创作。在这背后是一个层层叠叠的关系网，有紧密的联系，也有一些宽泛的交易，具有流动性，完全不符合人们对上层社会的想象。当时那不勒斯的富人，通过洛克·德·泽尔必的描写呈现出来，得到了大家的认可。德·泽尔必是位记者、历史上的右翼议员，他在一八七九年谈到，那不勒斯的社会精英很富裕、有文化，就像牡蛎一样，带着其闪亮的珍珠，紧紧依附在被贫穷和犯罪折磨的下层社会的“礁石”上，他们其实对下层社会既不了解，也不常参与。总之，他呈现了完全不同的社会机体之间的共存。[7]

马塞拉·马尔莫卷入“埃莱娜”热潮，这只是因为时间上的巧合，一九六三年至一九六五年，她从蒂姆帕诺高中升入比萨高等师范学院，这个过程对于马塞拉·马尔莫来说，只是一段伤痛的回忆。现在激流已经褪去，喧嚣已经平息下来了，遗留在岸边的只是一些残骸。谁也不会相信，这位安静的学者还会有文学生涯。或许，人们会谈论“那不勒斯四部曲”第二本《新名字的故事》中这座城市的缩影，这个虚构的故事，捕捉了二十世纪六十年代去比萨高等师范学院上学的女孩的生活体验。或许在故事中，有一些从集体想象中获得的细节。

比如，故事中有影响力的艾罗塔家族——莱农婚后融入的家庭。家里的父亲圭多是个学者，是社会党的主要知识分子，在《桥》杂志上撰文——卡洛·莱维也曾是这份杂志的撰稿人。丈夫家里还有一位个性鲜明的母亲，这是一位热衷于发现人才的婆婆，名叫阿黛尔，是莱农的良师益友，她帮助年轻的儿媳实现文学上的梦想。这个荫福子孙的书香门第，在利古里亚大区有一所大房子，阿黛尔最终接受了莱农本来的样子，很关心她：没有人问她，就像往常一样，她从哪里来，父母做什么。最后，莱农成为自己，带着不安重复着：我，我，我……艾罗塔这个书香世家和萨切尔多蒂莱维夫妇有关联吗？毕竟，大部分小说都基于一些发生在特定时间和地点的材料，进行自由组合。

挂断电话前，马塞拉·马尔莫说，我偏离了方向，因为莱维一家与这座城市没什么联系，无论是相关的集体记忆或是叙事。其实，事情正好相反，那不勒斯对卡洛·莱维不感兴趣，这座城市无视他，他与这座城市的文化没什么关联，他与卢卡尼亚、马泰拉、埃利亚诺这些小地方联系紧密。那不勒斯曾经是两西西里王国的首都，视那些村子为乡野之地，并用轻蔑的目光看待它们。

马塞拉·马尔莫建议我去读她的一篇文章。我在那篇文章里看到:《基督不到的地方》的作者卡洛·莱维，一九三五年被法西斯政党流放到了卢卡尼亚。在那里，他看到了发生在“另一个世界”的事，忽然获得重生，经受“诗歌的强烈冲击”。他的历程就是在乡村文明中体验“闪耀的古语”，逐渐沉淀到潜意识，变成了“不受时间影响”的现实。[8]那就是他心中的卢卡尼亚。我明白了，在卡洛·莱维和那不勒斯之间，现实与想象之间相互隔绝。这究竟是怎么一回事？但已经不可能同马尔莫教授继续交流了。

我有一些失望，决定沿着通往卡拉布里亚的道路，回到那不勒斯东边。那里有着印刷在明信片上的维苏威火山，起伏的棕绿色山峦越来越近，像是熟睡骆驼的驼峰。

我到底有没有天分

圣约翰·特杜奇奥区是连接那不勒斯和波蒂奇的枢纽，人口有三万五千，房屋建筑没什么规划。卡拉·梅拉齐尼生前在这里居住。在“那不勒斯四部曲”中，莉拉与丈夫分开，与情人尼诺·萨拉托雷经历了短暂而不快的同居生活，她失去一切，不得已开始打工，流落到了这里。

莉拉来到了距离卢扎蒂城区四千米的地方，一眼望上去，圣约翰区有一种触目惊心的破败感。一百年前，这里可以看到海，但拔地而起的工业设施，逐渐阻挡了眺望大海的视线。那些已成废墟的工棚、红色的烟囱，簇拥在铁道边上的大型工厂，如今也只剩断壁残垣：废弃的“SME”发电厂；一八八二年建立的科拉迪尼兵器厂；一九二八年由阿尔多·特莱维桑设计，芝加哥洲际罐头厂建造的“奇里奥”(Cirio) 罐头厂，是一座散发着沉郁魅力的建筑，具有浓重的美国哥谭风格，在黄金时期，每天可产六十万盒罐头。

这里以前是农村，在逐渐沦为市郊前，这片土地种着“圣马尔扎诺番茄”[1]。如今，茂盛的植被、四处蔓延的鲜嫩野草、开着蓝色花朵的风铃草，掩盖了之前留

① 一种长型番茄。——译者注

下的伤口与疤痕。工业区沉积在野草下，这里曾聚集着农副食品、制革、冶金、化工、造船、玻璃、石油和木材公司。这片工业区的逐渐消失原本需很长的时间，但一九八〇年的地震，以及一九八五年因阿吉普（Agip）碳氢燃料引起的巨大爆炸，彻底销毁了这个工业区。大火熊熊燃烧了五天，造成了大量死伤，以及流离失所的人，有毒的烟雾和成吨的燃料，弥漫于大海与山坡之间。美景遭到彻底破坏，有毒物质渗透到地层，后来一直都没有得到改良。如今，科拉迪尼摇摇欲坠的仓库，堆满了装着中国货物的集装箱，为那不勒斯港口向东扩张提供便利。对圣约翰区的居民来说，他们再也无法回到面朝大海的日子。

从雷加·德雷·卡拉布里路穿过住宅区中心，路上总是挤满了汽车。两旁的建筑呈现出往日辉煌的痕迹：那些别墅、大楼和庄园虽然破败，但仍保留着饰带、纹章和家族的标志，像是风烛残年的老妇人，手中依然拿着被虫蛀了的扇子，身上的蕾丝饰边纵然破旧，却是曾经体面的装饰。在“那不勒斯四部曲”故事发生的年代，黎明后不久，街上便会响起汽笛声，随后，欧洲最大的罐头食品加工厂“奇里奥”罐头厂的工人会蜂拥而至：女人穿着白大褂，戴着帽子，趿拉着木屐，男人则统一穿着蓝色工作服。当时这里有一千五百名工人，夏天会有五千多名临时工。如今在罐头厂的旧址上，红砖砌成的“奇里奥”塔附近，修建了费德烈二世大学的理工学院，以及“苹果”公司程序开发学院。

日本石本集团的建筑师设计了这些新建筑：建筑底层用熔岩装饰，高层用的是蓝绿色钢化玻璃，显得很通透。离开圣约翰路，朝新大学的方向走上几步，会突然发现道路十分干净，四处洋溢着年轻的活力。但现在，我们所在的德尔费罗酒馆路后街，是一些恶名昭彰的犯罪分子居住之地，枪击事件时有发生，甚至还会上演互相残杀的场景。值得注意的是，如今犯罪的人普遍年轻化，那些年轻人一边骑着轰隆作响的踏板车，一边朝着人群开枪，子弹无眼，过路的人为躲避误伤，只能趴在地上。地盘之战甚至会在那不勒斯市中心上演：圣区、弗尔切拉街区、国家广场。这里就像纽约的布朗克斯，一个黑社会大本营，隐藏于一栋东倒西歪的混凝土堡垒中。那是一个封闭、内向的世界，曾住着震后流离失所的人。黑社会控制着这个世界，毒品交易为许多家庭提供了工作：父亲承接业务，管理财务；母亲则包装毒品；孩子负责买卖，一个孩子一天可能会赚取一百欧元。路易吉·德·马吉斯特里斯市长在关于那不勒斯东区的犯罪报告中说："黑社会家族通过贩毒和收保护费，死死地控制着这个地方。工厂倒闭、人口变化，工人的世界以及它的历史文化——早在十九世纪末，社会党和共产党就在这个地方扎根——都被埋葬在地底下，那些生活没有出路的人，只能投靠'克莫拉'黑社会组织。"[1]

历史学家加布里埃拉·格里伯蒂认为，对领地的控制是那不勒斯"克莫拉"组织最主要的表现。那些黑社会老大的家族，就像是一个由几个家族组成的封建体系，"他们争夺领地和封臣、陪臣、家臣；这些臣民在争夺统治者的青睐，同时又渴望有自己的权力，希望发展。因此他们与毗邻的领地发生冲突，以扩大统治和力量"。[2]这些描述，有助于我们了解目前的情况。著名导演马里奥·马尔托内在圣约翰·特杜奇奥区的一家名为“巢”的剧院——它的前身是一个废弃学校的体育馆——翻拍了一部经典犯罪剧：爱德华多·德·菲利波①的《非常市长》。

然而，这种混乱激发出很强的生活欲望和难以抑制的希望，还有对美好的强烈追求：社会工作者及积极分子、牧师与街头教师、戏剧演员、警察和善良的人们，在这无法无天的混乱城区，他们一直在推行对人和秩序的尊重。问题是——如果有的话——这些人都在单打独斗，其实所有力量应该聚集起来；我们对“克莫拉”的了解已经够多了，但对这些慷慨、富有创造力的社团却了解得很少。这里有十三万八千人口，他们散布在圣约翰、巴拉和庞蒂切利，那不勒斯东的区域，这片混乱的城区自豪地向世界展示出它的美。那不勒斯的布朗克斯区街头绘画大师——约里特绘制的巨幅壁画，同维苏威别墅、皮埃特拉萨铁路博物馆、赫库兰尼姆历史遗迹一起出现在旅游指南中。学校组织学生旅游，会来到这里进行体验，看看沿途风景，认识这个声名狼藉的郊区的同龄人。[3]

要近距离看约里特·阿戈齐——又名奇洛·切鲁罗——的作品，没有什么比无人机拍摄更能清楚地呈现了。他是位三十岁出头的街头艺术家，一半荷兰血统，一半那不勒斯血统，他用巨大的波普涂鸦，覆盖了破败的居民楼墙壁。比如，弗尔切拉历史街区上的圣杰那罗

① 1900年出生于意大利坎帕尼亚那不勒斯，意大利演员、编剧、导演、制片人。——译者注

像，斯坎皮亚街区的帕索里尼像，庞蒂切利的梅罗拉公园的吉卜赛女孩像——这一墙绘作品被称为爱尔乐，高达二十米，长着一张高加索古典美女的脸，这幅壁画位于二〇〇八年被纵火焚烧的流浪者聚集地的不远处。约里特的墙绘作品的明显标志，就是人物面颊上的红色条纹，就像原始部落的标志。有人评价说，这是社会现实主义。人们喜欢这些墙画，并会为获得一幅墙画而付钱。如今，到处都可以看到那些纪念死者的墙画，那是用喷漆画的逝者形象，也许是一位横行霸道的丈夫，或许是死于非命的儿子。

在圣约翰·特杜奇奥区，约里特的墙画作品巨大无比，比如不朽的球星马拉多纳，无论是从大海，还是从空中俯瞰都可以看见。在一栋楼房没有窗户的一侧，约里特描绘了“人间神灵”迭戈四十岁时的辉煌形象，他戴着钻石耳饰，浓密乌黑、几乎有些发蓝的胡须，这是他发福之前的形象。在布朗克斯堡对面，在一排一模一样的水泥楼房的尽头，是穿着战斗装备的切格瓦拉，他的脸被分成了两半，画在不同的墙体之上。画像鼻子处的裂缝是一条不见天日、臭气熏天的小巷，它分割了两排人口周密的住宅区，最初两边的楼之间由走廊、通道和桥梁相互连接，但为了封锁逃犯的逃亡路线，那些通道被统一拆除了。在新千年来临之际，布朗克斯堡仍是个武装分子盘踞的地方。最初，建筑师皮埃特罗·巴鲁奇[①]为遭遇地震、无家可归的人设计了这栋楼，如今布朗克斯建筑的本意已经落空，快要成为废墟。它旁边

① 1845 年出生于意大利罗马，意大利画家、建筑家。——译者注

是绵延三百多米的同类建筑，那是费尔迪南多·弗加在十八世纪设计的皇家救济院，也是城市贫富隔离的历史遗存。

切萨雷·莫雷诺，现任“街头教师”协会主席，他和妻子卡拉·梅拉齐尼在这里生活和工作了几十载。这位穿着露趾鞋的老师，仍住在“皮埃特拉萨”工厂附近一座旧房子的底层。门前是条小道，也是通往圣约翰区的月牙形黑色沙滩的唯一道路，房子后面是妻子卡拉种植的玫瑰园。切萨雷·莫雷诺是一位老师、首领，一位七十多岁的热情男人，脸颊的四周长着灰色胡须，一双孩子般的蓝眼睛。他已经二十年没穿过鞋了，即使是冬天也会像方济各会的修士一样光着脚。这一切都源于他许的愿：我将一直保持赤脚，除非国家为所有街头教师提供保障，并为我们提供教学所需的东西。但自从愿望落空之后，他就一直光着脚，穿着凉鞋。切萨雷还没读过“那不勒斯四部曲”，也许有一天他会读，会将埃莱娜·费兰特想象成他妻子卡拉的朋友。在二〇〇九年，妻子就已经离开了人世，次年“再创机遇”学校被关

理查多·西亚诺摄

闭。这是给失学的人建立的公立学校，是在马尔科·罗西·多利亚和安吉拉·维拉尼的倡议下建立的，为那些失学的青少年提供机会，让他们获得中学文凭，这些学生因为学习困难辍学，或被学校开除。在卡拉·梅拉齐尼逝世后出版的日记中，讲述了在极端的条件下，他们令人着迷的教育经历。这本日记的标题相当古怪，叫《教导丹麦王子》。

以前，卡拉·梅拉齐尼有位学生，他遭遇了和哈姆雷特王子一样的痛苦。他母亲抛弃了几个孩子，和吸毒的情人私奔了。他还是个少年，内心充满了忌恨与痛苦，他也是家里的老大，但却想不出别的办法，认为必须杀了那个情人，才能成为真正的男人。他身上笼罩着伊丽莎白时期的悲剧阴影，以致几乎无法正常生活，更不用说学习了。我们想要了解卡拉和切萨雷的学校样貌，可以想象自己站在剧院的舞台之上，在“再创机遇”学校里，不仅游荡着丹麦王子的幽灵、寻找作者的剧中人，还包括“纵火犯”安东尼奥，外号叫“钳子”的恩佐，他不断骚扰女孩。还有人称“丛林狼”的杜托雷，他自己不好好工作，还会干扰其他人，他得到这个外号是因为他身体很难保持平衡，经常摇头晃脑。他们在努力成长，但在他们的周围，是死于华年的其他人。他们的兄弟和朋友，一个接着一个都进入墓地下被划成小方格的土地中去了。生命的陨落，就像绿叶的凋零，只留下空荡荡的房子。在校学生常常被杀死，年轻的男孩子都被杀死，而他们的姐妹都早早怀孕，平息死亡的围攻。[4]

“创造机遇”项目的目标，就是让这些孩子领会时间和生命的意义。他们要学会安排好自己的生活，实现自己的价值。他们处于没有时间概念的边缘状态：他们的日常状态，不是穿着睡衣进入新的一天。因为无所事事，对于他们来说，午夜和中午毫无区别。对于卡拉来说，这些孩子以一种残酷、让人揪心的方式，揭露了城区贫民窟的精神面貌。区分出白天与黑夜、昨日与今日、幻想与现实、冲动与行动、口头与实践，这都是艰巨且美妙的成就。卡拉用一种清醒透彻的语言讲述了这一切，没有一丝一毫的宽容，但对学生，她始终保持着关切，一直设身处地为他们着想。

关键就在这里：混乱的城区，公民意识的泯灭，生活在犯罪组织的魔爪之下，对那些孩子的内心也造成了极大的伤害。街头教师不仅仅是教师，更是教育者，他们致力于激发孩子的反思精神，让他们至少怀揣一个愿望或梦想。二〇一〇年，“创造机遇”项目失去了公共资金的资助，陷入孤立无助的地步，似乎一切都结束了。但街头教师领袖并没有放弃，他打算从头再来。如今，街头教师协会在许多学校里活动，资金则来自一些私人基金会。[5]在巴拉和庞蒂切利之间，密林一样的城市空间，协会开辟了一个广阔的场地，那里有教室、食堂、健身房以及戏剧工作室，尤其是不可或缺的剧院，因为就是在那里，不断地上演着存在的剧本，大家戴上了面具，对于自己的角色——学生、老师、父亲、母亲、公民……进行演习。

“创造机遇”是所很特别的学校，卡拉·梅拉齐尼是一位特别有号召力的老师。有人记得，她在工作会议上表现得“睿智庄严”，虽然在会议上，大家“大笑，吃东西，热切地讨论托尼·达玛洛①的歌曲，卡拉也会歌唱。卡拉的同事写到，气氛中充满欢乐。或许正因此，我们没去想‘资本化’，所做的一切都发自内心”。[6]切萨雷·莫雷诺在妻子逝世后，整理出版了《教导丹麦王子》。在这本书中，卡拉在教育方面的天赋，她细致入微的语言，还有那不勒斯方言中一些极具表现力的表达，都得到了呈现。孩子们称她为“瑞典挪威人”，一半瑞士，一半瑞典，北方混血。[7]在人们的回忆中，卡拉肢体轻盈灵活，留着干练的短发。她不爱说话，行动前总是再三思量。“她清楚自己的价值，总是保持低调；总之是一位很特别的女人。”卡拉在比萨那段时间的朋友——菲奥雷拉·法里内利对我说了这样的话。我在比萨一九六八年学生运动的黑白纪录片中，看到了她的身影，她是系上的学生领袖，那时她带着积极分子的激昂，但实际上她创意十足、自由快乐。

卡拉·梅拉齐尼出生在一个“比较沉默的家庭，有时候，一些关键的话也不会说出来”。她丈夫切萨雷·莫雷诺这样写道。她从埋葬着祖先的瓦尔特利纳，或者说狭小而荒凉的“母亲河谷”，考上了比萨高等师范学院；她喜欢一大早就在高山上的湖泊，或者大海中游泳。她家境殷实，是瓦尔特利纳信用社总裁的女儿，曾经在最好的天主教社会学校学习。尽管她含着金汤匙出生，但认为摆脱特权是一种道德责任。在比萨高等师范学院学习一年后，她自愿离开。后来，为了资助日报

① 1961年1月7日出生于那不勒斯，意大利戏仿歌手及词曲作者。——译者注

《斗争在继续》，她卖掉了一套公寓，那是家里给她准备的嫁妆。切萨雷和卡拉生活很拮据，甚至可以说很窘迫，靠着打零工和政策扶助为生。但她对此并不在意，并仍保留了北方人的习性，法里内利深情地回忆着，那是一种“对简单生活的热爱，就像喜欢牛肉火腿、美酒以及滑雪”。一九七〇年，这位“瑞典女人”来到了这里，把这里当作自己的家，“她爱那不勒斯，也许顺带也爱上了我”。切萨雷·莫雷诺笑着告诉我。

他们夫妻俩，加上卡拉的妹妹路易莎·梅拉齐尼，他们一起在蒙特桑托创建了无产阶级儿童食堂，这是一个小小的创举，但有巨大的象征意义，创建了团结互助的样板和神话。这个创举是杰皮诺·菲奥皮诺[①]，露琪亚、辛齐亚·马斯特罗多梅尼科姐妹，以及佩佩·卡琳尼一起推动的，还吸引了持有不同政见的天主教教徒，以及“那不勒斯振兴协会”和“斗争在继续”的积极分子。其中有个名叫贝利特·费里加德·波诺莫的挪威人，他在欧洲四处为那不勒斯儿童筹集资金，有像维拉·隆巴迪这样的老一代社会主义者，作家戈弗雷多·福菲、法布里齐亚·拉蒙蒂诺，还有一群知识分子、艺术家、电影制片人。这个团体变得越来越强大，人越来越多，越来越重要。在资助者中，还有爱德华多·德·菲利波、吕奇·科曼奇尼[②]、达里奥·福、弗朗

① 意大利作家，著有《黑手党之下》(*L'ombra della Mafia*)。——译者注

② 意大利导演，第二次世界大战后意大利喜剧片的重要导演。——译者注

切斯科·罗西①、多梅尼科·德·马西②、卡米拉·塞德纳③等。[8]

饥饿不会撒谎，很快就有一百五十名儿童在母亲的陪同下，到卡布奇内尔路来吃上一盘面条。“共产主义的饭”是城区的人对那家奇怪餐厅的评价。下午，那些孩子就在原地玩耍或学习：在当时的那不勒斯，有四分之一的人甚至都没上过小学。戈弗雷德·福菲是个天生的老师，在阿达·戈贝蒂的学校接受过培训，他会和孩子一起做活动，并像其他人一样轮流洗碗。教育学研究就在那里开展起来，教育工作者也成长起来了：反抗一代人，一部分已经扎根于日常生活，孩子们在那里长大。作家法布里齐亚·拉蒙蒂诺成了一名街头教师，学会了将孩子扛在肩上，了解到许多精彩却又可怕的童年故事，她说这样大家才能长大成人。“每个孩子都完整地出现在我面前，都是唯一的，是第一个也是最后一个。”[9]

食堂是个分水岭，有人在那里学会了照顾正在成长的孩子，他们和那些参与武装斗争的人分道扬镳。埃莱娜·费兰特的“那不勒斯四部曲”中没有提到这段神奇的往事，但有关那不勒斯武装帮派却有迹可循：帕斯卡莱是一位木匠的儿子，这位木匠是意大利共产党员，可能是他杀死了堂·阿奇勒——一个放高利贷的人，一个无法直呼其名的城区恶棍。帕斯卡莱和娜迪娅一同开展地下活动，娜迪娅是莱农的老师——加利尼亚的女儿。

---

① 意大利导演，以20世纪60年代的政治题材影片著称，勇于揭露黑幕。——译者注

② 意大利社会学家。——译者注

③ 生于1911年1月21日，意大利记者和作家。——译者注

事实上，一九七四年，在那不勒斯诞生了一个恐怖组织，名为“无产阶级武装核心”。

切萨雷·莫雷诺放弃了在比萨的物理学学习，来到那不勒斯，成了一名小学老师，卡拉·梅拉齐尼则获得了心理学的第二学位。那时，他们的第一个孩子已经出世，莫雷诺老夫人，也就是切萨雷的母亲，一位无畏的老师，无法接受儿子的处境，不甘心让儿子以代理暖气片为生，于是强行让他坐上小汽车，护送他去参加教师资格考试。据说，切萨雷拿着从“刮刮乐”柜台借的一支笔参加考试，以满分的成绩通过考试，但却又转身开始照顾那些失学的儿童。他发现，至少有一半学生无法完成义务教育，学到初中三年级。[10]小时候，他做老师的母亲让他去找那些没有来上课的同学：挽救失学儿童是他的命运，就像再续前缘。

街头教师不是驯化蛮荒的教士，他们是“具有中等文化、充满人性的普通人”，[11]他们的工作就是矫正这些孩子的社会行为，照顾动机严重受挫的孩子。如果想了解他们，他们会为你敞开大门。他们就住在那不勒斯一栋老房子里，在雷蒂费洛后面，电梯还是投币的那种。他们会打开门让你进去，并对你说，请坐。每周他们都会聚集在一起，表达自己的看法，我看见他们哭，他们笑。那是一个主要由年轻女性组成的团体，有时会非常激动，有愤怒，也有眼泪和欢笑。他们要忍耐东部郊区的嘈杂，承受愤怒青年人深层的情绪，赋予他们人生的意义。

我真想认识卡拉·梅拉齐尼本人。我去了她曾经居住过的地方，进入了那个圈子。这或许也是因为她的缘故，许多年前，从比萨来这里的女孩，也一定会在这里。事情很明确，没有其他可能，没有另一位“埃莱娜”，但或许这也算灵感来源之一，是童年的记忆。事情可能就是这样，这是催生了《离开的，留下的》的土地，是一代人的经历，一代人的史诗，是连接比萨师范学院和圣约翰·特杜奇奥区的桥，莱农学生时代的故事、莉拉的工作都和这里相关。费兰特是个人和群体故事的收集者，有一点儿像城区的故事：如果城区是童年故事的舞台，那么这里就有莉拉和莱农青春时期的经历和矛盾。在这里，我们可以理解小说中的一个关键词：天才。童年的天分，已经出现在《小妇人》这本小说中，也出现在路易莎·梅·奥尔科特的实验中，还有她父亲前卫的教育中。现在，我们谈论的究竟又是哪种天赋呢？

埃莱娜·费兰特的小说建立在一种惊人的机制上：两个女孩都认为对方才是天才。这恰恰反映了她们相互欣赏及尊敬，尽管她们也会相互嫉妒或羡慕，正是这种欣赏推动着她们的生活，因为如果没有人看到你内心的一点天赋——或是一种品质、光芒，那你很难成功。埃莱娜·格雷科，也就是莱农，她凭借长期、刻苦的学习，习得了一套世界规则来培养她的才华；而拉法埃拉·赛鲁罗，昵称莉拉，是两个人中更聪明的，却没法登上教育的“列车”，最后在一些注定失败的事业中，她耗尽了惊人的才能，这座城市侵蚀、破坏她的事业的同时，也吞噬了她的创造力。在卡拉·梅拉齐尼的教育日记中，能够找到一种信念，是经过漫长艰辛的体验得到的：成年人的世界，总是会无情地抹杀孩子的天赋。

一个具有天赋的儿童，当身边父母和老师不重视他们的天分时，最终也只会陷入死胡同，在一个痛苦的困境中进退两难：要么是他错了，头脑在蒙骗他；又或者“那些无所不能的大人，其实都是骗子”。孩子过于年幼，很脆弱，根本无法接受现实，也就是成年人的悲惨处境——卡拉·梅拉齐尼写道——他们会选择屈服，相信那些大人是对的。“于是乎，他们渐渐变得平庸。”所以“通常没有受过学校教育的那些孩子，会更聪明”，因为他们没有被驯服，没有做出让步。[12]这个悖论让我很受冲击，促使我去找切萨雷·莫雷诺，询问其中的含义，我内心想的是莉拉小时候，她熠熠生辉的天分对周围世界的冲击。

这位穿着露趾鞋子的老师刚结束了一场教育者的会议。他说话时总带着一丝冷笑：“没有人想过，在这破败落后的城区中，还会冒出来一些具有天赋的人，但事实正是如此。通常他们根本不知道自己的天分，为此，他们也是最愤怒、最不开心的人，他们的情绪、能量都用来对抗自我了。而教育就是挖掘出这些天分，无论是大是小。因此我指的是挖掘这些学生身上的品质、爱好，而不是一种绝对的优秀。第一步始终是帮助这些孩子了解自己的能力，因为如果没有认识到这一点，就不会产生梦想。而一个人没有梦想，没有需要守护、亟待实现的计划，那他就无法承担起责任，无论是对自己，还是对他人。”

在卡拉·梅拉齐尼的教育日记中，经常会出现这样的表达：有天分，或者有天赋。她说的并不是有超越常人的聪慧，她是说，学生是否有意愿努力。在那些孩子身上，在曲折的教育路上，产生或熄灭的天赋，都是很特殊的天赋：在那不勒斯方言里，拥有“天赋”，意味着对某事有一种渴望、憧憬或本能的向往。“我没有天赋”意味着：我不喜欢。除此之外在意大利语中，如果我觉得一个人有“天赋”，就意味着我喜欢这个人。丹妮拉·博尔吉分析了“天才”（genio）这个词在意大利语中的内涵，他认为“我的天才女友”，意味着对我来说，这位朋友是同我最相似、最亲近、最可爱的人。[13]

在我们的语言中，“天赋”这个词意味着渴求、愿想和意愿。但丁在写给他的朋友圭多·卡瓦尔坎蒂的十四行诗中，采用了这种说法。从小我们就学习、背诵了这首十四行诗，诗句以圭多开头：“圭多，我愿你、拉波和我，我们进入一场魔法……”在那里他们在一起，在天赋之中，就仿佛置身友谊之中。同样在《神曲》中，他也将“天才”类比为“渴望”；在《神曲·地狱篇》中，但丁遇到卡瓦尔坎德·卡瓦尔坎蒂，也就是圭多的父亲时，他从墓穴中探出头来，看着但丁，“似乎想看一看那天才，另一个人是否和我在一起”，而他的目光在寻找他儿子。[14]

天才和天赋，在一段友谊之中是由渴望联系在一起的。

莉拉的机遇

莱农从学生变成了作家。我之前一直沉浸在莱农的世界里，忽然有些想念莉拉，我回过头来，找寻她的踪迹。我在马尔蒂里广场，还有附近的街上散步，那是开着时尚店面的街道：基亚亚街、卡拉布里托、米勒街……我想，小说中“赛鲁罗”鞋店的原型，应该就在这里：莉拉设计了那些鞋子，她父亲和哥哥里诺则负责制作，从事不法活动的索拉拉兄弟在这家鞋店投了钱，因此商店的招牌上写上了他们的名字。

莉拉梦想在丈夫的资助下，父亲费尔南多·赛鲁罗从鞋匠变成鞋厂厂长。但后来，他落入了城区放高利贷的人的魔爪，让莉拉做出的牺牲付诸东流。她与斯特凡诺·卡拉奇的婚姻其实是一场博弈，这位年轻的肉食店老板承诺会帮她实现梦想，这吸引了她，并将她从马尔切洛·索拉拉——城区所有姑娘都喜欢的“克莫拉”分子——的纠缠中解脱出来。斯特凡诺鼓励了莉拉，将她的鞋子设计图装裱起来，还自掏腰包雇用了三位员工，供莉拉的父亲使唤；但一切都终结于婚礼上，故事忽然发生了变化。

莉拉梦醒了。在新婚旅行中，新郎露出了他的真面目，他给了穿戴整齐、准备开始蜜月的莉拉一记猛烈的耳光，让她对在婚礼上发生的事忍气吞声。他还解释说：事实上，他也不愿邀请索拉拉一家人，但马尔切洛不仅出现在婚礼上，还穿着莉拉设计的、送给斯特凡诺的鞋子。他说："为了避免鞋厂在正式开张之前就倒闭，因此需要西尔维奥·索拉拉和他的两个儿子入股，只有他们才能保证生产的鞋子进入这座城市最好的鞋店，甚至能在马尔蒂里广场上开一家鞋店，在秋天之前，就会有一家经营'赛鲁罗'鞋子的专卖店开张。"[1]

无论是《我的天才女友》，还是在后续的《新名字的故事》中，鞋子都作为一个有力、神奇的形象出现：这是莉拉心中的梦想，但最终被踩在了脚下。[2]这就像是《灰姑娘》的故事，但男女角色反过来了，莉拉只会嫁给配得上她设计的鞋子的男人。尽管马尔切洛·索拉拉想方设法想要得到那双鞋，但莉拉并没有给他；最后是斯特凡诺这个富裕、表面和善的小伙子成了她丈夫。丈夫为了签订商业合作，将那双鞋子送给了马尔切洛，并给妻子下马威，告诉莉拉，现在是他来做决定。在这个黑色童话中，是女孩在测量男孩的脚，这个故事没有一个欢喜的结局。

在马尔蒂里广场上，两只慵懒的石狮子躺在方尖碑的下面，它们的身影照映在萨拉托雷·菲拉格慕的商店橱窗里。橱窗的布景挡住了人们的视线，看不到商店的内部；橱窗里的塑料人体模特儿穿着奢华的衣服，窗口也宝贝似的陈列着寥寥几样东西：一双鞋、一只手提包、一条围巾。所有一切都是冷色调，具有美国风，但目光滑向那只凉鞋时，我眼前顿时一亮：复古的线条、黑莓的颜色、高高的鞋跟，设计师通过非凡的想象，把它设计成翻转过来的小香槟杯的形状。对于想在广场上大放异彩的人，这家商店的位置简直再合适不过了，它与小说中描述的鞋店位置相吻合。[3]菲拉格慕是莉拉效仿的设计师吗？他与小说中的年轻女鞋匠之间，似乎不可能会有联系，因为他们之间有一条巨大的时代鸿沟。

菲拉格慕出生于十九世纪，是第一批从伊尔皮尼亚移民到美国的人。在美国，他成为电影明星的鞋匠：在一张著名的照片中，菲拉格慕顶着一头乌黑发亮的鬈发，站在葛丽泰·嘉宝、丽塔·海华丝、劳伦·白考尔和温莎公爵夫人的木质脚模型中间。当时因为战争，原材料匮乏，菲拉格慕发明了软木楔鞋跟。他为朱迪·嘉兰①设计了彩虹凉鞋，在一九四七年设计了透明玻璃鞋，底座可以将脚形完美地展现出来。早在二十世纪初，少年萨拉托雷·菲拉格慕就在那不勒斯做学徒，但在一九二七年，他从好莱坞回到意大利，却选择去了佛罗伦萨。一九五四年，也就是他逝世六年前，他在那不勒斯开了一家精品店。在“那不勒斯四部曲”故事发生的时期，这位给女明星做鞋的匠人已成为过去的回忆。

我在这一带四处转悠，想找出和小说相关的线索。在卡拉布里托街二十二号，连接马尔蒂里广场和基亚亚海滨路之间的一小段街道上，在一栋十八世纪的宏伟楼房一侧，我看到了费兰特兄弟的手工鞋店。费兰特这个姓氏迟早都会冒出来，这是一家百年老店，专门为客户定制鞋子。在这家作坊里，客人可以选择款式、皮革，匠人会准确测量、描画脚形，制作木质模型。在这

① 1922 年 6 月生于美国，原名弗朗西斯·埃塞尔·古姆，美国女演员及歌唱家。——译者注

里，我们会真正了解到：制鞋师傅不应与“修鞋匠”，即修鞋和补鞋的人混为一谈。制鞋匠是专家，他必须对跖骨、蹠骨、指骨和第二节指骨、末节指骨有充分的了解，才能设计出舒适的鞋。可以说，他必须是一位优秀的“鞋学家”，通过观察鞋子的磨损情况，了解眼前的客户：鞋底和鞋跟是对称式磨损，还是边上磨损比较多；步态是否有缺陷；鞋跟部位的磨损大，还是鞋尖的磨损更大。[4]

在费兰特的鞋店里，客人可以选择法国牛皮、鳄鱼皮、小马皮或蜥蜴皮，但最吸引人眼球的是颜色鲜艳、柔软的麂皮，有明亮的绿松石色，也有苋菜红。这家店的主打产品是“布鲁梅尔勋爵”男鞋系列，当然还有那不勒斯经典红色鞋子、帆船鞋，以及用皮革编织制成的鞋面，或是配色鲜艳的平底皮鞋。他们也做女鞋，这里有芭蕾舞鞋、牛津鞋，有斑马纹的、漆皮或彩色鞋舌的鞋子。一八七五年起，费兰特家族就在圣约翰·卡博纳拉的皮革加工区开了一家铺子，如今已经是第五代鞋匠了。他们做自己的品牌，也为大品牌代工。他们子子孙孙都生活在这里，但现在这家店铺即将关闭，因为按照传统方式生产的鞋子在网上也可以买到。

莉拉梦想设计出时髦的鞋子，但最后不得不同索拉拉合作。在故事发生的那个年代，费兰特家的店铺还不在此处，他们是从二〇〇一年起，才在卡拉布里托宫旁边开店的。但在索拉拉的店铺开起来时，在马尔蒂里广场那片区域，马里奥·瓦伦蒂诺这颗新星，已经冉冉升起。他父亲文琴佐·瓦伦蒂诺是皇室和名人的御用鞋匠，并在一九三二年创立了“海童”这个品牌，受到了约瑟芬·贝克①的称赞。随后在一九六六年，他在卡拉布里托街十号开了家属于自己的精品店。马里奥·瓦伦蒂诺为了摆脱父亲的影响，只身来到巴黎，在安德烈·佩鲁贾②的工作室做学徒。他回到那不勒斯时，脑中有很多想法，他充满了探索精神，试图将鞋子作为平衡身体重量的装置。他的店面还在原址，只是在二十世纪八十年代，建筑师切萨雷·罗瓦蒂重新设计了店面外观，橱窗中的鞋子依据不同的颜色进行摆放。这些鞋子有很多款式，有的依据动力学原理，色彩缤纷，有平底鞋，也有带一点儿跟，或跟特别高的鞋——细尖跟、细高跟和粗跟。这些鞋子线条明朗，皮子很柔软，像手套一样贴近皮肤，还有凉鞋和露趾鞋，有柠檬黄、粉红色、薄荷绿、天蓝色的混搭，也有纯色的宝石蓝、漆红色。

基于各种线索，我们可以想象莉拉的样子：她是位大胆的鞋子设计师，曾经受到马里奥·瓦伦蒂诺的影响，在马尔蒂里广场中，他是最值得模仿的设计师。尽管马里奥·瓦伦蒂诺去过巴黎、米兰、纽约，但他仍然选择回到那不勒斯，因为在这里有他创作所需的原料、运用色彩的灵感，以及——用他的话来说——世界上最好的工人。[5]

瓦伦蒂诺用他母亲资助的三十万里拉，雇用了十名员工，在马特代伊建立了他的第一个鞋子作坊。[6]一九五五年，他把作坊搬到了卡波迪蒙特山下的丰塔内

① 1906 年生于美国的圣路易斯，美国黑人舞蹈家。——译者注

②

尔区，“瓦伦蒂诺”品牌的旧址就在那里。很多人都选择了离开，但他仍然顽强地坚守这座城市，想留在有能工巧匠的地方，充分发挥那些人的才能，因为这些人世世代代都在加工皮革，特别是娴熟的那不勒斯手套工。事实上，一个多世纪以来，沿着那条通往著名的丰塔内尔公墓的小路，生活着剪皮工、缝纫工、绣花工和抛光工。那座墓地很大，埋葬着死于饥荒、瘟疫或绞刑架之上的无名头骨。事到如今，熙熙攘攘的制造业早已不复存在，之前来这里观看祝福活动的人，可能会碰巧路过某个低矮的房屋，看到匠人在里面做鞋子。

马里奥·瓦伦蒂诺设想将小巷里的作坊发展成一个“艺术大家庭”，这同莉拉的梦想十分接近，她也梦想成为一位具有实验性的设计师。在二十世纪五十年代，有一位像瓦伦蒂诺一样的女设计师，用当地的材料进行创造，将一个平平的、没有任何跟的裸皮鞋底，用三根托雷·德尔·格雷科的珊瑚线绑在脚上，做出了一双精美的鞋子，将卡普里亚人字拖变成了一九五四年的“时尚”代名词，还登上了《时尚芭莎》封面。[7]

在莉拉的故事发生的那个年代，这双鞋子的成功，激发了一代匠人的想象力，还有创造力。他们就像莉拉一样，试图摆脱贫困，将小作坊变成工厂。而这样的跨越需要资金，也需要天分，需要将鞋看成艺术品，不仅仅是手工业产品。在二十世纪六十年代，时尚与艺术的结合，出现在马尔蒂里广场。在一九六九年，这里诞生了卢西奥·阿梅里奥画廊，这位策展人将那不勒斯当代艺术作品推向了国际市场。手工作坊和艺术的融合，孕育了创作的激情：那些年，瓦伦蒂诺在他的精品店中，引入了一些当代艺术作品，比如阿纳尔多·波莫多罗①、安迪·沃霍尔②的作品。他把鞋厂作为展示区域，在塞拉马雷广场那里，他实现了家具与博物馆的结合，并对阿梅里奥的项目进行投资。[8]

在小说中，莉拉作为鞋匠，被视为一颗冉冉升起的新星，但她当时处于后台。莉拉的第一步，是进入城市的沙龙区，时尚与艺术在那里相遇。然而麻烦的是，她要实现这种阶级跨越，只有依仗黑社会家族的资金和关系才有可能实现。在马尔蒂里广场，新店开业的那一天，莱农想："这里有一种恶意，一种不平等，我现在明白了。两个肉食店的收入，加上鞋子作坊，或者是市中心的鞋店，也没有办法掩藏我们的出身。"[9]我们仍然是附庸，但有一股力量，在改变着事情正常的轨迹，让我们看到不一样的结果。

索拉拉鞋店的正式开业，有美酒、糕点。这不是出身低微，却拥有过人天赋的年轻设计师——莉拉的设计陈列室开张，而像一场闹剧，像她婚礼的重演：整个城区的人都来了，他们盛装出席，喧闹无比。她制作了一幅拼贴画来装饰这家店铺，是对于她的婚纱照的重新加工。那不是一件当代艺术作品，而是她愤怒的表现、不安的根源，但同时又是她受到抑制的才华的闪光点。那不勒斯本地记者注意到了这点，在开业仪式的报道中写

---

① 1926年6月出生于意大利蒙特费尔特罗的莫尔西亚诺·迪罗马格纳。——译者注

② 1928年8月出生于美国宾夕法尼亚州的匹兹堡，被誉为20世纪艺术界最有名的人物之一，是波普艺术的倡导者和领袖，也是对波普艺术影响最大的艺术家。——译者注

道:“无论如何，她都堪称具有先锋意识的艺术家，她通过一种天神般无邪而独特的力量，通过图像揭示了一种极度内在、强烈的悲伤，特别有表现力。”[10]这幅作品表达了莉拉的痛苦，她戴上了卡拉奇太太这张面具，但她的牺牲没有任何用处。

索拉拉兄弟想要莉拉的鞋子，她丈夫便给了他们。他们想要在店里放上莉拉穿着婚纱的照片。那张照片陈列在雷蒂费洛街裁缝店的橱窗里，让大导演卡罗所内和德西卡着迷，他也将照片给了他们。莉拉想要破坏所有人的兴致，想要重塑自己的形象:“残忍地切断”[11]了她的身体，用黑色纸条和彩色斑点遮住她的脸，由此诞生了一幅奇异、引人注目的作品。这在大家看来是“不成体统”的，除了《晨报》的专栏编辑，还有莉拉的死敌——索拉拉家的米凯莱，他觉得:这是一个很好的营销噱头。“太太，我喜欢你的设计。你把那些部位抹去了，我知道为什么，你想让人更清楚地看到大腿，看到女人的脚上穿着的那双鞋子多么美。真的很棒！你是个讨厌的女人，但你做的事情，总是很艺术。”[12]

事实上，尽管店员都各怀鬼胎，但这家店的生意很好。莉拉也很不高兴，但她设计的鞋子在那不勒斯畅销，甚至在有些商店的橱窗中出现了仿制品。对那些鞋子青睐有加的，都是基亚亚街的富人。鞋店需要新款式，米凯莱·索拉拉认为，莉拉是位真正的设计师，她在丈夫的肉食店是大材小用，她应该专注于设计，对鞋店负起责任。但莉拉一点儿也不想管鞋店的事，她没有丝毫动力，如今“那些激发她想象力的动机没有了，那块产生鞋子的土壤变得干枯了”。莉拉当时设计那双鞋子，也只是为了同上高中的朋友保持步调一致，她想向莱农展示：自己也能做些事。“她脑子里产生的思想、鞋样、写下来和说出来的话、非常复杂的计划、疯狂的创意，就是为了向我炫耀自己？”莱农想，“她失去了这个动机，所以她现在很迷茫？包括她对自己那张婚纱照的艺术处理，她现在也没有办法重复了？她身上的所有一切都是机缘巧合，是混乱的产物？”[13]

莉拉是位绝望的自学者，从未达到成才的境地，她那天才般的直觉就像焰火一样，在瞬间发出耀眼的光芒，但很快就燃烧殆尽，什么也没留下。这家位于马尔蒂里广场的商店，后来成为莉拉和尼诺·萨拉托雷幽会的地方，也是她毁灭的开始，没有她，商店将继续经营。她的天赋就此消散，她不再是一位设计师。莉拉的周围，总有一道黑色的影子、一种有毒的烟雾，在扼杀她的创造力。

我想了解这种创造力的本质，以及那些年盘踞那不勒斯市中心的皮匠、皮革工人、鞋匠、手套工人的活动。在寻找那些面孔、故事发生起因的过程中，我脑子里盘旋着一个问题：他们是在什么时候消失的？为什么会消失？于是，我探访了皮革和制革工业实验站的档案馆和图书馆，这是一栋极其简陋的建筑，就在波焦雷阿莱监狱的矮胖碉堡前。[14]现在，这座监狱里关押着两千四百名囚犯，而成群的妇女儿童都背着包袱，挤在监狱入口旁边的一家小酒吧里，期盼着同坐牢的家属交谈。我们在市政府的后方，在小说中，这个监狱灼热的气息一直延伸到城区。

在实验站的档案中，我看到一些年轻的面孔，一九五二年和一九六〇年的照片，那些姑娘在手套学院，学习裁剪缝制皮料：在这两个时间节点之间，相差似乎不是十年，而是上百年，差异表现在那些女性身上。这不仅仅是服装的问题：之前肥大、用料很多的服装，后来成为简洁、流线型的衣服，也不是发型的问题：从盘起来、光滑柔顺的长发，成了齐齐的短发，而是这些女孩的表情和姿势发生了巨大变化。在一九五二年的照片上，那些女孩看着镜头，她们满脸骄傲，还带着笑意，透明短袜凸显了腿部的线条，她们摆好姿势，看着镜头，露出了耳环。但一九六〇年的照片上，那些女孩突然变得平凡而卑微，不再散发着女性魅力，她们想成为手艺人，却成了女工。

这个城区的人都以皮料加工为生。我收集了一些数据，是想弄清当时皮料生产的全貌。早在二十世纪六十年代中期和七十年代初，一个蓬勃发展的庞大产业开始令人担忧，在生产节奏加速，激烈的竞争之中，已经出现了危机。这里当时有九千名从业人员，他们在数不胜数的小作坊里制作鞋子；还有一万多名工人，从事手套的裁剪缝制工作。还不算那些打黑工、没有统计在内的工人。意大利大部分手套工厂都在那不勒斯，至少有五十家制革厂对皮革进行加工、处理、上色。[15] 如若我们只是关注鞋子，即莉拉送给心上人的那双鞋子，就会从数据中发现，尽管职工人数小于十人的小型企业仍普遍存在，但手工艺却正在消失。这不免让人联想到匠人的世界，他们在家庭成员、伙计的帮助下，不厌其烦地做出一双双奢华的鞋子。但情况并非如此，在二十世纪七十年代中期，波尔蒂奇大学的社会学家恩利科·普格

手套制作学校的女学员（上图为 1952 年，
下图为 1960 年） 制革工业试验站图书馆馆藏

利泽主持了一次调查，当时发表的调查报告指出：实际上，大中型公司掌握这个产业“主体”，他们拥有先进的生产技术。这些企业把工作承包给一些小作坊，或是家庭工坊，这就形成了一个产业“网络”，部分生产是由黑工通过隐性方式完成的。[16]城市巷子里的师傅变成了工人，那些大公司旗下诞生了一群小型承包公司。皮革加工和生产渗透到了城市的角角落落，在计件生产的压力下，地下室、底层的门面、市中心的民房都成为“加工厂”。

数个世纪以来，那不勒斯的很多城区都同皮革加工息息相关。在被称作“鞋匠城”的地方，也就是梅尔卡托广场和港口之间的那片区域，居住着制革师傅、皮货和鞍具制造商、手套商、鞋匠，在一六五六年鼠疫暴发前夕，这里有一千多人口，超过一半都是鞋匠。[17]这里有个入口叫作“鞣革门”。在距离我们较近的年代，制革厂都建在城市以东的地方，在玛丽娜路和詹图尔科路之间，也就是“那不勒斯四部曲”提到的“大路”上。直到二十世纪中叶，这些鞋匠就用他们的加工台，带着徒弟占据了城市中心的庭院，从圣区到卡波迪蒙特、丰塔内尔公墓、斯特拉、马尔德蒂的方向，都有他们的身影。早在十九世纪，这些街道就都布满了手套作坊[18]：这个工作网非常惊人，整个家庭的人都参与其中。而如今只剩下一两家手套作坊，依靠制作高档手套存活。那不勒斯的手套制作艺术，可以追溯到一群前往格勒诺布尔学习技艺的学徒，后来手套制作在那不勒斯找到了特别有利的发展条件，但不到百年，这里的手套制造业就逐渐式微，因为人们不再戴手套，手套也不再是优雅女性必不可少的物品，同时亚洲竞争者抛出了更低廉的价格。与此同时，制鞋厂和制革厂的规模也不断缩小，也都搬离了城市。

到底是什么吞噬了一代代鞋匠的梦想？他们像莉拉一样，想要取得发展。要了解这个问题，就要看看安东尼奥·布兰卡拍摄的纪录片《来自那不勒斯的明信片》，这是一九七七年在国家电视台播放的一部纪录片。[19]二十世纪七十年代，这座城市弥漫着疾病的气息，黑白纪录片用一种让人压抑的方式，将当时的氛围呈现出来。五十多家企业，随意排放工业污水，那不勒斯的海域成了欧洲污染最严重的地方。城市面积翻了两番，但排水系统却仍保持原样，一下雨就会泛滥。一九七三年，突尼斯淡菜携带的弧菌引起了霍乱，瘟疫侵袭了这座城市。这座城市有些城区的婴儿死亡率高达百分之七，都是在一岁之前夭折。这座城市的工业生产节奏在不断加快，形成了一个越来越密集的生产网络，也助长了非法剥削的滋生。一九七三年到一九七八年间，制鞋产业使用的有毒胶水，造成了两百多起工人神经炎症。

在布兰卡的纪录片中，我们可以看到一个阴暗、愤怒、受伤的那不勒斯，就像是滴落在胶片上的沥青。我们看到：胶水中散发出的有毒物质，那些做工的女孩子说，她们没法移动胳膊和大腿；有人晕倒了；有人在做康复训练；有人试图从垫子上站起来时，却忽然倒下；有人就此落下了残疾。那些小工厂、小作坊拿到鞋店的订单以后，就让工人在潮湿、无法通风的地下室里工作。这些工人都是计件工，他们一天到晚都坐在椅子上，工薪以计件的方式获取，从早上五六点一直干到晚上十点、十一点：一双鞋最高能挣到三百五十里拉，或一天两三千里拉。大多数缝纫工都是女性，她们的报酬要比男性低百分之二十五至百分之三十。我们可以通过购买力评估一下当时的收入，在一九七五年，一名熟练操作工人一小时净赚一千五百里拉，那时一千克面条就需要二百三十里拉。[20]

尽管马里奥·瓦伦蒂诺的工厂是极少数遵守计件付酬合同、支付加班费的公司，但当时也卷入了有毒胶水事件，在初审时遭到处罚。因为工作环境的卫生条件不达标，十二名女工在工作中得了肺炎，但在上诉中又被免罪，审判一直提交到了最高上诉法院，但后来撤销了。这场官司一直持续到了一九八七年，最终不了了之。有些罪行写入了法律，有些得到了赦免。[21]

莉拉做着有关“赛鲁罗”鞋的美梦时，那不勒斯正在转型成一个加工厂。

工人小说

莉拉成了一个失败的设计师和不忠的妻子，最后被情人抛弃。在一个无法离婚的国家，她逃到了圣约翰·特杜奇奥区，开始跌入深渊。她带着儿子，搬到了那个工业区，她希望这个孩子是她与尼诺·萨拉托雷生的。她和恩佐·斯坎诺一起去了那里，恩佐从小就爱慕莉拉，对她一直很忠诚，而莉拉除了喜欢他，希望他好之外，别无其他。在“那不勒斯四部曲”中，莉拉在布鲁诺·索卡沃的香肠加工厂里工作。布鲁诺是尼诺年轻时的同学，莉拉与他在伊斯基亚相识，他长着狼一样的龅牙。圣约翰·特杜奇奥区发生的故事，是“那不勒斯四部曲”中关于工人生活的叙事。

圣约翰区是工人聚集区，也是意大利共产党的根据地。那里有很多工厂，矛盾冲突不断，但后来工厂一家家都消失了，如今“克莫拉”黑社会组织控制了这里，这个地区似乎进入了“黄金时代”。但在“那不勒斯四部曲”中，情况却并非如此：圣约翰地区像是犯人服劳役的地方，社会矛盾在暗中激化，终将在二十世纪七十年代爆发，毁掉一切。莉拉觉得自己像是“跌入了一个坑里”，深陷“旋涡”中，而这一切都与她被抛弃的处境，以及社会羞耻感相对应。她倒退到了贫苦低贱的童年，“毫无秩序和尊重的黑暗时光”[1]将她吞没。对莉拉来说，她跌入悬崖是不可避免的事：失业、离开家庭，或离开丈夫。城区里有个恶棍，有一次向她叫嚣着说：你曾是位阔太太，但你不愿意当，看看你现在的样子……在某种程度上，小说中地狱般的索卡沃香肠加工厂，是否影射了工厂消失前的圣约翰地区呢？

意大利萨勒诺大学的社会学家玛利埃拉·帕奇菲克曾经做过一项研究，关于二十世纪七十年代末，也就是莉拉来到圣约翰区十年后，在“茄意欧”罐头厂工作的女性。她们的实际工作状况与小说的呈现很类似。这份研究调查打开了一扇窗，我们能更好地了解女性：一方面，这是值得赞美的事，因为她们可以靠工作养活“还在长身体、需要食物的”子女；但与此同时，工作也十分艰辛，“令人窒息”且卑微。那些女性还要承担照顾家庭的责任。[2]这些女工，如果丈夫没有失业，或者近乎失业，那么她们就不会选择在工厂工作；如果她们是男人，也会去找其他出路。有位女工说，她宁可去走私香烟，就像那些年轻人一样，但作为女性，不能让人说闲话，只能待在工厂里。

在这位社会学家面前，那些女工精疲力竭，毫不在意自己的外表：“我到工厂时就已经筋疲力尽、焦虑万分了。在这里别指望有人能理解你、帮助你。我早上四五点钟起床，给孩子和丈夫准备好一切。可想而知，我到工厂时就已经精疲力竭了……”工作只是为了生存，这不是生活，有些女工觉得自己快要疯了。“我丈夫说，我太容易生气了，有时我简直要疯掉了，但如果诸事不顺，一个环节出了问题，可能会落得进疯人院的下场。女士，您不觉得吗？”[3]在小说中，莉拉感到一阵阵恐慌，每天晚上她都感觉自己的心脏在疯狂跳动，仿佛随时要蹦出来一样，就好像那颗心脏不属于她自己。

“茄意欧”工厂的女工找到了一套适应的策略，她们尝试让工厂和工作节奏家庭化。她们工作时会想着家里，休息时就换上拖鞋，织起了毛衣。母亲身份是她们活在这个世上的意义和理由，如果不紧扣这个身份，她们就什么都不是。在玛利埃拉·帕奇菲克面前，那些被采访者说的话和“那不勒斯四部曲”的第三本《离开的，留下的》里的一样，都是一种残酷、直白的语言。她们表达了同一种迷失的感觉，身体沦为某种“简单的工具”，[4]体现了工作环境的粗暴无情。埃莱娜·费兰特对她描述的世界很了解，那是工厂兴盛时期的那不勒斯东郊，她的描绘显得极其无情：工厂里的手工工作，不是社会救赎的一种形式——将混乱、叛逆、绝望的贫民，转变为当时提倡的有意识、有组织的工业无产阶级，这是远远不够的。

那些受到采访的女工都很迷惘，她们周围是个充满敌意的世界。“在工作上，我贴错产品标签，就会同技术人员争吵，他们坏得要死，我告诉他们：你们回家时，妻子已经准备好了一切。有什么办法呢？我想起家里要做的事，就会分心。”按照这些女工的描述，工厂里的情况和小说中的索卡沃香肠加工厂相差无几，因为在那里，男人会对你动手动脚。“工厂里男人会占你便宜，因为他们也会认为：你不是什么好东西。对他们来说，你最好待在家里，不然就完蛋了。”工厂环境很差：“充斥着污言秽语、蛮横无知，人们脑子里就只有那些烂事。这可不是冒犯你，因为在那些地方，人们只有那

上图为一位“茄意欧”工厂临时工　摄于 1958 年
下图为“茄意欧”工厂的女工　摄于 1953 年
那不勒斯卡波内图片档案馆馆藏

些糟糕的思想，所以照我说，那些工作只适合男性。”[5]在埃莱娜·费兰特的小说里，虚构的情节比现实更加犀利，工厂里的性骚扰十分可怕，就像锋利的牙齿在疯狂撕咬。

只聚焦于工厂内部的糟糕情况，那也许没什么用，但外面的世界同样糟糕，或许更残酷。在对“茄意欧”女工的采访中，在三十五岁到三十八岁之间，有些女工已经生养了八到十个孩子，不知道流产了几次。“我没去过电影院，没有悠闲地散过步。我找了个丈夫，情况更糟糕了，他和吃人的妖怪没什么两样。”“都是孩子让我活了下来，他们是我身上掉下来的肉……但在我心里，只能说我已经死了。我丈夫就是个畜生，他经常打我，他想要发泄时，绝不会让我安生……”“尤其是，我要去工作时，他说我是个婊子，要出去接客。我工作后那段时间怀孕了，他就马上说：谁知道这是哪来的野种，想让我打掉孩子。我就把孩子打掉了，我实在养不了这么多孩子了，生下来也只会惹恼他。”[6]

女性的生存充满艰辛，最大的痛苦就是身体遭受的“粗暴”或“肆无忌惮”的对待，比如毫无尊重的亲密关系，充满暴力、难以计数的怀孕生产，反复堕胎并习以为常，重体力活。在那些调查中，从这些关系里完全看不到一丝欲望，没有任何光明。玛利埃拉·帕奇菲克总结说，在这些女性的生活中，情感“被构建为性行为的替代品”，而这也是唯一充满人性的东西。她们接受了这种身心分离的生活，这是身体异化的表现，保证了婚姻的稳定。[7]当然，并不是所有工作的女人都面对这种处境，比如，女职员的情况会不一样。在同一份调查中，只要向上一个台阶，就会听到不同的声音：她们有选择的可能，组建一个新式家庭，有别于传统家庭，工资会给她们带来满足感，她们会实现一些人生价值。

我想听到对那些工厂的直接评价，听听那时在工厂工作的人的声音。我去拜访了一位年迈的女工，去她家喝咖啡。她带着好奇，将我迎进客厅。她住在一套干净、整洁的小公寓里，离铁路也不远。她请求我不要用她的真名，玛法尔达·迪约里奥这个名字就十分适合她：在三十五年后，即使是已经退休，她也不敢表达自己的看法。虽然她的经历是个成功的故事，她十分怀念自己的公司，还有当时的工作。玛法尔达在圣约翰地区一家电器厂工作，尽管那时她已经三十多岁了，但这是她的第一份工作。她真的很幸运，因为当时一个女孩子出去工作，人们并不看好。她看着自己保养得很好的手，自豪地说："我只念完了小学，但后来以职员的身份从厂子里出来，还拿到了中学毕业证。在办公室里，我就坐在电报机前，相当于现在的电脑。"在成为文员之前，她在装配流水线上已经工作了十年。即使是一家高级加工厂，这种工作方式仍然让人很痛苦：没人抱怨，没什么好抱怨的。我们需要分秒必争，流水线上不断传送过来的部件，会给人一种持续不断的压力。除此之外，还需要遵守纪律，总有人在一旁监督着你干活，防止你妨碍别人。

现在看来，问题似乎就在这里：高强度的劳动、严格的监督、男女混合的工作场所，让女工人深受压制。在埃莱娜·费兰特的小说中，这些体验都被渲染上强烈的感情色彩。而在玛丽拉·帕西科的调查中，那些声音很羞涩，但问题的本质却相似：它清楚地表明，如果身体只是“工具”，男工人和女工人不是一回事。只有工作的需求和必要相同，但如果你是女性，有些东西会深深地伤害你，有时甚至让你都看不起自己。

* * *

在莉拉落入地狱，去索卡沃的香肠加工厂工作的那几年，历史上，也是恶劣的工作环境引起了工人抗议的那几年。同时也形成了新一代工人——男女工人都有，他们组织了罢工，以及一九六九年和二十世纪七十年代初的抗议运动。那时女工通常都在制造厂、纺织厂、食品加工厂里工作，为了保持竞争力，她们领着最低的薪资，提供最灵活的工作时间。有一件在当时激起争议的事：在意大利最大的服装厂——阿雷佐的“乐博乐”厂中，女工们甚至通过采取注射肾上腺素的方法，打起精神，适应工作节奏。[8]当时，罢工和抗议在南方也势头正起，这就是当时的新闻：在卡索里亚①的杰罗索，领导罢工的女工农奇亚·加兰特被解雇了；西西里的圣卡特琳娜·维拉莫萨镇子，刺绣女工要求在家工作。[9]这是新一代女工，在之前工会示威游行的照片中，我找到了她们的踪迹：她们的脸上洋溢着笑容，充满了青春活力，她们穿着最新款式的短裙，戴着颜色绚丽的围巾，和其他女孩没什么两样。

在那十年混乱的尾声，公司已经属于公共资产，属

① 意大利南部坎帕尼亚大区那不勒斯省的一个城市。——译者注

于SME，但在“茄意欧”女工的调查中，为什么工作环境会出现突然的倒退？难道那阵新风气——带来权利、自由和迷你短裙的风潮没有经过那里？有关那家工厂的历史，如今流通的说法是另一个版本：“茄意欧”工厂是先进的福利型工厂。在里面工作的人的经历，有没有可能与这种说法相去甚远？

这家农副产品企业位于圣约翰·特杜奇奥区，是一家有上百年历史的大公司，从皮埃蒙特企业家弗朗切斯科·奇里奥开始——他把罐装果蔬的贮存技术发展到工业化的水平。十九世纪意大利统一之后，大型工厂在南方取得了有利的发展条件。二十世纪初，奇里奥家族把工厂交给了伦巴第企业家，卡萨尔普斯特伦戈的西诺里尼家族，他们是牛奶、香肠、奶酪的生产商。这个北方企业家将工厂进行改造，建了罐头厂，选用“圣玛扎诺”番茄做成罐头，还增加了蔬菜罐头、酸菜、盒装豆制品、水果罐头的生产，以及奶制品、金枪鱼、面点和咖啡加工。一九一九年，这家公司为工人设立了养老基金，这是意大利第一个养老基金，并委托卡皮耶罗①和德佩罗②等著名插画家为工厂产品做广告。诗人加布里埃尔·邓南遮甚至为这家公司创作了广告语：“自然缔造，‘茄意欧’储存。”二十世纪五十年代，“茄意欧”工厂战后重生，那时已经是一家稳定盈利的企业，可以投资建立托儿所、带食堂的小学，以及员工子女的夏令

---

① 意大利和法国海报艺术设计师和画家。由于他在海报设计方面的创新，他现在经常被称为“现代广告之父”。——译者注

② 意大利未来派画家、作家、雕塑家和平面设计师。——译者注

营。莫里斯·韦斯特①在他有关南方复苏的书——《太阳之子》中，对这个模式十分赞赏。这本书在一九五八年被翻拍成了电影，随后英国广播公司（BBC）又把它拍成了电视剧。[10]总之，现实和塑造的形象之间的差距如此巨大，这让我锲而不舍地寻找其中的原因。

圣约翰·特杜奇奥区只有个很狭小的入海口，是一段迷人的黑沙沙滩。瓦莱里奥·卡鲁索是一位年轻的历史学者，他在研究这片工业区衰退的原因，[11]在海滩上，他向我解释说，“茄意欧”是家长式工业管理的杰出代表。这家公司会仔细挑选员工，并优先选用同一家族的成员，这样一来，可以产生强大的凝聚力和归属感。但只有三分之一的工人能够享受到这种福利，代价就是铁的纪律，不能有任何内部冲突，最后形成了一个上层工人群体。他们是固定员工，是工厂的精英，享有“茄意欧”的福利，但更多人属于下层，他们的工作是季节性的、临时的，由小公司管理，而这些小公司以招标、合作社，甚至是以工头的形式进行运行。

瓦莱里奥·卡鲁索收集了一些证据。“茄意欧”公司一位临时工的儿子，恩佐·莫雷亚莱说，临时工的选择很迅速，为保住岗位而大打出手的事也时有发生，并且就算当上了临时工也不是什么美差，因为工作十分辛苦。莫雷亚莱还说：“尽管事情已经过去了十几年，我母亲还在说当年遭罚款的事。她一直在干活，一刻也没有停止，当时特别疲惫，她被罚款只是她问另一名员工几点了，只是想知道还要多久才能下班。但工头根本不

① 澳大利亚作家，20世纪最伟大的故事讲述者之一。——译者注

在乎原因，他认为我母亲在浪费时间。这件事深深地伤害了她，伤痕至今都无法抹去。那时，她需要不断扛起装满西红柿的箱子，一个箱子足足二十五千克，她也落下了严重的背部疾病。工作时，生产线上的水会浸湿衣物，还有夜班、犯困、工作风险和震耳欲聋的噪声……”

安东尼奥·方达卡罗十三岁时，在“茄意欧”工厂的旺季上夜班。孩子们组成一个合作社，“但那是那不勒斯意义上的，并不是通常意义上的合作社，更像一个中介……孩子们都是下午去，聚集在这家大工厂的门口。一位脸上有麻子，当时人称‘皮泽克’的男人，就从我们之中挑人——你、你，还有你——选了一定人数之后，就发配到各个部门去。我们就去那里上夜班。可能是去一个比较安静的部门，只是将糖渍的桃子或西红柿装罐，也有可能是去冰厂。我记得，我曾和我差不多岁数的哥哥去过制作巨大冰块的部门。在那里，传送带把大冰块传送到各个冰箱里”。皮泽克组织童工的历史事件，发生在一九六七年或一九六八年。

在“茄意欧”公司，保罗·西诺里尼是“内部工会，也就是老板工会”的支持者。[12]一九六二年，工厂的内部矛盾就已经开始了，“工会活动非常活跃”。那时还有一些议会的相关讨论，例如一些那不勒斯共产党众议员向内政部长提出的质询，其中就有卢西亚娜·维维尼亚提出的问题。一九六三年一月，她在议会上公开发表言论，描述了当时的非法劳工问题，工人的罢工权并未得到认可，甚至有当地的流氓武装起来，以威胁和劝阻罢工者。这些流氓恶霸中，有个飞扬跋扈的人，“长期以来都是'福星卢西安诺'①的左膀右臂"。[13]

那不勒斯劳工协会的历史部秘书南多·莫拉向我解释说，除此之外，在二十世纪六十年代，类似的事件十分常见，事实上"克莫拉"对工人的恐吓在当时相当普遍。

在埃莱娜·费兰特的《离开的，留下的》中，我们可以看到有关工厂的描述，虚构的小说里，虽然有些变化，但本质上和现实一样。在工厂出口处，门卫在女工身上摸来摸去，进行搜身，他们想从女工身上搜出偷的香肠；工厂还雇用法西斯党徒，让他们赶走了在大门前发放传单、煽动工人造反的学生。我们看到，莉拉像往常一样，也陷入麻烦：她讲述了发生在工厂里的事，面临着报复和开除。因为她说的那些话，一字不落地登在了积极分子分发的传单上。"赛鲁！你听仔细了：假如这上面写的事是你告诉那些烂人的，那你就要倒大霉了，你明白吗？"[14] 滥用权力的工厂主人，与天真自负的革命青年发生了冲突，后者直接将莉拉暴露出来，没给她一点儿提醒，让她落入危险的处境。

在小说中，黑社会渗透在劳资关系中，阴魂不散的索拉拉，也出现在莉拉工作的工厂里，因为他们向这家香肠加工厂的主人放高利贷。莉拉的宿敌米凯莱·索拉拉来到了工厂，用那不勒斯方言构建了一个让人难忘的场景。在被逼无奈的莉拉面前，这个黑社会分子向老板

---

① 查理·卢西安诺（Charlie "Lucky" Luciano，1898—1962），美国知名罪犯、黑帮大哥（被称为美国"现代有组织犯罪之父"）、娱乐界大亨，意大利裔美国人，江湖人称 Lucky 福星卢西安诺。——译者注

布鲁诺·索卡沃解释如何驯服一个泼妇。事实上他十分欣赏莉拉:“你觉得自己仅仅是雇用了一个女工?”他质问索卡沃,“不是这样的,这位太太不是个简单的女工。假如你放手让她去干,她能把狗屎变成黄金。她把我在马尔蒂里广场的鞋店重新装修了一下,让那儿变成了基亚亚街、波西利波、沃美罗街上那些阔佬的沙龙……但她很疯狂,觉得自己想做什么都可以。”[15]

对米凯莱·索拉拉来说,莉拉特别叛逆,因为她没遇见“真正的男人”,“一个真正的男人会让女人正常起来。不会做饭?可以学。家里太脏了?打扫一下。一个真正的男人,可以让女人做任何事情”。对他来说,只需要“火热的两小时”,就可以让一个不会吹口哨的女人学会吹口哨。“假如你会调教,女人就会乖乖的。假如你不会调教,那就算了,只能自己受罪。”[16]在这场粗俗的对话中,莉拉出去时抖落了身上的烟灰,就像是比才①所创作的歌剧中的烟厂女工,她是一个那不勒斯的“卡门”,她说她不需要学习,因为她从小就会吹口哨。

在那些动荡的岁月中,有没有其他“卡门”?就是那些想要独立、会吹口哨的女孩。毫无疑问,这种女孩当然存在。我找到了一则新闻,是玛丽亚·安东尼埃塔·马乔奇②在一九六八年写的,报道的是斯塔比亚的“茄意欧”公司中,临时工自发举行的罢工。她们的工作合同是六个月,女工要求多工作一天,只是为了争

① 1838年10月生于巴黎,法国作曲家。——译者注

② 意大利记者、作家、女权主义者和政治家,1968年作为意大利共产党候选人当选为意大利议会议员,1979年作为激进党候选人当选为欧洲议会议员。——译者注

取在之后的失业期间能获得该有的津贴。但公司并不赞同，她们堵住了工厂大门，阻止了货物的发出。她们手拉手，用自己的身体堵住了大门，形成了一堵人墙。她们对那些专栏记者说：她们在电视上看到学生就这么做。警察来了，她们也一动不功，最后她们是被扯着头发殴打拖拽着驱散了。其中有三个人还进了医院，登上了报纸，其中一个女工“像小鸟一样脆弱、瘦小”。[17]

另一个埃莱娜

现在，我已经远离那些废弃的工业厂房，远离那里发生的故事，我来到了仁慈山教堂的美术馆，看到了《孤独的圣母》，这是埃莱娜·费兰特钟爱的绘画作品。但在爬上楼梯前，我先去了街边的八边形小教堂，里面漆黑一片。我逐渐适应了黑暗，隐约看到了卡拉瓦乔《七件善事》中，一位天使青白色的翅膀健壮有力，我感觉那是夜晚的飞翔，黑暗的画面中，浮现出乞丐裸露着的脊背，一只乳房正在滋养一位饥饿的老人。火把的光照亮了许多人的脸，在幽深的那不勒斯小巷中，这些人物的身体交缠在一起。

埃莱娜·费兰特写到，每次一有机会她都会来这座教堂，去教堂上面的画廊看一幅被称为“小小的修女像”的画，她双手合拢、眼睛紧闭，一副心醉神迷的表情。[1]《孤独的圣母》是十七世纪一位佚名画家的作品，就挂在过道上，外面光线很足，透过窗户打在画面上。这位修女穿着长袍，只露出双手和面颊，在丝绒帷幔下祈祷，身体好像悬浮在空中。白袍子上是深色的披风，衣服拖在地板上。那个跪着的修女，好像被布料包裹起来了：她完全沉浸在自己的世界里，薄薄的眼皮微微颤动，垂于怀里的念珠和银质十字架，暗示她出身高贵。

在这幅画前，在这位十七世纪无名氏画家身上，费兰特看到了自己的影子。著名女作家想借此说明，无论大名鼎鼎还是寂寂无闻，姓名不是最重要的；艺术家只存在于作品中，只存在于“赤裸又残酷”的创作结果中。她写道：“我越看这个修女的样子，眼前就越清晰地浮现出这位十七世纪的‘无名氏’。我对这位画家的了解，不是通过身份信息，也不是通过生活经历，而是通过他的表达手法。在表达手法中，我看到了另一个完整的故事。这是他作为艺术家的故事，也就是他的审美——他选择顺从还是反抗，他的创造才能、图像的章法和布局，还有呈现出来的感情……对我来说，在历史和生平层面，《孤独的圣母》的作者很陌生，但作为艺术家，我却很熟悉。我熟知这位画家的创作，为了方便起见，我可以给这位画家起个名字，比如说一个女人的名字。这绝不是一个艺名，也就是说一个假名字，这是她唯一真实的名字，对应的是她的想象力，她对艺术的操控力。”[2]

费兰特重申：笔名并不是面具。她回到下方幽暗的小教堂，站在那幅令人惊奇的画作前说道：“如果我必须把‘卡拉瓦乔’这个名字贴在《七件善事》这部作品上，而在户籍上，卡拉瓦乔记载的名字叫作‘米开朗琪罗·梅里西’。那么，我宁愿大部分时间和卡拉瓦乔在一起，而不是和梅里西在一起，因为梅里西可能会蒙蔽我的双眼。”[3]

关于她，我们需要知道的就只有这些，尽管我不能彻底认同她的观点。了解一位艺术家的为人，可能毫无意义，甚至会产生误导，但我们知道：米开朗琪罗·梅里西并非就是“卡拉瓦乔”。在一六〇六年末到一六〇七年期间，他创作了《七件善事》，而且在这段时间里，在一次争吵中，他失手杀死了一个人。在科隆纳家族的保护下，他最后只得逃离罗马。艺术家的这段经历，丝毫没有影响到这幅画的阴郁之美，还有画面呈现出的慈悲之光；如果一定有影响的话，那就是让我们更深入地理解阴郁的人群中涌动的强烈情感。但可以肯定的是，这几行有关这位十七世纪"无名氏"的文字，解释了名字和作品之间的关系：埃莱娜·费兰特不是一个人的笔名，而是一部作品的署名，因此她为什么选这个名字就变得十分重要。这个名字很明显是一种"表达策略"，很难想象这是随机组合得到的结果。桑德罗·费里是费兰特所有书的出版人，他从一开始就说，当时名不见经传的埃莱娜发来第一份手稿，她建议这样署名。关于这个名字，她本人补充说，这个名字是曾祖母的，而曾祖母已经去世多年，已经成了一个虚构的人物；费兰特这个姓氏呢，在那不勒斯的每个角落都很常见。费兰特和艾尔莎·莫兰黛这个名字有关联，可能是向艾尔莎致敬，"如果您这样想，也可以"。[4]她的这种妥协也很无奈，随着时间的流逝，也越来越含糊，好像在说："对对，好吧，你们愿意这样想，那就这样吧。"那时，这位初出茅庐的作家，很高兴自己和莫兰黛的名字放在一起，并试图在莫兰黛的作品中，寻找至少"一句话"来为自己辩护："出于匆忙，可能也是出于侥幸心理，我抓住了出现在《安达卢西亚披肩》里的一句话：没有任何人，包括母亲的裁缝，会想到母亲拥有女性的身体。"[5]

二十年后，出现了一条不同的线索。埃莱娜·费兰特凭借“那不勒斯四部曲”最后一部——《失踪的孩子》，受邀参加二〇一五年斯特雷加文学奖的评选。这时，人们将她和在此之前从来没有想到过的人物身份联系在一起。事实上，曾经有另一个“费兰特”，她是贝奈戴托·克罗齐的长女——埃莱娜·克罗齐[①]，她也可能会用“费兰特”这个笔名。埃莱娜·克罗齐与玛丽亚·詹布拉诺[②]一九五五年到一九九〇年这段时间的通信公开之后，这个细节浮出了水面。没过多久，这就和一本创立于一八九二年，介绍那不勒斯地形学和艺术的杂志——《高贵的那不勒斯》联系在一起，当时克罗齐在她的书评专栏中使用了“堂·费兰特”这个笔名。[6]因此，同时是作家、翻译家、文化杂志及环保协会的创始人的埃莱娜·克罗齐，自然而然也就被当成埃莱娜·费兰特，因为她是堂·费兰特的女儿。克罗齐采用“堂·费兰特”这个笔名有很强的自嘲意味，因为在《约婚夫妇》中，有一位极具悲剧色彩的学者就叫堂·费兰特。一六三〇年那场可怕的瘟疫暴发时，他认为，这个病在理论上是不会传染的，但到头来他却死于瘟疫。

我距离菲洛马利诺楼很近，克罗齐的故居就在那里。在我看来，这两位埃莱娜之间的联系实在是太诱人了，我必须去探索一下。埃莱娜·克罗齐揭示了隐藏在“那不勒斯性”背后的秘密，这像磁铁一样吸引着我。

---

① 1915年生于意大利，翻译家、作家和环保主义者。意大利哲学家贝奈戴托·克罗齐的女儿。——译者注

② 西班牙散文家和哲学家。——译者注

埃莱娜·克罗齐和父亲贝奈戴托·克罗齐
摄于20世纪30年代　克罗齐图书馆基金会提供

虽然她觉得“那不勒斯性”这个“陈词滥调”让她十分厌烦，但这是她研究的一个特性。而这不需要“搅扰中世纪或文艺复兴时期的传说，因为这属于现代那不勒斯——一七九九年革命后的那不勒斯。当然，试图发现问题的关键，这可能是徒劳的。因为很有可能，最后当你打开这扇门时，发现只有一个空房间，没有什么神秘的故事。除了一个事实：这本身就是个空房间”。[7]

埃莱娜·费兰特的秘密也像个空房间吗？我一直都在想这个问题：这不是掩盖一个人身份的假名字，而是书中的叙事主体、风格、形式的统称。说到底，在女作家缺席的情况下，我一直执着地用文学上的关联、场所、这座城市的形象，以及或多或少贴近埃莱娜·费兰特小说中的人物与事件填补这片空白。我忽然觉得，一位不愿为人所知、专门书写那不勒斯故事的作者，使用埃莱娜·克罗齐使用过的名字，这是一个大胆、富含深意的选择。这是完全来自文学典故的笔名，衍生于另一个笔名，一个精心设计的谜语。

我在老城区中心转悠，脑海中全是这些推测。我穿过了菲洛马利诺楼“宏伟的白色石头大门”，向“广场一样宽敞”[8]的院子望去，寻找克罗齐故居三楼的窗户。我站在中庭抬头向上望，觉得这两位“埃莱娜”之间有很大差异。她们生活的时代和社会很不同。克罗齐的几个女儿：埃莱娜、阿尔达、莉迪亚和西尔维娅，她们生于二十世纪上半叶，经历了两次世界大战，毫无疑问，她们都属于文化精英，从小就学习多种语言，对她们而言，那不勒斯和欧洲没有差别。从家里的藏书中可以发现，克罗齐——绝对历史主义之父，他和那时的欧洲文化有着紧密联系，他和浮士勒、利奥·斯皮策、托马斯·曼都有着书信往来。一九一〇年，这位哲学家成为参议员，但他一直都是自由派，他家一直住在这里。一九二〇年，克罗齐担任了焦利蒂①政府的教育部长。马泰奥蒂②被刺杀后，法西斯政权上台，开始了残酷的独裁统治。刚开始，克罗齐甚至认为，墨索里尼是必要的恶，但他后来写了《反法西斯知识分子宣言》，一九二六年十一月一日，一群法西斯分子闯进这个院子，爬上了楼梯。克罗齐在《日记》中写道："凌晨四点，玻璃被打碎的巨大嘈杂声惊醒了我们，不知道是十二个还是十四个法西斯分子，他们乘着卡车来，破坏了我的家……"[9]

埃莱娜·克罗齐那时还是个十一岁的小姑娘，在成年之后，她在《金色童年与家庭回忆》这本书中，用质朴的语言勾画了父亲充满魅力的形象。不难想象，克罗齐穿过楼房的门廊，到屋外的路上散步的画面，四处都会遇到法西斯分子。他每天都要出门两次，一次是在下午，和家人、朋友去拜访一些书商；另一次是在深夜——在十一点至十二点间，路上空无一人时，他一边散步，一边思考问题。克罗齐之前出去散步时，不得不经常停下来，因为常有人认出他，想跟他打招呼；但后来有一段时间，那些熟人看见他，都会压低了帽子，遮住了眼睛，掉头就走，害怕跟他握手。到最后，他为了避免来他家的客人被列入警察局的调查名单，不得不取消了星期天的聚会，那其实就是在他住的地方，他和一群朋友、学生，以及路过的拜访者，三十几个人一起喝

---

① 意大利王国首相（1892—1893，1903—1905，1906—1909，1911—1914，1920—1921）。——译者注

② 意大利社会主义政治家。——译者注

喝咖啡，聊天交流。

在长女埃莱娜·克罗齐的眼里，父亲和蔼可亲，但“最害怕浪费时间”。他厌烦那些世俗知识分子，也讨厌那些“心理训练”，他拒绝以人论事，坚持“通过作品，仅仅通过作品判断人的准则”。[10] 你就是你的所作所为，这不仅仅是知识分子的信念或道德箴言，而且是一种生活方式。克罗齐的妻子是阿黛拉·罗茜，是一位来自皮埃蒙特的女人，埃莱娜在《金色童年与家庭回忆》中也描写了自己的母亲，她坚强地支撑着家庭。几个女儿接受严格的教育，女管家照顾她们的生活起居，她们要严格遵守母亲定下的规矩，以“带着距离感的友善”[11] 对待他人。

克罗齐承认，他的家门总是敞开着，所以在午餐时间经常会有人来访打扰。埃莱娜·克罗齐写道:“我母亲总是暗地里进行抗议，因为当门铃响起，家里的用人不得不放下手中的午餐，走六十五米的走廊去开门。”我穿过如今已是“克罗齐图书馆基金会”的房间，在圆拱形的天花板下，深色框架的橱柜，还有摆满书籍、让人肃然起敬的书柜，不难想象，从这里快速到达大门前，需要运动员的速度。女儿笔下的父亲机敏诙谐、十分有耐心，即便是面对来拜访他的“虚假学者，他们有的思维混乱，只是附庸风雅、贪图虚名”，他也耐心接待。但克罗齐也知道怎么利用时机摆脱令人厌烦的人，把他“当作一个烫手山芋”带到房子的另一处，“丢在女人和小孩之间，让他摸不着头脑”。[12]

克罗奇每天都要去逛书店，那些书店仍是那不勒斯这一城区的特色，这让它能与巴黎或布宜诺斯艾利斯的某些城区相媲美。“那不勒斯四部曲”把我们带到了这里并非巧合，因为莱农，这个聪明的女孩曾在迈佐卡农内街上的书店当售货员赚钱。二十世纪二三十年代——埃莱娜·克罗齐描述的那个时代，作为一名嗜书如命的人，克罗齐经常出入旧书店，还有阿尔巴港和君士坦丁圣母玛利亚教堂那里的书店。在读《金色童年与家庭回忆》时，我们可以想象，在椭圆形状镜片后，他用锐利的目光，仔细查看发白的胡子下的几卷书。在女儿的童年记忆中，和他交谈过的人栩栩如生地出现在我们眼前：堂·佩皮诺·丹尼尔，人称“帕帕切纳”，他会为几个女孩推荐一些值得读的书，她们甚至从他那里获得了当时的禁书：埃米里奥·萨尔加里冒险故事。还有书商科拉西奥内，克罗齐不会从他手里买什么书，却经常对着目录感叹：“令人惊叹的珍品。”[13]

如今，在阿尔巴港、费德烈二世大学和圣比亚吉奥·戴·利布雷大街之间的黄金三角地带，只留下了一些遗迹。许多书店都靠卖教科书或是大量印刷时的库存活下去，只剩下几家比较有品位的书店，它们都有着或长或短的历史。但丁广场有一家“皮隆蒂出版社”的书店，在转角处，还有老书店“圭达”——当年那不勒斯人听凯鲁亚克和金斯伯格朗诵的书店，但已经关闭了一段时间，看起来像个鬼屋。在音乐学院旁边，在圣彼得·阿马耶拉路上，有一家特别漂亮的旧书书店，叫“克隆内斯”，那些寻找音乐和乐谱的人会来这里；对面是“西莫利书店”。值得一提的书店还有位于圣格雷戈里奥·阿尔梅诺的“尼亚波利斯”小书店，在店内布置的牧羊人和耶稣诞生的场景之间，你可以找到关于这座城市的所有印刷品。在迈佐卡农内街，靠近那不勒斯东方大学大门那里，有一家名为“但丁遇见笛卡尔”的书店，这家书店也是诺贝尔文学奖得主——露易丝·格丽克作品的第一位意大利出版商。

几个女儿从小就在克罗齐的指导下读书。九岁那年，埃莱娜·克罗齐花了三天时间，读完了《三个火枪手》，对大仲马的作品产生了强烈的兴趣，但家里没有《基督山伯爵》的意大利语版本，她就开始学习法语的。克罗齐的几个女儿就是在阅读原文的驱使下，开始学习外语。我们所在的世界，与“天才女友”的那个世界相去甚远，她们用从堂·阿奇勒手里搞到的钱，买了《小妇人》这本书。堂·阿奇勒很可怕，是个放高利贷的人，她们觉得他拿走了她们的娃娃。然而埃莱娜·克罗齐的藏书中并不缺这本书，她称自己是这本书的“狂热读者”，并引用了路易莎·奥尔科特的句子，来表达她一次在孩子们的聚会上感到的不适，在奢华的房子里，那位女主人有一种“冷若冰霜的优雅”。[14] 八九岁时，克罗齐的大女儿梦想成为一名女战士，就像骑士史诗中的女骑士——布拉达曼特①，女扮男装参加战斗，因为“乖僻的玛菲莎②，有点儿像老姑娘”。[15]

哲学家的几个女儿关系十分亲密，但姐妹四人因为年龄差异，常常两两在一起：大女儿和二女儿、三女儿和小女儿在一起玩。克罗齐在《日记》中记下了

---

① 十二圆桌骑士之一李纳多的妹妹，其实力毫不逊色哥哥们，是位勇敢的女将军。——译者注

② 在卡洛·戈齐创作的讽刺诗《奇怪的玛菲莎》中，玛菲莎是一个古怪乖僻的处女。——译者注

一九二六年九月五日那天的事：埃莱娜·克罗齐和生于一九一八年的二女儿阿尔达，按照字母顺序，排列他汇编的弗朗切斯科·德·桑克提斯两卷本的卡片，她们的身影永远留在了这本日记里。我想，尽管这两个“费兰特”之间差距甚远，但却因为笔名而联系在一起。对《小妇人》的偏爱，是许多女作家的共同特点，但在构建强大的女性同盟的过程中，我看到了一种更重要的相似性。埃马努埃莱·布法奇在一篇有关克罗齐姐妹的文章中，引用了阿达·戈贝蒂①的回忆：在苏萨谷避暑的那段时间里，她遇到了这几位小女孩。十二岁的埃莱娜·克罗齐表现出的成熟和智慧让她很敬畏；她也看到阿尔达充满讽刺精神，已经流露了不墨守成规的态度。[16]埃莱娜·克罗齐是父亲的旅伴，而阿尔达则是他写作时的左膀右臂，帮他在图书馆中查阅书目，将他的手稿用打字机打出来，翻译、处理信件，从一九三六年起，她就成了父亲的得力助手。《阿勒图萨》是意大利解放后的第一份文化杂志，这个标题是几个姐妹共同构思出来的结果，这也是她们“第一次在威严的父亲面前，显示出自己微弱的力量”。[17]

在两位女性成长的过程中，埃莱娜·克罗齐和阿尔达是密不可分的盟友。贝内黛塔·克拉维里——埃莱娜·克罗齐的女儿、作家、“法国当代沙龙中的对话礼仪”方面的专家，她说：“阿尔达阿姨活泼可爱，性格和我母亲正相反。阿尔达阿姨十分博学、腼腆朴实，是家里的女主人，母亲却是直来直去，没什么秘密，而阿

① 意大利教师、记者、反法西斯成员。——译者注

姨则保持着一种神秘感。母亲和几个阿姨对遇到的人都很好奇，会猜测这些人来自什么地方、出身什么样的家庭。文学对于她们来说，是重要的资源，她们会说：某人像巴尔扎克笔下的人物一样吝啬，或者像勃朗特三姐妹小说中的人物那么充满激情。阿尔达阿姨和我母亲很亲密，因为她们有共同的热爱：保护环境。她们也共同肩负着保护外祖父留下的遗产——他的知识和道德方面的责任，负责克罗齐作品的重印、保存档案和藏书。三十余年来，马克思主义者和天主教人士都厌恶克罗齐，但她们并没有很在意，觉得这些敌意都是暂时的。”

阿尔达·克罗齐是西班牙文化学者，她翻译了洛佩·德·维加[①]的《狡猾的猫》，除了短暂的婚姻插曲外，她一生都在菲洛马利诺楼的房子内度过，但埃莱娜·克罗齐很快就离开了。埃莱娜·克罗齐二十岁法律专业本科毕业后，一九三七年和雷蒙多·克拉维里结婚，就离开了那不勒斯，前往都灵。克拉维里是皮埃蒙特一位年轻的反法西斯主义者，他研究经济和法律，后来成为意大利行动党创建者。他也创建了“ORI”，这是个智囊团，在意大利游击队与盟军之间建立联系，至此他的生活充满危险。我们已经快到了埃莱娜·费兰特的“那不勒斯四部曲”开始的时间：一九四四年是长篇小说《我的天才女友》的时间发端，那年在被轰炸摧毁的卢扎蒂区，两个女孩呱呱坠地。战争是个巨大的分水岭。我们回过头，再来看看克罗齐家，就会发现意大利当时一分为二，长达数月杳无音讯，这个家族开始分崩

① 文艺复兴时期西班牙黄金世纪最重要的诗人和剧作家。——译者注

离析。

埃莱娜·克罗齐把两个孩子——皮耶罗和贝内黛塔，交给他们在皮埃蒙特的奶奶照顾。一九四三年九月八日停战后，她滞留在了南方，而丈夫在参与意大利抵抗运动，没人知道他在哪里。贝内黛塔·克拉维里对我说:“那次和两个孩子分离，让她产生了强烈的焦虑。她担心我们会生病、经历风险，一直以来，这种焦虑，比起和我们在一起、照顾我们的快乐更强烈。在我们的成长过程中，她总是言传身教，而不是重复某些价值观、道德要求、判断标准。我不记得我父母曾经说过‘我们是反法西斯主义者’，但我知道，我父亲是个很勇敢的游击队员。有一次，我鼓起勇气问他，晚上他被派到占领区时害不害怕。‘害不害怕？当然害怕了。’他回答我说，‘我们只有喝得烂醉，被一脚踢下去，才敢到那些地区。我们不知道最后会落到什么地方，是否会冻死……’我想他或许是想告诉我，在必要时，人也能学会勇敢。”

写作之手

两位“埃莱娜”之间存在关联，还是说，她们之间有一道无法逾越的鸿沟？我在探究名字的力量，以及名字背后蕴藏的含义时，对埃莱娜·克罗齐产生了浓烈的兴趣，年轻时的她，目光凌厉，穿着朴素优雅，栗色的头发绾在颈后。在罗马时，一个星期天的早晨，我去拜访了贝内黛塔·克拉维里，我坐在柔软的花色沙发上，听她谈论她母亲埃莱娜·克罗齐：“我一直都很敬畏她，没有她，就不会有我。除此之外，在我那个年代，年轻人就得安分守己、保持沉默、听从安排。但她不是个雄心勃勃、望子成龙的母亲，从不要求我们要出人头地，我们也从未感到肩负重担。她对我们的期望在别的方面：就是要遵守家风，还有她的道德伦理观念，这也是她接受的教育。”

人们或许都已经淡忘了：埃莱娜·克罗齐是战后意大利文化领域的关键人物。她在罗马生活，一九四八年，她和丈夫雷蒙多·克拉维里创立了一份文化杂志，是“真正意义上的欧洲”杂志，所有内容都是一手资料，评判文章也“没有意识形态的束缚”。这份杂志就是《意大利观察家》，虽然听起来像十八世纪的杂志，但它却有着接收世界讯息的“天线”：埃莱娜·克罗齐负责文学板块，雷蒙多则负责政治经济板块。《意大利观察家》的资助人是拉斐尔·玛蒂奥利，是位银行家，也是克罗齐的学生、朋友。[1]在法西斯统治时期，他把意大利商业银行的办公室，变成了世俗知识分子和反法西斯主义者的“学校”，还为保存安东尼奥·葛兰西的《狱中札记》做出了贡献。这也足以说明堂·费兰特的女儿埃莱娜·克罗齐在三十多岁时，就成了意大利文化复兴的中心人物。

埃莱娜·克罗齐善于建立各种关系，她开始清除法西斯统治的浑浊风气，为意大利打开了看向世界的窗户：她将卢卡奇、本雅明和阿多尔诺的作品介绍到意大利；还让人们了解到了英美文学，这在过去是禁止的；她翻译了五种不同语言的文学作品。事实也证明，她是一位出色的“天才猎手”：她邀请了一些年轻人给《意大利观察家》撰稿，后来这些人都成了第二次世界大战后重要的作家和知识分子。[2]建议乔治·巴萨尼出版托马西·迪·兰佩杜萨的代表作《豹》的人就是她，这本书最终由“菲尔特里内利”出版社出版，而在此之前，当时“孟达多利”和“埃诺蒂”出版社的顾问——作家埃利奥·维托里尼一直拒绝出版这本书。

埃莱娜·克罗齐体内孕育着躁动的灵魂，她四处奔波，就像十八、十九世纪的文化推动者。一九五三年，皮耶罗·齐塔蒂①和埃莱娜·克罗齐结识，他回忆道：“那时在她家的客厅里，我总能遇见一些伟大的学者，有来自维也纳的，也有来自西班牙的；有历史学家、文学批评家、瑞典或英国经济学家；来自世界各地

---

① 意大利作家、散文家、文学评论家和传记作家。——译者注

的银行家、艺术评论家、年轻作家、天主教记者和左翼记者……在这些引领世界潮流的人物之中，埃莱娜·克罗齐不是真正的沙龙女主人，她不是什么凡夫俗子，她不属于这个世界，更不属于当时的现实，她像个来访的外国人一样，审视着这个国家。”[3]

我觉得，这位埃莱娜·克罗齐的重要性和意义已经凸显。我去了他们家的客厅，那不像是社交化的客厅。当然，埃莱娜·克罗齐其实也不只是沙龙的女主人，在这里，必须遵循严格的谈话准则：见面交流应该愉悦而且有益，能够促进思考，认识一些新的朋友。除此之外，都是浪费时间。在埃莱娜·克罗齐家中，炫耀财富、卖弄学问、进行心理分析或谈论自己，都是严格禁止的。[4]荣格派心理分析者切斯基诺·蒙塔纳里，也是埃莱娜·克罗齐的朋友，他曾对我说：“我从来没有听到过，哪怕一次她提及自己。她说到‘我’时，也是表达需要。如果她的访客中有人这么做了，她会马上打断说：‘我们可没时间谈论这个。’”这种对自我的消解，以良好的心理素质为依托，她眼神锐利，甚至有些邪恶，身上好像有超自然的能力，她能凭这一点很快看清一个人。“她不会穿绿色大衣，会把收到的装着书的包裹留在楼道里，检查里面没有奇怪的东西才会带回家。所有人都对心理分析好奇时，她也会去找当时的心理学大师——恩斯特·伯恩哈德①。但他们没有共同点：伯恩哈德是个有信仰的人，他的思想总是游离在道家和‘沙漠中的基督’间，但埃莱娜·克罗齐没有宗教信仰，她

① 德国精神分析学家、儿科医生和占星家。——译者注

致力于完成世俗的事业。”

在眼下这个自我崇拜的世界里，这种自我要求很奇怪，但却是两位“埃莱娜”之间令人惊奇的相似之处。在作家与传记中“我”的关系中，需要把“我”放在括号里，搁置一边。要么把它丢弃，或是用“粉笔画的圈”[5]把它圈住。因为只有这样，才能将思想和创造活动从个人的重压中解放出来。埃莱娜·克罗齐的这种观念是受她父亲的影响，克罗齐认为，只有作品才是最重要的，作家的为人可以搁置一边。至于埃莱娜·费兰特，其实之前她已经有所提及：对米开朗琪罗·梅里西的关注会让人分散注意力，我们唯一要关注的其实是卡拉瓦乔画作。在一九六〇年，在有关作者个人经历的论战中，埃莱娜·克罗齐写道：“真正的故事，无论是伦理政治，还是诗歌和思想故事，只应该与作品有关，署名和签名只是一个参照，甚至可以不需要。”[6]

这一观点来自短篇文章《传记之镜》，我在意大利历史研究所图书馆查阅了这篇文章。时值最新的拜伦传记出版，埃莱娜·克罗齐分析了这本传记，写下了这篇短评，抨击了浪漫主义和实证主义对于传记文学的污染和损害。她在短评中写道：“作品本身已经告诉我们所有和作者相关的关键信息。”认为在作品背后隐藏着被掩盖或忽略的真相，这是纯粹的幻想。因此经典传记，也就是基于文献的历史性传记，比如埃莱娜·克罗齐写的西尔维奥·斯帕文达①传记，她和妹妹阿尔达合作撰写的弗朗切斯科·德·桑克提斯的传记，都是可以肯定

① 意大利政治家和爱国者。——译者注

的，而以"胡乱揣测""多愁善感、天真烂漫的想法"为基础，来重塑人物形象"让他和真的一样"，或是依据"解读作品时，不是依据作品的客观、具体价值进行判断，而是作者个性的体现"，[7]这应该受到抨击。

后来，埃莱娜·克罗齐将矛头对准了资产阶级的浪漫主义品位：他们只对传记中的奇闻逸事、"亲密关系中秘密"好奇，只对人物的堕落、文学八卦、野史形象、虚构传记感兴趣，在"普鲁斯特的《驳圣伯夫》中，对虚构传记的本质揭露无疑"。[8]她提出的观点，在当时很激进：对于作者本人不感兴趣，只关注富有创造力的个体；她讽刺意大利人对于传记文学缺乏品位，只对邓南遮式的轶事热情高涨；又或者深陷在那些稀松平常的事情里。这里不得不提到一位著名的受害者贾科莫·莱奥帕尔迪，人们对他充满同情：他体弱多病，在爱情中遭遇不幸，和自己严厉的父亲莫纳尔多伯爵矛盾不断。

两位"埃莱娜"对这个问题持同样的态度，这一点不言而喻。即使不看埃莱娜·费兰特访谈集《碎片》中的段落，也能发现这一点。比如，费兰特说："我认为在艺术上，最重要的生活，是那些奇迹般活在作品里的东西。因此我非常赞同普鲁斯特的态度，他反对传记实证主义，反对圣伯夫传记式的文学批评，我喜欢他的姿态。并不是莱奥帕尔迪的袜子的颜色，或是他和父亲之间的冲突，能帮助我们理解他的诗剧的力量。作家的个人经历并不能让人看到作品的伟大，这些经历只是周围装点的小故事。"[9]她们之间的这种巧合很有意思，甚至连列举的例子都一样，人们会猜测，埃莱娜·费兰特一定是阅读了埃莱娜·克罗齐的主张，很赞同她的观点。

作者会在作品中死去并消失，这是克罗齐哲学思想中的一个形象表达，猛烈动摇了二十世纪的文学批评。埃莱娜·克罗齐对于这一问题的明确立场，源于她父亲的伦理思想。克罗齐在一九二二年出版的《伦理学散记》（*Frammenti di etica*）中这样写道：“无论是纯理论的作品，还是诗歌作品，都和作者对应的那个人无关。”作品不属于“封面上署名的那个经验层面的人，而属于具有诗人和科学家能力的人，也就是个体中理想的人……如果仔细思考一下，就会发现这个理想的人，就是作品本身”。[10]

“作者即作品。”我惊叹于这种联系，就去查了克罗齐说这句话的背景和来源。克罗齐对于创造的这种看法，产生于这样一种环境：历史之外，没有任何东西是真实的，那些特殊、个别、偶然的东西，都会消失在普遍之中，一种普遍的运动会超越这些。在克罗齐看来，伟大之人都很谦虚，因为“他们意识到自己并不是作家，只是完成作品的合作者，或者说他们只是工具，受到超凡力量的支配”，就好像创造力属于“事物进程和普遍精神”。[11]

但这一切又和两位“埃莱娜”有什么关系呢？

根据艾玛·贾马泰①的形象描述：埃莱娜·克罗齐是一位“现代人类学家”，[12] 她回忆那个已经消失的知识分子世界，写了很多回忆录和传记。她观察那些自由主

① 意大利学术和文学评论家，那不勒斯贝宁卡萨苏奥尔奥尔索拉大学意大利文学荣誉退休教授，意大利历史研究所评论教授。——译者注

义社会精英，无情地批判他们的精神和习性，揭露他们早就失去了最初的品质；她辛辣地讽刺那不勒斯最后的贵族，还有罗马文学圈的排场。她提前捕捉到了新阶级的崛起，贪婪得近似于资产阶级，他们无视“美”，必将破坏意大利的风景。她一直用“讽刺的语调”描绘这些文人的世界，她是位“自觉的接班人，有意承担一个伟大的道德传统，它建立在永久隐藏自我上”。[13]因此，为了投入文化生活之中，要忘记自我，不把私人经历带进来，避免有太多个人的东西。在埃莱娜·克罗齐的作品中，有一个反复出现的隐喻，就是一个“粉笔画的圈”，为了保护“灵魂的自由”，要将“我”圈起来，让思想免于遭受那些“痛苦想象的心魔”和“来自外界、集体的东西”的干扰，只有这样才能够“直面真相”。[14]

至于埃莱娜·费兰特，她彻底将自己隐藏了起来，就像将通往写作者的门死死关上。关于她，我们所知晓的，都是她自己讲述的，这不是一位戴着面具的陌生女士的真实生活。从一开始，这位女作者的故事，按照她自己的意图，只是为读者“精心构思”的，她就像由写作构成的人物形象。埃莱娜·费兰特在文化上与她所处的时代紧密相连，在那个时代，作者的死亡与克罗齐历史主义中的死亡含义不同。一九六八年，罗兰·巴特写了一篇振聋发聩的文章《作者已死》，描绘了一场迷人的葬礼。他白纸黑字地写道，一场高级的葬礼，写作开始的地方，就是作者失去所有身份的地方，“首先就是写作者的身体身份”。次年，米歇尔·福柯让作者复活，但只是作为必要的“文本功能”，[15]因为年代的关系，这位著名的女作家一定去过巴黎，感受过那里的氛围。

我再次回到了《孤独的圣母》前，又一次品读了埃莱娜·费兰特的文字，关注她的用词：绘制这幅画作的艺术家寂寂无闻，传记中的过往一片空白，但在“行使‘作者职能’时，是如此出名，以至我能为这种‘职能’取一个名字，比如一个女性的名字”。毫无疑问，“‘作者职能’这个词汇来自福柯。费兰特对当代媒体的批评，倒是和巴特相近，那些媒体扯来扯去，将作品强压在写作的人身上，给大众塑造出一个文学形象——态度粗暴，只聚焦于作者，聚焦于他这个人，他的经历、品位和爱好”。[16]

然而，我们把镜头对准《我的天才女友》的作者，在《碎片》中，我们可以看到：埃莱娜·费兰特认为，本质上，写作是一种“傲慢的行为”。因此“唯一的可能，就是学会重新规划‘自我’，把自己融入写作之中，最后脱身而出。作品写完之后，就成了我们的身外之物：是我们积极生活的衍生物之一”。[17]对于费兰特来说，为了作品的利益，作者需要抽身而出，这是个道德问题，这特别接近埃莱娜·克罗齐的思想。在我们这个时代的作家费兰特身上，有没有埃莱娜·克罗齐的批判精神？这一点很难回答，但唯一可以肯定的是：两位作家都和传记“自我”保持距离，是出于类似的原因。尽管她们从事的工作很不同：一位是散文和回忆录作家，另一位是小说作家。

埃莱娜·克罗齐的散文很有感染力，充满智慧，饱含讽刺，也很冷峻，她的虚构类作品的风格也是这样。这样的文风优雅地掩盖了学者工作，它不断减少强调，防止刻意和滥情，就像皮特罗·西塔蒂回忆的那样，埃莱娜·克罗齐身上有一种悲剧气质。[18]而埃莱娜·费兰特的作品充满肉欲，展现出“活生生的材料，充满了呼吸，有冷有暖”，有时就像陷入无法掌控的文字旋涡，[19]她追求表达的真实性，而非形式上的优雅，她的文字受到口语浸染。她要撕开伪装：“假如在情节发展中，语气变得虚假，过于考究、清晰，过于有理有据，言语过于漂亮，我都会停下来，想搞清楚我是从哪里开始错的。假如我没办法明白，我会把一切都丢掉，重新开始。”[20]两位作家都认为，隐藏自我是写作不可或缺的前提，却产生了相反的结果：埃莱娜·克罗齐掩盖、转化自我，让叙事更加客观；而埃莱娜·费兰特则想要消除自我，让叙述的声音变得赤裸、直接。

另一个那不勒斯

在作家呈现的那不勒斯中：一种是隐晦的文字，描写大资产阶级的生活；一种是赤裸裸描写贫民的城区。这两个那不勒斯是如此不同，像两个平行世界，让人怀疑那不是同一个地方。

皮耶罗·克拉维里是埃莱娜·克罗齐的儿子，是位历史学家，也是"克罗齐图书馆基金会"主席。他对我说："我母亲那个时代的那不勒斯已经不复存在了，您已经找不到当时的那个城市了，第一次世界大战后，那个世界就开始瓦解。那不勒斯的历史，远不止辉煌的十八世纪，一七九九年发生的反波旁王朝革命，还有十九世纪涌现的许多许多英才，可以跟上一个世纪媲美，比如，卡洛·波里奥[1]、路易吉·塞特姆布里尼[2]、弗朗切斯科·德·桑克提斯、马泰奥·雷纳托·因布里亚尼[3]、伯特兰多·斯帕文塔[4]和西尔维奥·斯帕文塔[5]，最后这两位和克罗齐家有亲戚关系。那段光辉的岁月，

① 1803 年 10 月生于那不勒斯，意大利爱国者、律师和政治家。——译者注

② 1813 年 4 月生于那不勒斯，意大利作家和爱国者。——译者注

③ 1843 年 11 月生于那不勒斯，意大利政治家，激进党成员。——译者注

④ 1817 年 6 月生于伯巴，意大利著名哲学家。——译者注

⑤ 1822 年 5 月生于伯巴，意大利政治家和爱国者。——译者注

一直持续到了一九一五年，那不勒斯资产阶级知识分子精英和欧洲联系紧密，比现在开放得多。当时存在一种流通的文化和欧洲‘共同语言’，但后来随着第二次世界大战的爆发瓦解了。如今那不勒斯的国际形象，其实很大程度上仍归功于‘美好时代’(Belle époque)，那是衰落前最后的辉煌，平民百姓也参与其中，因为他们天性中就带有对于戏剧、音乐和歌曲的喜好。”

在埃莱娜·克罗齐撰写的那本薄薄的，但饱含深情的回忆录《双城》中，那个世界的火花也逐渐熄灭。法西斯政权并不重视那不勒斯，这座城市并没有忠心耿耿支持墨索里尼的独裁，她褪去传奇色彩、优雅的风度，开始变得黯淡。为了不被边缘化，那不勒斯社会精英开始向罗马迁居，他们带上了富有年代感的家具，而在罗马和教皇的领地中，他们都是“异乡人”，那不勒斯贵族流连于网球俱乐部，那是漂亮女孩、波旁王朝“遗少”的圈子。上层资产阶级的楼房里也门厅冷落，那些可以高谈阔论的文化沙龙，几乎每天晚上都演奏音乐：博学的福斯托·尼科利尼和数学家雷纳托·卡乔波利同时也是钢琴家，会在沙龙演奏钢琴。那不勒斯的沙龙有偏英式的，也有瑞士风格的，但社会精英真正重视的是法国文化，“他们认为，大家都应该说法语，阅读法语原文作品”。[1]

第二次世界大战爆发前不久，作为欧洲中心的那不勒斯就消失了，而战后正好是埃莱娜·费兰特的“那不勒斯四部曲”的开始，但打开的却是另外的场景。所以两位“埃莱娜”之间的年代差异很关键，比起其他差异都更重要。

那不勒斯人自己解放了自己，人们开始起义，几乎赤手空拳驱逐了纳粹。一九四六年六月二日，在那场决定国家政体的全民公投中，那不勒斯选择了君主制，但最终胜出的是共和制。晚些时候，船商阿基利·劳洛当选为那不勒斯市长，他是个君主主义和民粹主义者，获得狂热支持，历史上人称“指挥官”。这座城市遭到轰炸的破坏，没有食物、水，人们都还没来得及享受解放带来的喜悦，就很快跌入深渊，一条鸿沟把城市一分为二。作家埃尔马诺·雷亚说，那不勒斯是“地中海的柏林”，是冷战时期另一个“世界关注的中心”。这座城市的左派带有明显的斯大林主义特点，对海洋的古老渴望受到美国军事基地的压制。这里的文化生活陷入僵化。[2]一九五三年，作家安娜·玛丽亚·奥尔特塞发表了一篇文章，描绘了她那个年代的作者群像，她和这些作家分享了《南方》的经验，这是一份由帕斯卡莱·普鲁纳斯创立的杂志，聚集了很多优秀的年轻人。后来奥尔特塞彻底离开了那不勒斯。次年，《北方和南方》和《南方新闻》两份杂志在那不勒斯出现了，前者是以克罗齐为核心的资产阶级自由派的杂志，而后者则是共产党与社会党的风向标。在费兰特的“那不勒斯四部曲”中，两位女主人公喜爱的男子——知识分子尼诺·萨拉托雷——年轻时曾想在《南方新闻》上发表文章，但杂志社没收他的稿子，他后来在《北方和南方》上发表了那篇文章。[3]

那时，埃莱娜·克罗齐已经离开了那不勒斯，但她与这座城市依然密切相连。为了感受费兰特和克罗齐姐妹生活的那个时代的城市阿尔达，我去了鲁福别墅。这是栋十九世纪末的房子，有座郁郁葱葱的花园，可以眺望海湾。阿黛拉·罗茜当时买下了这栋别墅，是给她丈夫克罗齐在夏天避暑住，那时，他已是参议员，只是年事已高。如今，这栋别墅只剩一副“残躯”，在战争期间，它被占领征用，附近有“一块草秽丛生的土地”和几株高大的树木，“为军队炊事员提供了柴火”。后来别墅得到了修复，但周边的土地却被一家大型建筑公司收购，他们决定建造一栋大楼。为了避免被水泥屏障挡住视野，克罗齐姐妹进行了卓绝斗争，这场纷争差不多持续了十年。

要到鲁福别墅，可以乘地铁到阿梅德奥广场下车。从车站出来，一下子就进入了一个花叶饰风格的城区中心，在高大的无花果树、棕榈树、观赏香蕉树之间，颜色像维苏威山一样斑斓的建筑错落有致，修建在绿色的上坡上，有一种神奇的和谐感。这里井然有序，看起来像是某个外国首都的高级住宅区。但同时，在这片美得惊人的海湾，也有一些不和谐的元素——一些杂乱的街区。克里斯皮街上有所“法国研究中心”，一百年前，这里是“那些想成为女学者的贵妇人，还有大资产阶级太太小姐的聚集地”。[4]距离我们不远的时代，莉迪亚·克罗齐和她丈夫古斯塔夫·赫林就住在鲁福别墅。古斯塔夫是位波兰籍作家，为了躲避斯大林的“古拉格”，他把那不勒斯视为第二故乡，这座城市也接纳了他。这里的植物有大海的气息。在《失踪的孩子》中，莱农已经成为作家，她选择住在这附近的塔索街上：“从塔索街上看，我们的城区很远，就像一个苍白的石头堆，就像维苏威火山脚下的一个模糊的废墟。我想事情最好是这样：我现在成了另一个人，我要想办法，不再落入那个城区。”[5]莱农儿时的伙伴莉拉总会揶揄她，说房子周围风景宜人，还可以欣赏到美丽的海景，远看海水蔚蓝，但只要走近一瞧，就会看到它已经被污染，蔚蓝只是幻觉。

克罗齐姐妹很早就注意到：海洋正在成为城市“肮脏的下水道”，房地产投机商这种“现代的野蛮行为”正在破坏这片海湾。两姐妹反对在鲁福别墅下面建造那些“水泥盒子”，这是一场长期战役的开端，那栋楼房后来部分被拆除了。一九五五年，她们至此和一群志同道合的朋友创立了环境保护组织——“我们的意大利”。[6]二十年后，切斯基诺·蒙塔纳利和他妻子蕾茜，介绍埃莱娜·克罗齐和朱莉娅·玛丽亚·克雷斯皮认识，后者不仅是伦巴第一个工业大家族的继承人，还是一位具有强烈环保意识的铁娘子，她们的相遇，催生了“意大利环境基金会”。

两位编辑亚历桑德拉·卡普蒂和安娜·法瓦，编汇了埃莱娜·克罗齐的一些关于环境保护的作品。卡普蒂对我说：“那些来卡波米塞纳山参观的游客，他们不知道灯塔周围怡人和谐的景色，全是因为有人捍卫。”那场“保卫战”有三员大将：埃莱娜·克罗齐、阿尔达和建筑师安东尼奥·伊安内洛。“正是他们保护了那不勒斯的老城区，可以说，城区的每栋建筑都受到了保护。阿尔达负责收集数据，和那不勒斯本地的民事委员会协调，把情况报告给在罗马的埃莱娜·克罗齐，她就运用自己的关系，在报纸上发表文章，不知疲惫地向议员和部长反映情况。安东尼奥负责技术上的事：他去拍工厂的违规行为，为此他还受到了生命威胁，寻求法律援助。正是他在埃莱娜·克罗齐的帮助下，捍卫了一九七二年城市规划条例，保护了老城区。因为在一九七一年，市政府提出了一项计划，要对老城区进行改造：除了希腊和罗马的文明古迹外，老城区其余地方都可以拆除重建。”西班牙街区的挖掘机已准备就绪。[7]

亚历桑德拉还建议我去看看斯库蒂罗山谷，就在卡波迪蒙特山和阿米尼山之间，那儿有一片茂密的栗树林，是那不勒斯市中心的绿地，真是让人难以置信，从那里可以俯瞰大海和岛屿。她又说：“这里原本也会被毁掉，当年在建造城郊高速的汇流处，按原计划，道路会从山谷出来。如果不是埃莱娜·克罗齐在安东尼奥的帮助下，想到了另一个解决方案，他们根本无法阻止公路就修建在那里。但现在，有人想重启那项计划，在之前规划的地方修路，这无疑是在那不勒斯最后的‘绿肺’中，放入一匹新的特洛伊木马。”

这就是克罗齐姐妹带着激情坚决斗争的故事，她们也得到了广泛的理解和支持，也有来自女性的友谊：埃莱娜·克罗齐的生命中，不只是妹妹阿尔达在全力支持她。比如还有巴西亚诺公主、文学家、艺术收藏家玛格利特·卡埃塔尼①，她也活跃在国际文学杂志《商业》和《无名商店》上。如果要寻找独一无二的友谊，那真是有一段特殊的友谊指引我来到这里。

罗马有个西班牙流亡者社团，西班牙共和国覆灭，

① 1880年6月生于美国，美裔意大利作家、记者、艺术收藏家和赞助人。——译者注

弗朗西斯科·佛朗哥开始独裁统治后，这些人逃离了西班牙。他们先是流亡拉丁美洲，最后来到意大利，并在这里定居，他们很爱这里。埃莱娜·克罗齐这样介绍其中一位女性："在那些朋友中，最杰出的当数玛丽亚·赞布拉诺，她是位天才哲学家，有诗人的品质，这些特点让她归属于西班牙传统神秘主义，除了有一点不一样，她积极参与政治生活。她是奥尔加引以为傲的学生。"[8] 埃莱娜·克罗齐和她保持了近三十五年的密切通信，正是这些信件，让我把埃莱娜·克罗齐和埃莱娜·费兰特联系在一起。

书信集中除了收录信件，还有一些纸条，都是她们第一时间想和对方分享的内容。她们中年相识，那时埃莱娜·克罗齐四十多岁，而玛丽亚生于一九〇四年，比埃莱娜·克罗齐大十一岁。起初她们都很拘谨，以"您"相称，后来才改口为"你"，她们的通信也因此更真挚亲密。书信的校注者埃莱娜·劳伦齐发现，她们的友谊是"触及灵魂的"。而这样的理解，不仅符合她们在自由主义传统中成长的知识分子形象，还反映出了各自父亲的影响：贝奈戴托·克罗齐自由主义的文化和道德观；布拉斯·赞布拉诺的文化和教育立场，在二十世纪二十年代，他和诗人安东尼奥·马查多在塞戈维亚还创立了"人民大学"。她们俩都认为，她们从母亲身上看到了"女性存在于世的价值"。[9]

她们的友情是雪中送炭式的，埃莱娜·克罗齐十分关心玛丽亚和她妹妹——备受宠爱的阿拉科艾莉，她在维希法国时期，不仅失去了丈夫，还被盖世太保折磨，她还有一群猫需要照顾，最后只能带着它们一起流浪。

在赞布拉诺姐妹漫长、艰难的流亡过程中，埃莱娜·克罗齐发动一切力量帮助她们。一九六四年，玛丽亚和阿拉科艾莉被邻居告发，说和她们一起生活的三十只猫扰民，她们成了“不受欢迎的人”，被驱逐出意大利。埃莱娜·克罗齐尽最大的努力让她们回来，为了让她们有一个理想的地方住，她改造了位于托雷·德尔·格雷科的金雀花别墅，这也是诗人贾科莫·莱奥帕尔迪坎坷人生的最后阶段居住的地方，她想用这个地方接待政治流亡者，当然也包括安顿赞布拉诺姐妹。

那栋别墅破败不堪、亟待修缮，一九七〇年才开始修复工作。玛丽亚写道：“亲爱的埃莱娜，我很确信：当我踏上那不勒斯的土地时，我就知道，再也无法与之分离。我会是维苏威火山的蜜蜂，属于那不勒斯共和国。”[10] 修缮工作没能完成，但金雀花别墅仍有神奇的魔力，守护着那段友谊的秘密。我必须去看看这座别墅，我搭上了绕维苏威火山行驶的列车，挤在去埃尔科拉诺参观的游客中。我沿着黄金路线向城市东边走，从十八世纪起，国王就会到“波尔蒂奇夏宫”里避暑，波旁贵族也跟着国王来这里度假。金雀花别墅是十三世纪维苏威地区的两百栋别墅中的一栋，现在只有一半得以修复，另一半还是断壁残垣。一八三六年，那不勒斯霍乱暴发，安东尼奥·阿涅利①为了避免莱奥帕尔迪感染瘟疫，把他安顿在金雀花别墅，让他呼吸新鲜空气，并把他托付给自己的妹妹宝琳娜。

---

① 1806年9月生于意大利，作家、爱国者和政治家，因其少年时期与意大利诗人贾科莫·莱奥帕尔迪的亲密友谊而闻名。——译者注

这栋别墅修建得很简陋，整栋房子由石头修建，体现出乡村风格，上面用白色或柠檬黄的墙灰粉刷过，新古典主义风格的门廊，上面有个露台，可以眺望到卡普里和苏莲托，低头可以看见花园、菜园、果园和葡萄园，但部分园子已经被杂乱的建筑所取代。空气很新鲜，馥郁的微风拂过脸颊，埃莱娜·克罗齐一定是想到了自然的治愈力量，想象这里可以慰藉流亡者的悲苦。

别墅里什么都没有，在黑白瓷片装饰的厨房里，有莱奥帕尔迪亲自撰写的菜单，上面记录了他喜爱的四十九道菜肴：黄油煎脑花、奶油面团、海鲜拼盘等。诗人的房间小而简朴，石头铺就的地板，还有一张看起来像是小孩用的写字台。在克罗齐姐妹撰写的弗朗切斯科·德·桑克提斯传记中，记载了这位文学评论家和莱奥帕尔迪的相遇。一八三六年，德·桑克提斯有幸认识了莱奥帕尔迪，他说："他没我们想象中的那么伟大，乍一看，他像是芸芸众生中的一员，甚至长相还不如普通人。他那张憔悴、默然的脸上，有时也会露出微笑，展示了他所有的生命力。"[11]

朱塞佩·费里尼——莱奥帕尔迪住在别墅里时，他是金雀花别墅的主人、宝琳娜的丈夫，他热爱科学，在家里还摆着地震仪。他相信，这里真正的存在不是大海、甜美的空气，而是背后的山。金雀花别墅坐落在维苏威火山的山坡上，火山才是这栋别墅真正的主人。一八三四年，维苏威火山喷发，在废墟上，莱奥帕尔迪看到了欣欣向荣的金雀花，有感而发，写下了著名的诗歌《金雀花》。那些能量和力量，来自这座"杀戮之山"：这就像边境的哨所，是火影与水气之地间的瞭望台，是个不可思议的地方。我下山时，脑海里浮现出埃莱娜·克罗齐写给玛丽亚有关意大利的话："关于意大利，我想要说，还是让人充满信心。这不仅是因为我爱意大利，而是因为，我觉得她具有任何其他国家都没有的活力和健康。但如果意大利真陷入困境，真的很糟糕，那么欧洲就应该说：请放弃所有希望！"[12]

这是一段深厚的友谊，彼此互相不仅交流哲学，还有许多感人的行动，充满了女性色彩，可以说是一段女性主义的友谊：这份友谊，与我们同时代的费兰特，是否有相似之处呢？首先，埃莱娜·克罗齐写了许多有关女性主义的文章，多数文章具有尖锐的批判性。一九五三年，当女性运动的目标还只局限于摆脱束缚，争取工作和平等时，埃莱娜·克罗齐就开始反对"一刀切女性主义"，因为这会让女性成为一种社会类别、一种性别，剥夺了女性的自我、个性和特质。[13]她总是走在时代的前列。新一代女权主义者——埃莱娜·费兰特的那一代人——开始对于女性在职场和事业上和男性齐头并进，深深表示怀疑，她们用了二十年甚至三十年时间才领悟到：女性要实现自由，也要承认差异和个人的特质。

埃莱娜·劳伦齐对我说："埃莱娜·克罗齐看到了女性主义中的陷阱，她觉得这会阻碍女性的权威。那时的女知识分子和女哲学家，都很难承认自己是女性主义者，玛丽亚也一样。一九三三年一整学年，她都在大学解释女性的权利，却遭到了顽强的反抗。她们想要成为独立的个体，实现自己的主体性和价值，不得不宣布中立。但其实她们根本就不是中立，正因为如此，这让她们的姿态变得很有意思。她们对历史上的女性权力和力量有很清晰的认识，这和那种‘受害者姿态’或‘胜利主义’完全不同，因为这两种姿态都很天真。”

因为所处的年代不同，埃莱娜·费兰特已经进入了“差异女权主义”的序幕，从她的作品来看，她对女权主义的看法是不断发展的。她在一九九一年至二〇〇三年的书信和访谈集中写到，她觉得说她是女性主义者不太合适，尤其是因为“性格原因”，她没法公开站队。第二部作品《被遗弃的日子》写出来之后，费兰特接受了“女性主义小说”这一定义，不过她希望不要和政治正确性相混淆：她是位写故事的匠人，那些故事浮现于“无法控制的秘密层面。尽管这经常和好作品，还有正确的信念产生冲突”。[14]后来，创作“那不勒斯四部曲”的费兰特，坚定地表达了她对女性主义的看法：“女性主义思想和女性主义实践释放了很多能量，推动了更深入、更彻底的转变，产生了很多深刻的变化。假如没有这些女性的斗争、女性主义的文章，还有女性文学，我都无法认识自己，这些作品让我变成了一个成熟的女性。我写小说的经验，无论是没有出版的还是那些已经出版的，都是在二十岁之后成型的，我尝试通过写作，讲出符合我的性别，体现女性不同之处的故事。”[15]

两位“埃莱娜”身处平行世界，讲述着各自的故事，但有时她们会相互接近，发生不可思议的相交，有时是矛盾，有时是谅解。比较合理的猜测是，费兰特读过埃莱娜·克罗齐的作品，而且埃莱娜·克罗齐还是位翻译家，与中欧有紧密联系。“费兰特”这个笔名的选择是另一个问题，我仔细翻阅与克罗齐有关的杂志后，并没有找到任何明显证据可以说明这两个“埃莱娜”的关联。二十世纪七十年代，埃莱娜·克罗齐已经和丈夫雷蒙多·克拉维里分开很长时间，她创办了另一份文化杂志，叫作《七十年代》。在她和玛丽亚·赞布拉诺的通信中，经常会谈到这份杂志，因为玛丽亚给这份杂志撰稿。[16]埃莱娜·克罗齐会写很多文章，有很多笔名，而且都和亲人的名字有关，但大多数都只是名字缩写，比如“埃·费兰”或“埃·费”这两个笔名，一个指的是伊丽莎白·费兰拉利，另一个则是埃莱娜·费兰特。

我没有找到埃莱娜·克罗齐署名埃莱娜·费兰特全名的文章，如果说“埃·费兰”或“埃·费”就是“埃莱娜·费兰特”的缩写，那也只有少数和《七十年代》密切相关的人才知道其中的含义。[17]要圈出一个名字，这是项艰巨的工作，因为切入点实在太小了：她怎么能选择一个从来都没清楚写出来的笔名？我认识到了那不勒斯的另一面，这个过程很迷人，但结局并不像侦探小说：收集足够的证据，解破了谜题。又或者说，我只是还没找到关键证据，我决定循着两个尾音相同的名字——费兰特（Ferrante）和莫兰黛（Morante）继续探索。

亡灵之城

亡灵节那天，阳光灿烂，天空蔚蓝。我在清新透亮的空气中，朝着波焦雷阿莱区的小山出发。在途中，我遇到了一群孩子，都是万圣节的打扮：巫婆、巫师、各种笑呵呵的鬼怪，队伍后还跟着更小的孩子，眼睛上抹着烟灰。我爬上那座山，想向下俯瞰，从高处看一看整个城区和工业区，对我来说，那里已经成了语义层面的场所。我一上去，就看到了一位骑士阴郁的身影，那是费兰特国王[①]的塑像。回想起文艺复兴时，阿拉贡王朝统治时期，有一条宽敞的大道通往这里，四处都是喷涌的喷泉、花园，最终会通向一个美妙的地方——欢乐别墅，这是费兰特一世让人参照模仿美第奇家族的宫殿建造的，本该是奇迹中的奇迹，但几百年前，它就已经消失了。

一四五八年，“宽宏者”阿方索五世[②]的私生子堂·费兰特成为那不勒斯的国王，他平定了亲法男爵的叛乱，继承了父亲开创的事业。阿拉贡王朝的阿方索一

---

① 斐迪南一世，又称“费兰特”，那不勒斯王国国王。——译者注

② 阿方索五世是第一个同时统治西西里和那不勒斯的西班牙君主。在获得那不勒斯王位后，他也被称为两西西里国王。在继承王位之后，阿方索五世当众销毁了一份写有反对他即位的阿拉贡贵族的名单，他得到了“宽宏的阿方索”这个称号。——译者注

世对那不勒斯进行了重新规划，向东拓展了城市空间，使这里成为人文主义的中心，吸引了大批文人、艺术家、科学家的到来。堂·费兰特让继承人卡拉布里亚公爵负责跟进欢乐别墅的建造，但自一四八八年起，在这座还未完工的皇宫里，各种宴会就已经开始举办。用于建造别墅的小山脚下，原来是一片沼泽，但别墅花园里精巧的水利工程，把那片疟疾之地变成了鱼塘、菜园和猎场。[1]

从此以后，那个秀丽迷人的地方被称为“波焦雷阿莱”，意思是“国王的山丘”，这里像城市东边的瞭望台，朝向维苏威火山和大海。过去的三百年里，这里变成了一个巨大的墓葬场，对面是复杂、扭曲的高架路，以及混乱、锈迹斑斑的工业废墟。那座小山上有许多墓地，十八世纪的墓穴有三百六十六个，这是建筑师费迪南多·福加按照一年的日子设计的贫民墓，就像是一座阴间的“波旁济贫院”：每天都会挖开一个墓穴，埋下当日的遗体。山上还有座十九世纪的名人墓地，从山脚或山顶都可以进入，穿过修道院的院子到廊柱外，就可以眺望海湾。墓地道路曲折，多上坡下坡，但都可以通向最低处的入口。这里就像一面镜子，映照出一个微缩版的活人城市：那些作为豪宅、别墅或庙宇的陵墓，都因年久失修而摇摇欲坠，还有一些平地上散布着很多坟墓和碑石，正的、倒过来的、斜放着的，很随意地埋葬在那里，非常凌乱，像一座亡灵的那不勒斯城。圣母哀悼街的另一边有些新式公墓，有的是“高层公寓”，有的是违章修建的“小别墅”，这些公墓修在坡度很大的地方，好像随时都可能会跌落下去，落在下面的铁路上。

亡灵节是个很好的时机，可以让我们仔细倾听埃莱娜·费兰特和艾尔莎·莫兰黛这两个姓名之间的关联。埋葬着名人的墓地十分拥挤，载满游客的班车在林荫道上行驶；一群群孩子从小喷泉中给花瓶接水，只收一欧元；一位街头艺人，头戴圆顶礼帽，装扮成托托[①]的样子，表演着经典的木偶动作，穿梭在名人的墓地旁边。我被这节日氛围深深吸引，觉得很有意思，结果却迷路了，遇到了两位和我一样也迷路的女士。她们送给我一束淡紫色的菊花，让我把花放在某个光秃秃的墓碑旁，“拜托了，把这束花放在没有鲜花的墓碑前”。我鼓起勇气，沿着一条僻静的小道，去寻找那些被忽视的墓碑。我看到那些敬献给死者的小雕像、小玩偶，以及绒毛玩具动物，它们像花园里的小矮人，盘踞在坟墓前的小平台上。我还见到了一些恶名昭彰的犯罪的坟墓，碑上挂着乡村节日式的花环，上面是闪烁的灯光，墓碑上贴着塑封剪报，报道着死者生前的“丰功伟绩”。一群上了年纪的小老太太，拖着小椅子，从一座墓前到另一座墓前，念经超度亡灵，赚取一定的费用。基督徒和异教徒像是一对古怪的双胞胎，没有意识到对方的存在，却经常互换着角色。我走到了教堂，万灵节那天，这里每时每刻都在做弥撒，一位修士正在布道，请求慷慨的施舍。慷慨施舍吧，不要那么吝啬。因为这里一切都破败不堪，需要修缮，作为补偿，修士宣布马上会有一场

---

① 1898 年 2 月生于那不勒斯，原名安东尼奥·德·柯蒂斯，意大利电影史上最著名的喜剧演员。——译者注

小型音乐会。这是必要的娱乐项目，纪念死者，也让生者来参观。但演奏的都是些世俗音乐，吉他、曼陀林，还有永远不会让人厌烦的歌曲：哦，我的太阳，那就是你！

在一个狭小的空间里，生者和死者混杂在一起。在费兰特的小说中，我们可以看到好几处这样的印记。比如，我们可以把《烦人的爱》看作一篇悼词，献给死去的母亲——可能是非自然死亡。她把黛莉亚，无法接受自己女性身份的女儿，带回了我脚下的这片城区。这是黛莉亚小时候生活的地方，她回到这里，寻找母亲阿玛利娅死亡的真相，也追寻自己生活的真相。但千头万绪的调查，再次唤起了黛莉亚童年的恐惧，也唤起了所有关于死去母亲的谎言和神话。在夜里，母亲这样出现："阿玛利娅浮现在天花板上，像一只飞蛾。她很年轻，也许只有二十岁出头，身上穿着绿色的睡衣，肚子因为怀孕而鼓起来了。"黛莉亚知道这是幻觉："我闭上眼睛，让她有时间离开天花板，回归到死亡的状态。"[2]在这部处女作的最初几页中，送葬队伍朝着查理三世广场前进，经过了波旁济贫院。黛莉亚没能流下一滴眼泪，但她的身体却在"哭泣"。月经忽然到来，她的股沟温热，血沿着她的双腿流下。她不顾几个妹妹的反对，执意要抬母亲的棺材。缺席的父亲以另一种方式参加了葬礼：一个路过的小贩，卖的正是黛莉亚父亲画的画，是他粗制滥造，画的袒胸露乳的吉卜赛女人，一种肮脏污秽的东西，破坏了阿玛利娅的葬礼。

二〇一九年末，《成年人的谎言生活》出现在书店，这是费兰特的最新小说。这次，我们跟在维多利亚姑姑身后，来到了一片墓地，她扎根于自己出生的城区，是帕斯科内街贫民的代表，她从那个城区向上走，来到波焦雷阿莱。维多利亚带着侄女去了墓地，让她认识那个去世的秘密情人恩佐，这是一份纯粹、禁忌的爱，但爱人死去，留下一个空洞，需要用很多语言来填满。维多利亚每次去墓地，都会和恩佐讲话："她在说话，她在和恩佐说话，这不是幻觉，因为我听见了她的声音，但听不清说的什么。尽管恩佐已经去世了，他们还是保持着真正的关系，他们的谈话让我很感动。"[3] 除此之外，正是因为这份爱超越了死亡，才会出现意想不到的可能。比如，维多利亚和恩佐的妻儿之间，产生了十分亲密的感情。逝者的妻子和情人不再是对手，她们联合起来，分担丧偶之痛，为同一个男人守寡，因为她们都深爱着那个死去的人。

活人和死人在同一座城市空间共存，共享大道、小径、广场。这种共存是完全真实的，是那不勒斯的本质面貌，就像其他地中海城市一样，这座城市建立在层层废墟和墓地之上，建房子的石块也是从地下岩洞中挖取的。那不勒斯具有双重性，在城市的外壳之下，有另一个那不勒斯，有超过一百万平方米的空间，有许多有待探索的迷宫隧道、水井、水池、水渠、希腊罗马遗址、剧院、教堂地下室、仓库、地下殡仪馆和墓穴。十个那不勒斯人中，有六个就住在地下遗迹之上。[4] 进入地下城的方式，总是出乎意料：在一间低矮的房屋中，一位太太挪开床，向你展示通往下面的活动板门，她的地下室通往一些小房间，是当时"那不勒斯剧团"演员的化妆间，据苏维托尼乌斯[①]记载，尼禄曾在这里登台表演。或许在不经意间，你会闯入超现实主义的画面中：在小巷尽头有一段破旧的楼梯，似乎并没有尽头，但其实它通往一个洞口，里面是黑黢黢的一段下坡路，连着地下世界。通往地下世界，现在已知的入口超过一千六百个，那不勒斯人脚下这张错综复杂的大网构成了一个巨大的空间，随着时间的流逝，这些地方被用作蓄水池、地下室、贮藏室、仓库、垃圾坑、妓院、防空洞、走私货物的藏匿处、“克莫拉”分子的巢穴、车库。要看到古罗马的宅神和灶神，最诱人的黑暗世界，是位于维尔吉尼区和“圣区”之间的墓穴区，就是所谓的“亡灵之谷”，里面有和教堂中殿一般高的壮观洞穴，炼狱的灵魂盘踞之所。这里还放着一堆堆丰塔内尔区的头骨，人们供奉这些无名死者，想要获得恩典，或是乐透游戏的数字号码，比如受人尊崇的康塞塔[②]的流汗头骨。

我不确信，在丰塔内尔区是否还存在古老的民间信仰的遗迹，如今这里充斥着旅游景观的宣传语言。我从来没有见过像圣热内罗[③]墓穴那么独具魅力、触动人心的地下墓穴，它在卡波迪蒙特山下，位于“圣区”。来到城市的下面，进入早期基督教世界，漫步其中，令人感慨万千，尤其是看到在光滑岩石上，按照人体大小凿

① 罗马帝国早期的著名历史作家。——译者注

② 根据传统，人们可以触摸唐娜·康塞塔的头骨来祈求恩典。如果一个人的手被弄湿了，这个请求就会被批准。此外，如果头骨不出汗，这是一个坏兆头，因为这意味着被遗弃的灵魂在受苦，不能给予恩惠。——译者注

③ 那不勒斯的主保圣人。——译者注

出来的墓床，和男人、女人或孩子躺下的身形刚好契合。沿着长廊，走过广阔的大厅，光晕打在优美恬静、颜色柔和的壁画上，庞贝风格的绘画逐渐过渡到了拜占庭风格：象征复活的雄孔雀，会在春天“复活”，更新它美丽的羽毛，年轻的伊努阿瑞斯，这个美少年已成为笼罩着光环的圣人，还有手里拿着经卷的睿智女人。同样令人感动的，还有青年合作社“渔船”的故事，他们重新开放地下墓穴，赋予它新生，而这一切都是在“圣区”的本堂神父安东尼奥·洛弗雷多的带领下，还有信任他们的专家的帮助下完成的。这些专家提供不可或缺的技术支持来“换取一片粗面包”。[5]

这座亡灵之城就像一个历史的宝盒，打开瞧上一眼，就会深陷其中。而我感兴趣的、最想推开的大门只有一道，就是让亡灵进入文学的创作大门。

从《烦人的爱》出版之后，近三十年来，艾尔莎·莫兰黛和埃莱娜·费兰特经常被同时提及，尤其是她的《谎言与占卜》，这是意大利二十世纪最精彩、华丽的篇章之一。两位女作家很快就被放在一起，并非因为名字尾音类似，而且人们首先发现的并不是这一点，引起人们注意的是她们的目光：一道残酷、充满激情的目光，审视着母女之间的关系，这是烦人、矛盾的感情，爱恨交加的根源，被视作女性身份的印记，同时带着爱欲的烙印。母亲摆脱了传统、功能性的刻板形象，费兰特研究者蒂齐亚娜·德·罗加蒂斯写道：母性从“纯粹本能，在文化和象征之上的一种存在”，变成了一种复杂的现实。[6]在《谎言与占卜》中，呈现的就是女性家谱，是母亲和祖母的故事。

费兰特也是顺着同样的脉络，除此之外，她对十九世纪的连载小说进行了大胆、反潮流的运用。这些小说通常以一系列错综复杂的故事和意外事件构成，这都显示出她对莫兰黛风格的继承。一九六八年，艾尔莎·莫兰黛说，十九世纪的小说模式已经快要死去，她想通过《谎言与占卜》推出十九世纪小说最后的典范，尽可能写出最后的小说，包含故事的所有元素：贫穷的亲戚、孤女、心地善良的妓女，然后终结这一类型，向浪漫主义文学告别。[7]后来文学评论家切萨雷·加博利解释说，《谎言与占卜》的伟大之处在于，它就像是报纸连载小说的蜕变，打破了所有的体裁规则，赋予一群小资产阶级人物古代的风格，最后成了一部悲剧，通过童话般的手法，让这些人物变成了国王和王后，成了不朽的神和英雄。但风格突然改变了："所有庄严全都消解了，充斥着刺耳、戏谑的笑声的舞台忽然沉寂下来，就像即兴喜剧中的停顿。悲剧的声音被淹没，好像受到了滑稽嫌疑的腐蚀。"[8]

在那个精彩的小说故事中，还有另一个可以放大的细节：叙述者艾莉莎——艾尔莎名字的变形，和她的猫阿尔瓦罗孤独地生活在一起，死去的亲戚围绕着她，都保持最初的状态。她讲述着这些先人的故事，就像是"走向家族神话的陵墓"；她像个考古学家，要去发掘传说中的城市，但最后发现的只有贫瘠的废墟。[9]《谎言与占卜》中的亡灵之城不是那不勒斯，可能是巴勒莫。关于那些亡灵，艾莉莎幻想着他们"不可能获得救赎，奇迹般复活"，"这就像一种史诗"，主角都是他们家族的英雄——被生活打败的人物。事实上，小说的开篇就是对这些任务的歌颂:“诸位，你们是亡灵，亦是显贵的客人，请允许我进入你们的府邸……”[10]

西蒙内·加托，意大利文学学者，多年来对多梅尼科·斯塔尔诺内和埃莱娜·费兰特的作品进行对比研究。他认为，那不勒斯的地域被划分为“父亲的城市”(斯塔尔诺内小说中的城市）和“母亲的城市”(费兰特小说中的城市）；小说人物都有相同且明确的来源，都出自斯塔尔诺内的个人经历。他们源于同一世界：斯塔尔诺内在自传回忆录中，深切谈及了母亲的亲戚，[11]这些人物的身影再次出现在“那不勒斯四部曲”中，重新得到了塑造，做起了战后普通的营生——水果店、糕点店、熟食店，都在卢扎蒂区。这是一个亡灵的世界，加托写道:“写作的通灵之术，再次唤起了这些亡灵，它们不像鬼魂，他们带着活人的温柔和残忍，相爱相杀。”[12]

沿着这条道路，即“亡灵之路”，我们再次回到《谎言与占卜》，但两部小说之间有个明显的区别。莫兰黛小说的叙事者——和逝者进行“深入交流”的艾莉莎，她把那些亲爱的逝者描述得像神话人物，都是一些神奇、悲惨的存在，受到苦难的嘲弄；但费兰特笔下的这些幽灵平淡地活着，他们只是鞋匠、卖蔬菜水果的小贩、门房、糕点师，他们的贫穷没有任何光环。加托总结道:“‘那不勒斯四部曲’颠覆了艾莉莎的家族神话，成了反神话，而且小说叙事者没有任何萨满教女巫的特点。”[13]事实上，莱农，市政府门房的女儿，她后来成了作家，不是女巫，但在费兰特的小说中有其他地中海女巫，在故事中具有明显特征。

在离开亡灵之城，探索地中海女巫之前，我去寻找了费兰特国王和其他阿拉贡贵族的陵墓。他们曾经是那不勒斯的主人，统治了这里大约六十年。他们是所有姓费兰特的人的光荣祖先，一个文明与野蛮交织的黄金时代的主角。在大圣多明我教堂，画着壁画的拱顶下方，有条悬空的长廊上放满了木棺，里面放着他们的遗体。在十六世纪末，按西班牙国王腓力二世[①]的命令，这些遗体被迁到这里。这座教堂是多明我修士的精神家园，是阿拉贡贵族的教堂，它与一座修道院相连，托马斯·阿奎纳曾在那里授课。木棺的外面包着丝绸锦缎：国王用的是白色和金色绸缎，王公贵族是红色。棺木分两层排列，一个放在另一个上面，像剧院后台的服装箱。这里长眠着“宽宏者”阿方索五世、费兰特一世、年轻的费兰迪诺和王后乔瓦娜、米兰公爵夫人阿拉贡的伊莎贝拉，还有弗朗西斯科·费迪南多·德·阿瓦罗斯公爵，他是维多利亚·科隆纳的丈夫，一五二五年打赢帕维亚战役的人。这里有三十八口棺木，都带有粗糙的外椁：保存最完好的是阿拉贡的皮耶罗，蒙塔尔托的第三代公爵，他在一五五二年去世，时年十二岁。他的遗体衣着奢华，静静地躺在那里，根据木乃伊专家的检查报告，这具木乃伊状况很好。[14]

这就是事情的特别之处：阿拉贡王朝的死者，包括费兰特国王，遗体都用防腐香料保存，这和维也纳的哈布斯堡家族，成为欧洲的两个特例。这让我们有机会重塑他们的面貌、饮食、医疗、死因：堂·费兰特死于肿瘤，费兰迪诺患有疟疾、米兰公爵夫人用水银治疗梅

---

① 哈布斯堡王朝的西班牙国王和葡萄牙国王。——译者注

毒。打开吱呀作响的圣物室柜，里面存放着阿拉贡领主的法衣和华丽的长袍。瘦小的男人和女人穿着精致的天鹅绒、薄纱和花边制成的衣物，几百年来保存至今，看起来依旧典雅，只是有些褪色发黄，有虫蛀的痕迹。

地中海女巫

一九七八年，在卡布齐内尔街道的无产阶级儿童食堂里，艾尔莎·莫兰黛混在一群孩子中间，佩佩·阿瓦隆拍摄的一张黑白照片将这一刻定格。那时莫兰黛六十六岁：厚厚的镜片后是猫一样的眼睛，包住头发的手帕，在下巴处打了个结，她嘴角翘起，像带着一丝笑，这是她人生最后一季的形象。那时她正在创作她的最后一部小说《阿拉科埃里》，这将耗尽她的全部心血。那些年，莫兰黛一直出入无产阶级儿童食堂，那里有和乌塞佩一样的孩子，乌塞佩是她一九七四年出版的代表作《历史》中的核心人物。莫兰黛很喜欢那不勒斯，觉

莫兰黛在无产阶级儿童食堂（1978） 佩佩·阿瓦隆摄

得它是最文明的城市：“最优雅、尊贵，真正的城市中的女王。”[1]

切萨雷·加博利认为，在莫兰黛的文学创作初期，她像位地中海女巫，不过后来发生了变化。加博利写道：“她感受到了社会和政治责任的召唤，在那个年代，人们都觉得这才是生活的意义。她受到了蛊惑，但在此之前，她从来都没接受那种诱惑。她总是反复思考、清算，她想象自己是位预言家、大师或酋长。就像是女祭司，在举办不被理解的仪式，奉行不被认同的宗教。在这个堕落、越来越不真实的世界里，她的任务就是布道，守护事实真相。”一九六八年左右，莫兰黛获得了重生，实现了不一样的自我，写下了《孩子拯救世界》，在创作《谎言与占卜》那段时间里，她沉浸在魔幻世界，工作室就像个洞穴，她在里面“蓬头垢面地工作，像个着了魔的女巫。她十分谨慎、一丝不苟，强大的专注力让她远离世俗纷扰，促使她专注在工作上，就像以前那些裁缝”。[2]

说到裁缝，埃莱娜·费兰特把她母亲描述成一位裁缝，对她而言，缝纫与写作有着直接关联。作为一个神秘的创作者，她的第一部作品《烦人的爱》，把我们拉入一间缝纫作坊。一九九二年，《烦人的爱》获得了莫兰黛文学奖，费兰特写了一封信，感谢评审团，她引用了莫兰黛的《安达卢西亚披肩》里的内容。莫兰黛在小说中写到了裁缝为母亲缝制的衣服特别不显身材，会把母亲包裹起来，让她们黯淡、忧愁，看不出年龄。当然，那些粗糙的衣物暗指了其他东西：女人身体上的牺牲，展露了南方古老的习俗，这种文化从母亲身上抹去了她的女性气质和性魅力。在埃莱娜·费兰特首次公开和读者交流的那封信中，她说重读了莫兰黛的作品，她认为现在是时候了，裁缝，也就是女作家，应该让母亲的衣服焕然一新，更加贴身，凸显出她们的身材。[3]

我们知道，费兰特觉得，把她和莫兰黛放在一起是个意外之喜。如果事情真是这样，虽然费兰特不是有意的，但她在第一部小说中，也尝试做到这一点。《烦人的爱》中的母亲是位裁缝，体会到那种身份粉碎的感觉，在生命力的驱使下，她对世界的传统和规则发起了猛攻，尝试打破身份的禁锢，但最终注定失败。那种痛苦不安叫作“碎片”，后来“碎片”成了费兰特的书信、采访、随笔集的标题，揭示出事物的纵横混乱。但那时还不存在“界限消失”这个表述，打破边界、溢流出来的感觉，出现在二十年后的“那不勒斯四部曲”里。这原本是出版界的术语，但费兰特借用过来说明人与物的形态扭曲。费兰特写到，一九五八年十二月三十一日，时值新年，小区一栋楼的天台上充斥着烟花、鞭炮声和挑衅的叫喊时，莉拉·赛鲁罗第一次感到“界限消失”。[4]那天晚上，莉拉感觉无比恶心，她对身上发生的事感到害怕、恶心，心脏在狂跳，觉得自己快要窒息。她看到最爱的哥哥里诺，“正如他真实的样子：就像一只矮小的动物，很粗壮，叫喊得最凶，最残酷，最贪婪，也最愚蠢”。[5]

二〇一五年，费兰特在和编辑的交谈中提到自己有个“私人‘库房’，是一些幸好没出版的小说。这些小说里，有很多难以控制的女孩和女人，男人、环境枉然想压制她们，她们虽然精疲力竭，但依然很大胆，她们总是很容易迷失于自己脑子里的‘碎片’，集中体现在《烦人的爱》里的母亲阿玛利娅身上。现在想想，阿玛利娅有很多地方都和莉拉很像，包括她的‘界限消失’”。[6]同年，有人问费兰特，“界限消失”是否等同于情绪崩溃，她是否亲身经历过时，她回应说：“我在自己、我母亲还有不少女性朋友身上，都看到过这种表现。我们受到了过多限制，这些限制会抹杀我们的欲望和野心。现代世界，有时候会给我们带来一种无法承受的压力。”[7]

到这里为止，无论是“碎片”还是“界限消失”，都是对生命力的抑制，或是扭曲的社会规则带来的痛苦。就像在《被遗弃的日子》中遭受猛烈抨击的奥尔加，她一边承受着被心爱的男人抛弃带来的创伤，一边忍受着情感的冲击。小说中，夏天闯入房子的一队队蚂蚁，成为一条牢固的黑线，把公寓固定在一起，防止它解体。如果没有这些蚂蚁，所有东西都将分解，奥尔加想，女儿会是“地板上的一个碎片”，儿子的房间“会比升起吊桥的城堡更难抵达”，“我对过去生活的情感、想法、回忆，陌生的地方和出生的城市，还有那张躲在下面听母亲讲故事的桌子，都将成为八月炽热光线中的尘埃”。[8]我们已经很接近“界限消失”的世界。费兰特展示着她“作坊”的一隅，说：“我讲述的都是一些中产阶级女性的故事，她们有文化，有自控力，也有反思的工具。我采用的那种舒缓、疏离的语言是她们的语言。后来，会有某些东西被打破，这些女人会失去界限，语言也会发生变化。”[9]

《被遗弃的日子》中的眩晕感，也包含在自毁式的艰难行程中，世间的事物凌乱地混合在一起：在“那不勒斯四部曲”中，“界限消失”具有更多的含义。一九八〇年十一月二十三日发生的地震，那是内心震荡和地震冲击混杂在一起的感觉，几秒之内，一切都变得松散易碎，改变了那不勒斯的命运，粉碎了“熟悉的声音、手势，以及坚固的信念”。那一天，莉拉将她的虚弱无力称作“界限消失”。她突然失去了一分钟前的镇定，展现了另一个自我，好像是“直接从大地深处冒出来的”，[10] 她的面部线条因焦虑而扭曲，看到汽车载着人疏散时，表现得不像自己。面对地震，莉拉表现得就像一只动物，腹部感受到了地震波，又像是远古的女人，依然拥有用身体感受外界的能力。也许正是这一点，使她可以直接感受到世界的残酷。“界限消失”是迷失，但同时可以感受、知道更多东西。

这是探索世界的一种痛苦形式，就是在现实与幻觉间摇摆，一丝疯狂催生了各种幻觉。这种原始的、猫一样的女性直觉，出现在《暗处的女儿》勒达和尼娜推心置腹的交流中。故事的叙述者勒达，在南方滨海小镇一个人度假的过程中，在海滩上遇到了尼娜——一个年轻的母亲。勒达是个知识分子，和丈夫离婚，两个女儿已经成年，是位成熟、进步的女性；尼娜年轻漂亮，和小女儿一起，在一个散发着“克莫拉”气息的那不勒斯大家庭里，她显得格格不入。[11] 两人的惺惺相惜，都饱含在眼神里，基于相互的猜想和寥寥数语，直到尼娜女儿的娃娃，一个富有象征意义的物品遗失，或者说失窃，情节急转而下。尼娜就像个被激怒的猫科动物，做出了过激的行为。尼娜的举动再真实不过了，或者说太能体现人性了，隐藏在正常、普通的表面下，是理性无法理解的。

“界限消失”就像是秩序的崩塌，它让世界变得难以理喻，但事实上，它揭开了世界的面纱，展示出自我分崩离析有多可怕，留下的是对人和事扭曲的记忆。严格来说，这是属于费兰特专用的词汇，在其他文学作品、方言和共识中，找不到类似的用法。但在多梅尼科·斯塔尔诺内的作品中，却能找到类似的表述，如在《阿里斯蒂德·甘比亚的情色自传》中，主人公梦想“打破界限，尽情沉迷于声色”。[12] 这就像是酒神的狂欢。在斯塔尔诺内的回忆录《登台》中，“打破界限”与父亲的绘画艺术有关，“通过不停画画”再现了乌特里罗的风景。为了谋生，这位父亲在做铁路职工，却特别想当画家，经常神游于巴黎，忘记了火车的调车，忘记了养家糊口，忘记了削土豆的岳母。他按照自己的喜好为世界上色，表现出想要“打破界限，向外界流淌的渴望”。斯塔尔诺内写道：“父亲对我影响很大，我很关注他的所作所为、说的话。他比我大二十五岁，我觉得自己像个复制品，他把很多东西都倾倒在我身上。”[13] 如果两位作家采用同样的词语，这一点很明显，其实并不难看出，他们对父母的行为和话语都很关注，斯塔尔诺内关注的是父亲。虽然他们采用同样的词语，但表达的意义却全然不同。在费兰特那里，女性的“界限消失”是面对恐惧，带着痛苦进入世界的混乱之中，形成认识，或是与事物产生一种复杂的联系；但在斯塔尔诺内的作品里，男性“界限消失”与创造力、快感有关，是一种超越和脱离，是自我沉溺的表现。

费兰特笔下最新一位地中海女巫，是《成年人的谎言生活》中的姑姑维多利亚，一位因爱成疾的女人。她在性方面毫无拘束，她睚眦必报，却又慷慨奉献。正如我们在书中读到的，她同死者交谈，做什么都很过分，只能想象她很丑陋，因为她的美令人难以忍受。她拉手风琴的画面，是她最失态的时刻，“像魔鬼一样扭曲的脸”。这是她那十几岁的侄女描述的，她看见姑姑“抖动着肩膀，抿着嘴唇，皱起眉头，上半身向后倾着，显得比腿长得多，她的双腿张开，好像根本管不住它们”。表演过后，姑姑仍精力充沛，开始跳舞，似乎“身体里有种狂暴的情绪”。[14] 维多利亚是个很极端的人，或者说，在故事的叙述者看到的姑姑是这样的。维多利亚为了煽动嫉妒，撕下谎言的面具，利用了那只白金手镯，把它作为礼物赠予他人。在整部小说中，我们看到这只手镯出现在母亲、女儿、岳母、儿媳、妻子和情人的手腕上。正如书名所说，需要学会撒谎，才能长大成人。但维多利亚完全不一样，她很邪恶。但真的如此吗？这个问题没有答案。那一整套谎言系统，还有手镯的遭遇，明确地把我们引向了《谎言与占卜》，因为在这个故事里，一枚用红宝石和钻石装饰的戒指，反复出现在这部七百多页的小说里。

大约三十年后，故事终于结束，我们在费兰特的作品里看到莫兰黛的影响，就像是围绕莫兰黛的代表作画了一个圆圈，像是场镜子的游戏。西蒙内塔·费里奥敏锐地察觉到了她们之间的一脉相承，便询问费兰特，期待她确认。而这位女作家像往常一样，闪烁其词地回答说：“我们不要把羊毛和丝绸混在一起。《谎言与占卜》

是本无法超越的书，人们只能怀着虔诚的心，从中汲取灵感。”[15]

最终来说，出于这些理由，我更愿意相信，莫兰黛和费兰特的名字之间确实存在某种联系。关于莫兰黛的轶事，还有她的社会关系，我想补充一个细节。阿德里亚诺·索夫里①有本日记，记录了莫兰黛受病痛折磨、自杀未遂后，住在罗马一家诊所的日子。日记记录了朋友们来探望的情节，莫拉维亚②每次来探访，都会激起各种复杂的情感。莫兰黛十分喜欢她的女管家露齐亚·曼西，在她看来，曼西就像一位好母亲。莫兰黛的身体在崩溃，灵魂在时间的囚笼中游荡，外面的时间变成今夜、明天、下周，她不想人们大声念出她的作品，在她看来，所有美都具有欺骗性。

在那些艰难的日子里，莫兰黛拿着《道德经》反复诵读。她想念那不勒斯新年喧闹的爆竹声，谈论着逝者，随意引用一些民歌或但丁的诗句。她记得《小妇人》的很多段落，还会背诵贝丝的金丝雀——匹普的葬礼章节，包括它的祷词。[16]

* * *

我问了作家戈弗雷多·福菲关于莫兰黛在那不勒斯的生活，还有她对《小妇人》的喜欢。福菲回信告诉

① 1942 年 8 月出生于里雅斯特，意大利演员。——译者注

② 1907 年出生于罗马，意大利小说家，曾经是莫兰黛的丈夫。——译者注

我:“艾尔莎有惊人的记忆力，她讲故事特别厉害。她读了很多书（都是些小众书目：印度、日本的宗教和哲学经典。在日本作家中，她十分欣赏谷崎润一郎、夏目漱石这些伟大的作家）。她记得童年发生的所有事，记得《小妇人》，还有意大利很多儿童文学作品。她是因为教母，而不是因为母亲，才接触到这些作品，虽然她母亲是个老师。莫兰黛热爱那不勒斯，她很感谢我，因为我把她引入这座城市，让她通过无产阶级儿童食堂和那些志愿者结识了三位重要的朋友：法布里齐亚·拉蒙迪诺[①]、卡罗·奇里洛。最后一位对莫兰黛怀有崇敬之情，在读了她的小说《亚瑟岛》之后，给儿子起名为‘亚瑟’。还有托尼诺·利切扎，她朋友中最穷的一个，以及卡罗·切奇和他侄子，也是继承人的丹尼尔（我本该是第四个朋友，但她拒绝了我，并对我说，她害怕我用她的钱建立一个政党！我反驳说：最多只能创本杂志！）她资助卡罗·切奇社团演出的那天晚上，在食堂的院子里表演着佩蒂托的《堂菲利斯愉悦幸福的死亡》，就在城区的人中间，几十个在场的孩子都很热情，积极参与其中。她老是说，那是她人生中最快乐的时刻。”

---

① 1936年出生于那不勒斯，20世纪下半叶最重要的意大利作家之一。——译者注

一个可爱的女妖

在费兰特塑造的地中海女巫中，我想把注意力放在最后一个上。“门开了，出现一个穿着一身天蓝色衣服的女人，她个子很高，乌黑浓密的头发在脖子后面扎了起来，她瘦骨嶙峋，但肩膀很宽，胸部很丰满。她手指间夹着一支点燃的香烟，咳嗽了一声，用带着方言腔的意大利语问:‘怎么了？你不舒服吗？你要撒尿？’”[1]

在小说中，维多利亚姑姑就是这样出场的，以这样的形象，出现在位于帕斯科内街公寓的门内，像女巫一样深深吸引了乔瓦娜。乔瓦娜的父亲说，女儿长得越来越像维多利亚了，乔瓦娜为寻找姑姑，去了波焦雷阿莱街和工业区间，住在公墓山下的住处。《成年人的谎言生活》中的小女孩，想抚平受到的心灵创伤，看到事情的真相。因为根据父母的说辞，维多利亚姑姑是个邪恶、丑陋的人:“我父亲谈起他妹妹时很隐晦，仿佛她做了见不得人的事，玷污了自己的声誉。”而当那个阴郁的人物拜访他们位于上城的家时，母亲也如临大敌。所以乔瓦娜想象，维多利亚会沿着圣贾科莫牧羊山路大步向上走，身上还沾染了沿途医院里的疾病，飞快爬上她家居住的七楼，“她黑色的眼睛发出闪电”,[2]会劈开家具。

维多利亚像是“从《五日谈》童话故事中跳出来的

女巫，而非真实的人”。[3]我跟随维多利亚姑姑，大步流星地走在狭窄蜿蜒的圣贾科莫牧羊路上，这条路从沃梅罗山延伸下来，坡度很大。我想看看乔瓦娜成长的小资产阶级城区：一片无名的居民区，有高高的公寓楼、诊所、医院，这只是一个普通的居民区，看起来没什么特色。风吹起落在地上干枯的梧桐叶，我想在上城有些地方确实能看见港口和大海，这就是区别所在。因为在下城，人们像高楼脚下的老鼠，什么景色都看不到，而眼下的街区，在米兰或罗马到处都是，没有什么地方特色。只有新鲜的空气、桉树的气味、高大茂密的榕树，让人想起自己正身处温和的海洋气候中，在一个芬芳的山坡上。

维多利亚是个符号——一个更新、检查和修正后的形象，基于一直激发和滋养集体想象的幽灵，她由来已久，以致很难追溯到源头。她是下城贫民的典范，在小资产阶级轻蔑的眼光中，她改变了模样。但实际上，那些小资产阶级也和她一样，来自同一个地方，只是他们获得了解放，搬到了山上，但却为自己的出身，还有下城的亲戚感到羞耻。拉斐尔·拉卡普里亚写道:“庶民是隐藏的东西，一直躲在这座城市的无意识里。”[4]他们不是“人民”，他们是《福音书》中需要救赎的“拉扎罗”，是擅长苟且的乌合之众。他们充满活力、慷慨大方，不受规则拘束，靠着智慧生活，因为过于狡猾，容易走向犯罪，参与暴动。以前，他们居住在小巷里的简陋房屋中，现在有些人依然如此：这些人的原型很古老，要是不断追溯探索，只会迷失在历史的迷雾里。

一九二三年，在一次意大利历史学会举办的著名研讨会上，贝奈戴托·克罗齐提到，在十四世纪，“拉扎罗”庶民这个说法出现，这是欧洲广泛使用了几百年的词语，他认为那不勒斯是魔鬼居住的天堂。而十七世纪的那不勒斯，挤满了贫穷、悲惨的人，就像伦敦和巴黎一样，有很多人在街道上游荡，为了生存而奔波，剥削贫民的“糟糕政府”激起了以马萨尼洛①为首的起义。十七世纪末，那些庶民过一天算一天，他们睡在马路上，吃着通心粉，对国王和圣热纳罗忠心耿耿，但后来在雅各宾共和派的支持下，拿破仑的军队占领了城市，对他们展开了屠杀。他们经历的历史悲剧依然历历在目，最后发生了内战，波旁王朝卷土重来，资产阶级共和派遭到猛烈镇压，被送上绞刑架。[5]这座城市黑暗、险恶的历史染上了鲜血。二十世纪，意大利共产党希望改良这片“泥潭”，让庶民转型为工人阶级、城市无产阶级，把他们从贫穷、无知、犯罪的处境中解脱出来。但那些庶民是坚定无政府主义和民粹主义者，支持君主制，并赞扬“指挥官劳罗”。在每段历史的裂缝中，每次城市受到新的伤害后，恶魔会再次出现在界限消失的无意识边缘：这是同一群恶魔，生活在犯罪的边缘，说着进化的居民听不懂的语言，他们有自己的行为习惯和另一种语调。最后这批恶魔最凶残，他们是“克莫拉”黑社会组织的爪牙。[6]

历史中出现的魔鬼成了神话，丰富了“壮游”旅行者的故事。歌德折断了指向这些庶民的“长矛”，让人

---

① 1620年6月生于那不勒斯，那不勒斯反抗西班牙统治和贵族压迫的民众起义领袖。——译者注

们不要对他们有偏见，但这远远不够。十九世纪，这些人遍布欧洲，被称为野蛮人，国王都不得不与他们交涉。克罗齐尖锐地指出："德国流传着流血的布奇内拉（艺术喜剧的人物）和'庶民'的版画，就像老卢卡斯·克拉纳赫①画的德国农民。"[7]旅行者不是在体验那不勒斯的城市风情，而是直接体验对这座城市的恐惧。马蒂尔德·塞拉奥②和弗朗切斯科·马斯特里尼③，都既是记者也是作家，他们将十九世纪末关注"自由意大利"的目光引向黑暗的小巷，揭开社会的遮羞布，引向腥臭的下水道、城市的腹地。那里住着城市贫民，他们没有赖以生存的资源，浑身散发着饥饿的气息。

在刚刚过去的那个世纪里，那不勒斯的庶民神话，在自然与历史的永恒斗争中，特别是在战争引起的巨大旋涡中，也经历了巨大的苦难。安娜·玛丽亚·奥尔特塞在《大海不会浸湿那不勒斯》中，描写了一种卑微且"无形"的苦难，一种同情掩盖之下的恐惧：像卡拉瓦乔绘画作品中，身体交缠在一起，那些孩子和大人的影子，像是躲进"黑漆漆的洞穴"里的老鼠。在路易吉·康帕尼奥内④的诗句里，庶民面无表情地出现，心中满是"悲伤和愤怒"。这些诗句照亮了古老、神奇的文化废墟，还有举行亡灵祭祀的洞穴。地下城最真实，

---

① 1472 年生于德国，画家和雕刻家，德国文艺复兴的领袖艺术家之一。——译者注

② 1856 年 3 月生于帕特拉索，意大利作家、记者。——译者注

③ 1819 年 11 月生于那不勒斯，意大利作家。——译者注

④ 1915 年 9 月 1 日生于那不勒斯，意大利记者、作家、诗人和剧作家。——译者注

隐藏在“表面的、幻想的、虚假的”地上城之下。在《其他的那不勒斯》一书中，马里奥·佩泽拉发现，虽然诗人康帕尼奥内和奥尔特塞针锋相对，但事实上，他们对这座城市具有同样悲观的看法。女作家奥尔特塞在小说中无情的描述，标志着她与这座城市决裂。[8]

对于艾尔莎·莫兰黛来说，庶民的神奇世界没什么幽暗、悲切的东西。她不是那不勒斯人，却让普罗奇达岛，城市海湾中的第一个岛屿，成为她的小说《亚瑟岛》中一个具有原始美的伊甸园。一九五七年，莫兰黛凭借这部小说获得了斯特雷加奖，因为她在无政府主义无产阶级身上，看到了他们的活力，她描绘了一个原始、依旧散发光芒的世界，具有某种神圣性，还没有被现代化功利性的规则所污染。当然，这也是个神话，一个被颠覆的神话，这些野蛮人是世界上最后的古老居民，他们没有被历史席卷，还保留了一些动物性和天真。在我们内心，有些东西也存留下来了。莫兰黛对艾莉莎的颂歌，是《谎言与巫术》的开篇，而她也是个“愚蠢的野蛮女人”，[9]历史——莫兰黛后来的一部小说就以此为题，她觉得历史是个石磨，会碾压一切简单生物、女性、孩子和傻子。

埃莱娜·费兰特笔下的庶民，不再具有原始的表现力，不管是黑暗还是光明。“你知道什么是庶民吗，格雷科？”小学老师问莱农。老师向她解释，要放弃莉拉，是因为她父母拒绝支持她，不肯为她支付准备初中入学考试的补课费用，所以莉拉的命运只能这样了。“当庶民是一件很糟糕的事情……假如一个人想一直做庶民，那他的孩子、孙子，都会命若草芥，不值一提。”[10]对老师来说，庶民不是指生活贫穷的人，而是指不想做任何努力来提升自己的人。但莱农这个天才女孩，一生都会感觉，她的出身很不体面。蒂齐亚娜·德·罗加蒂斯研究了费兰特的符号世界，称其为“缺陷”：文化和教育的缺陷，会通过行为举止、心态和礼仪，使她陷入一种无法治愈的不适。[11]费兰特笔下的庶民很具体，距离我们很近，我们可以直视他们的眼睛，因为他们会谈到自己。他们不是“拉扎罗”，而是鞋匠、果蔬小贩、女仆、门房；他们不是无产阶级，但行为举止使他们成为下层阶级。莱农在她童年朋友的婚宴上，心里暗自回答老师奥利维耶罗的问题：“我们就是庶民，庶民就是争抢食物和酒，就是为了上菜的先后次序、服务好坏而争吵，就是那面肮脏的地板——服务员正在上面走来走去，就是那些越来越粗俗的祝酒词。庶民就是我的母亲，她喝了酒，现在整个背都靠在我父亲的肩膀上。我父亲一本正经，我母亲张着大嘴在笑，因为佛罗伦萨的古董商人讲了一个淫秽的段子。”[12]

维多利亚是这些粗俗人物中的一员，但却有些不同的品质，她身上的某些东西，会让我们觉得有些滑稽，因为我们看到的是乔瓦娜眼中的姑姑。乔瓦娜带着青少年独有的新奇，观察着姑姑，她被维多利亚吸引，内心也很排斥她。她想了解她们之间有多像，她害怕姑姑，却也会嘲笑她。乔瓦娜发现，在上城可以像看猴子一样地看她，但又必须回到帕斯科内街，才能明白她是谁。乔瓦娜觉得维多利亚很可怕，也很了不起，她口无遮拦、肆无忌惮，因为没有理性、教育、常识来限制她的行为。她身上的慷慨和爱意、敌意和嫉妒、贪婪和其他粗鲁的激情都自由奔放，这些相互矛盾的东西，使她深情又易暴怒、友善又恶毒。

在去往下城的过程中，乔瓦娜和姑姑已故情人的几个孩子，以及他们的朋友结下了不解之缘。去寻找姑姑是一次情感教育：你可以生活在上城，但帕斯科内区与你同在，它迟早会出现，而你必须去认识它。因此，维多利亚姑姑真正的礼物，不是那只具有魔法的手镯，而是视角的转变，而乔瓦娜需要的就是用另一个视角，来审视她受过教育且充满民主精神的父母，而不是继续用孩子的眼光看待他们。她的父母也有违背道德的欲望和不可告人的冲动；但与姑姑的最大区别就是，他们知道如何掩饰，并用文雅的举止和谎言来驯服这些冲动。无法回答的问题是：谎言是不是必不可少？如果你的情感就像野马一样，驰骋在一座泥潭，你要走出来，进入成年人的文明世界，谎言是不可或缺的吗？

可以肯定的是，在这部小说中，乔瓦娜经历青少年的转变时，发生了一些奇怪的事：魔鬼和猴子，上城和下城，那些阴郁、危险，或庶民只是故事的背景，来彰显这个新千年女孩的成长历程，像是对无法实现的社会转型的怀念或悔恨。

在《成年人的谎言生活》中，乔瓦娜在下城探索，这与她的性教育同时进行。我从乔瓦娜上城的家出发，来到浮罗里迪阿娜公园，这是她第一次与男孩约会的地方。这些男孩从西班牙街区或郊区来到沃梅罗区，来这里猎艳。公园里除了推着婴儿车的母亲，还有从学校出来，或根本没去学校的年轻人。那不勒斯人丁兴旺，到处都是小孩子，有很多年纪轻轻的母亲，骄傲地展示着自己的肚子；有些坐着儿童车出来逛的孩子简直太耀眼了，他们戴着浮夸的深色眼镜，像两岁“小皇帝”和电影明星。但乔瓦娜和那些小伙子见面的场景，更多是在下城，而不是在浮罗里迪阿娜公园，通常那里会有成群结队的学生背着书包，顶着花花绿绿的头发，坐在通往海龟喷泉的台阶上。

“你们今天去学校了吗？”我漫不经心地问。

“太太，关您什么事？不如看看美景。”

在这里，确实能看到不错的风景，晴朗的秋日，没有使风景的轮廓变得模糊的夏日暑气，城市和海湾在透亮的阳光下闪闪发光。不知道在“水浅乌龟多”的浅绿色喷泉中，金鱼和乌龟是否能和平共处。这个喷泉更像“流放之地”，因为人们花几欧元买来送给孩子的小鱼或乌龟长大后，家里的饲养瓶无法容纳它们，那些五颜六色的小鱼，还有画着花脸的乌龟就会被放养到这里。时不时会有人清理喷泉，捞出最霸道的外来物种。

像所有少男少女一样，乔瓦娜和她的朋友对乌龟打架不感兴趣，他们热衷于初次性体验。她故作轻浮，摆出放荡的姿态，像“婊子”一样，尽管不知道自己在说什么，但还是迫切渴望义无反顾地堕落下去。[13]男孩子猜到乔瓦娜的意图，决定满足她的愿望，一个从事不法交易的律师的儿子，长着虎牙的年轻人，开着黄色敞篷车，带乔瓦娜兜风。她和一起长大的同伴交流经验，她发现这些男孩子很少洗澡，如果只是触摸他们，或让他们触摸自己，他们就会忘乎所以。但她的心思，自然在别的男人身上，她的心为一个年龄更大、不可及的男人跳动：青春的经历总是如此。浮罗里迪阿娜公园是爱的初体验之地，总是有些窘迫，就像初学者的演练场。

在大众的想象，还有歌曲创作里，广泛传唱的经典故事，就是追求波西利波区的“富家痞女”—— 一些受父母宠爱，任性无聊的女孩，男孩是来自下城，有些颓废，却聪明热情。如果我说乔瓦娜是“富家痞女”，肯定会有很多人反对，因为这个概念不适合沃梅罗山上的中产阶级。“富家痞女”属于上层资产阶级，她们是令人讨厌、势利造作的人。[14]而上下城的融合出现在《成年人的谎言生活》中，沃梅罗山上受教育的女学生，和帕斯科内街的男孩经历性爱初体验时，我想到了这首歌曲。我戴上耳机听着《你已经将我遗忘》，这是蒙面说唱歌手——利别拉多（Liberato）演唱的热门歌曲，他上台时总是戴着风帽，彩色的烟雾会遮盖他的脸。我朝梅尔杰利纳海港的甜品店走去，“富家痞女”会去那里吃冰淇淋，那不勒斯小混混会骑着摩托车，在沿海公路上驰骋。

但这些只不过都是标签，像过塑的刻板印象，对于《你已经将我遗忘》的演绎。这首歌大火，很大程度上归功于弗朗西斯科·勒提埃里，他是音乐短片和一部关于足球的电影《超极限》的导演。他制作的MTV短片中，那不勒斯充满美感，即使是最黑暗、最堕落的角落也明亮迷人。各个种族的少男少女的漂亮面庞，有鲜明、绝对的现代特征：利别拉多（以及勒提埃里）音乐中的南方是超现代的。《你已经将我遗忘》是个大杂烩，融合了古老的伤感情歌、通俗音乐、电子音乐、嘻哈音乐和其他各种迷人的音乐风格，实在太多，无法一一列举。这就像是咖喱中的众多香辛料，但最终的目的很明确，是创造一种全球都乐于接受其强烈味道，并非特色突出的异国料理。歌词中，利别拉多唱到了三种语言：那不勒斯方言、意大利语和英语。詹尼·瓦伦蒂诺写道："这是首让人忍不住跳舞的情歌，可以推广到世界其他地方，从那不勒斯到北方，从南欧到大洋的另一边，一直到纽约市的摩天大楼里。"他甚至还为这位神秘歌手写了本书。[15]

利别拉多是音乐界的埃莱娜·费兰特，或班克斯①。没人知道他是谁，而有关他的都市传说却纷纷扬扬。在沿海公路的最新一次演唱会上，粉丝们等待着这位戴风帽的歌手出现，他在警笛声中登场，似乎是乘坐快艇从尼西达岛过来的。而这座岛屿是所少年犯监狱，在那里诞生了不止一个年轻音乐家。"利别拉多"的意思是"被解放的"，还有演唱会开场和结束都伴随着监狱的警笛，都让人浮想联翩。自然有些专家会进行分析，会通过歌词、音乐、声音，指出可能是利别拉多的人：声音像利维奥·科里②，或是某个想像他一样唱歌的人；歌词和埃马努埃莱·切鲁罗的诗句惊人地相似；导演勒提埃里会把维苏威火山加进来，让"古老的明信片以及现代装置"无处不在。[16]一系列具体的、神话的元素融合在一起，这和如今的埃莱娜传奇一起，构成了那不勒斯特点，在世界上广为流传。

《成年人的谎言生活》的主人公是个新千年女孩，

---

① 1974 年出生于英国布里斯托，街头艺术家，被誉为当今世界上最有才气的街头艺术家之一。——译者注

② 1990 年 3 月出生于那不勒斯，意大利歌手、演员。——译者注

她的语言、感觉、生活方式都与“天才女友”中的女孩不同，可能是她们的女儿，甚至是孙女辈。米雷拉·阿尔米埃罗写道：莉拉和乔瓦娜之间没有可比性。[17]这本书指向新兴的、年轻的读者，她们会听利别拉多的歌。《你已经将我遗忘》是首浪漫的歌曲，但令人怅惘，有钱人家的姑娘坐在男朋友的摩托车上到处兜风，看着他从礁石上跳进海中游泳，父母不在家时把他带回家，最后对他生厌。在费兰特讲述的乔瓦娜的故事中，也是女性把握着游戏的主动权，但没有丝毫浪漫（或言情剧）的影子。那些女孩带着尝试心理，带着天真的玩世不恭进入男女关系，而那些男孩则选择忍受，因为他们有自己的算盘，想不断尝试。我们可以看到，这些故事距离莱农在伊斯基亚岛上的遭遇，已经过去了近五十年。

那不勒斯的很多明信片，都是在梅尔杰利纳海港拍摄的，每张都大同小异：轻风吹拂，贪食的海鸥俯冲而下，搅扰了在地上闲庭信步的鸽子，它们穿着红色的小靴子，迈着碎步，一边走，一边啄食地上的食物。透过店铺的橱窗望进去，一家金碧辉煌的豪华糕点店吸引了我的目光：橱窗里的甜点特别丰富，吸引人驻足观看，密密麻麻地摆放着“巴巴”蛋糕、牛角面包、蜂蜜黄油包，还有可以用奶油和冰淇淋填充的油炸酥皮。现在是吃亡灵节榛子牛轧糖的时候，它形似棺材，有黑色巧克力、棕色榛子和白色的蜜饯奶油味；狂欢节，店铺里会卖“猪血肠”、被罗马称为“芙拉白油糕”的糖霜油饼；复活节人们吃鸡蛋奶酪派。而榛子牛轧糖通常出现在十一月二日，亡灵归家日的菜单里，慰藉人心。如今的“猪血肠”是纯巧克力奶油，是用牛奶稀释做成的，是原版“猪血肠”的改良。因为在挨饿的年代，每年冬天人们都用猪血来做香肠，但这种做法二十五年前就已经被禁止了。现在人们讲究“色味俱全”，会在本就很丰富的甜点上，添加各种点缀：巧克力豆、小榛子、巧克力碎、饼干和其他丰富的馅料。那种丰富性让人目眩神迷：塞了奶油的酥皮和牛角面包摆出的造型让你浮想联翩，在粗俗与精致之间，事情和你想象的一样。巴洛克风格经久不衰，展露出美丽的翅膀：服务员像驯鹰师训练出来的鹰隼，会赶走桌子上的鸽子和海鸥，但不杀死它们。

在这些甜品店的对面是个游客码头，停靠着五颜六色的小渔船，以及在夏季前往伊斯基亚岛的水翼船。再见了，莉拉！莱农！一九五九年至一九六二年夏天，两个开始性体验的腼腆的女孩已经不复存在！我们身处另一个世界，尽管最根本的东西没有变化，但却出现了令人眼前一亮的新人类：《成年人的谎言生活》中的乔瓦娜以另一种方式，以自己的目光看待事物。这次的旅程从海湾的另一头出发，一直沿着圣约翰·特杜奇奥区海滨和沿海公路走来，现在我在对面，在波西利波区的山下，这里是想提升社会地位的人的目标。《我的天才女友》以莉拉的婚礼午宴结束，宴会就是在这山上的一家酒店举行的。这次小小的旅行结束了，我很尽兴，感觉有些高于期待。

我带着一丝忧伤，慢步走向桑纳扎罗广场，那里有个圆形喷泉，上面有个塞壬雕像，依偎在翘起的尾巴上。波西利波的塞壬像咖啡女歌手——优雅的海中仙女，海藻般的长发，肩上搭着一把七弦竖琴。我更喜欢位于古城中心，依靠着“带荆棘冠的圣卡特琳娜教堂”墙壁的玉乳喷泉。那里的塞壬，是那不勒斯总督堂·佩德罗·达·托莱多委托乔瓦尼·梅里亚诺·达·诺拉①制作的，是十六世纪的风格，雕像上少女一样小巧的乳房，喷涌出充沛的泉水，据说能浇灭维苏威火山的熔岩，安抚城市里躁动的灵魂。她的翅膀像优雅的羽状斗篷，披在肩后。她长着年轻女孩的脸，却有双猛禽的爪子：她是年轻的母亲，同时也是鸟身女妖。费兰特说“这个压制、迷惑我的城市”，[18]是个既养育人，又让人不安的地方，每个人都可以按照自己的方式看待它，城市本身也会随之变形。众多旅行者心存幻想，自以为认识了那不勒斯，但事实上，他们只是选择了自己想看的而爱上这座城市，他们模仿这里的语言，用他们的叙述滋养绚烂多彩的神话，或进一步加固之前的刻板印象。

我突然想沿着卡拉乔洛大街步行向下走去，去水族馆寻找真正的塞壬，看看她的真实面貌，从神话中走出来，进行祛魅，亲眼看看真正活生生、敏捷的生物，可能是海牛或儒艮。但水族馆因工作原因关闭了，因此见不到海牛了。最后，或许需要记住库尔齐奥·马拉巴特的小说《皮》中，科尔克将军对午餐的恐怖要求。这部小说讲述了一九四三年在盟军占领期间，这座城市变成了地狱，充斥着饥饿、贪婪和背叛。加拿大小说家阿尔维托·曼古埃尔写到，当哥伦布抵达委内瑞拉海岸时，发现了在船身下游泳的海牛，他在日记中把它们称为

---

① 1488年出生于诺拉，文艺复兴时期最重要的雕塑家之一。——译者注

“塞壬”，并表示很遗憾，它们并不像他想象的那么美丽。[19] 世界上有很多文学作品创造的形象，而旅行是为了证实我们阅读时看到的东西。

一段狂想

“塞壬啊！为什么你们
长着羽毛、鸟爪，
却有一张少女的面孔啊？”
奥维德《变形记》第五卷，第 550—551 行

魔法与魔法散去

我考虑此次旅行是几年前的事了，具体来说是二〇一六年十月二日早晨。那天是周日，意外的是家里的电话一早就响起来了。我非常忐忑，赶忙抓过听筒，还没等我打招呼，耳畔就响起了一个声音：“你看《24小时太阳报》了吗？”

“还没有，怎么了？”

“有人找到了《我的天才女友》在国际上畅销那年，E/O出版社的收支项目，还有出版社向阿妮塔·拉雅支付的款项——数目很大，只可能是版税……但是，确定埃莱娜·费兰特的身份，真的这么重要吗？”

还没等我回答，那个声音就自己总结说：“对我来说无所谓：我压根就不想知道她到底是谁！”

那人的咆哮声在我的耳中回荡，我想的却是快要煮好的咖啡。这个有关费兰特身份的新闻，也许又是个肥皂泡，就像其他无数肥皂泡一样，不一会儿就会破开，化为泡影。在出版界，阿妮塔·拉雅这个名字一直都被提起，有人似乎从一开始就知道费兰特可能是她，因为她是意大利小说丛书的编辑，多年前负责出版了《烦人的爱》——当时寂寂无闻的费兰特的处女作。

当摩卡壶发出咕噜声时，我拿起了《烦人的爱》的第一版，这是本简装书，洁白的轻型纸，柔软多孔，像小时候用来擦拭笔尖的吸墨纸一样。在塞尔乔·维扎利设计的封面上，有位打扮时髦的女士，身穿二十世纪五十年代风格的套装，鞋尖圆润的弧度挨着书名的字母。这是阿玛利娅的蓝色套装，主人公黛莉亚的母亲丢失衣物的细节，马上浮现在我的脑海中。小说的第一页就描写了她溺死在明图尔诺附近海里的场景，她赤身裸体，漂浮在海面上，却依旧充满魅力。

那个周日，令我诧异的并不是揭露了那个名字，既没有被本人承认，也没有被否认，当时是这样，将来也会是这样。而是确认了这个名字的粗暴方式。艺术家使用假名有很多理由，为了保护自己，免于声名狼藉，为了掩盖自传性故事，或出于意识形态，又或出于创作需要，但这不是犯罪或诈骗，需要调查资产，翻阅债务表和土地登记记录来找出假名背后的人。

到了下午，我还在思考这件事。不知为什么，费兰特第一部小说出版的故事，突然涌现在我的脑海里。事情发生在一个有着漂亮露台的中欧家庭，从那里可以俯瞰那不勒斯湾。一切都开始于罗马的一家小出版社，这家出版社的前身，是纳沃纳广场后一家名为“老鼹鼠”的另类书店：两位书商和出版人——桑德拉·欧祖拉和桑德罗·费里向东欧探索，想在充满新气象的文化环境中，挖掘出一些当时鲜为人知、充满新意的作家。

两位书商出版了米兰·昆德拉的“布拉格系列”，并开始委托译者翻译让·波托基、卡齐米日·布兰迪斯、博胡米尔·赫拉巴尔、克里斯塔·沃尔夫、克里斯托夫·海因等人的作品。他们周围也聚集了一群志同道合的朋友，如阿妮塔·拉雅、多梅尼科·斯塔尔诺内，还有顾问格拉齐亚·切尔奇①，她也许是当时意大利最优秀的编辑，还有戈弗雷多·福菲，一个到处游走的教士、电影评论家、文化推动者。[1]

我在旧版小说的书页间，找到了一张卡片，发现当时西尔维娅·诺诺②是E/O出版社推广负责人。后来，她带着对出版的热爱，投入有声书的制作中，采用的都是电影界和戏剧界最美的声音。西尔维娅的伙伴是南尼·莫莱蒂③，意大利最有才华的电影导演之一；桑德罗·费里的妹妹——琳达·费里④后来和莫莱蒂一起创作了《儿子的房间》，二〇〇一年，这部电影在戛纳电影节上斩获金棕榈奖。简而言之，《烦人的爱》的出现是个好兆头，它成长于一个充满创意和想象力的土壤中。

当天下午，一张低像素的图片开始在网上流传：那位可能是费兰特的女士，具体成了一位正在讲课、戴着眼镜的中年教师。那只是一段视频中的随意截图，在我心中却浮现出一张三十年前的图像：阿妮塔·拉雅还是位年轻女人，一头红铜色的头发，在发大舌音时自然流畅，有一丝德语腔。她刚刚翻译了克里斯塔·沃尔夫的《卡珊德拉》，并陪同作者参加了讲座，现场座无虚席，我也积极参与其中。在我的记忆中，那个红铜色头发的女孩和那位黑头发、青灰色眼眸，目光锐利的女作家密

---

① 1937年7月生，意大利作家、新闻记者。——译者注

② 1959年5月生于威尼斯，演员。——译者注

③ 1953年8月生于意大利南蒂罗尔，导演、编剧、制片人、演员。——译者注

④ 1957年出生于意大利罗马，编剧。——译者注

不可分。

《卡珊德拉》的力量让我十分震撼。这种原始的女性力量，唤醒了我们的意识，它在我们“内心最深处”，在“身体与灵魂尚未分离”的黑暗深渊中沉睡；[2]主人公卡珊德拉见证了战争的肮脏，意识到了战争的主要冲动源于杀人的快感。当年，我们对这位来自东德的作家很好奇，因为她的《分裂的天空》揭露了柏林墙带来的裂痕，它横亘在德国人的良心、语言和文化中；这个伤口和她对于民主德国（DDR）的观念并存。在未来的岁月里，这将使她付出沉重的代价：一九八九年后，不仅秘密警察对克里斯塔的监视档案公开了，还有一九五九年至一九六二年间，她和前东德国家安全部一名特使的“对话”也公开了。这种非正式、未公开的“合作”让她灰头土脸，不再可能成为诺贝尔奖的候选人。[3]

克劳迪奥·加蒂在《24小时太阳报》[4]上发表调查报告的次日，人们对围绕着“埃莱娜·费兰特”这一笔名进行的侵犯性调查感到愤慨，在网络上掀起了热议。很多读者带着抵触情绪，捍卫作者的“缺席权”，“当今社会，大家都在表现自己，‘缺席权’越来越受到侵犯，应该对选择缺席的作家感到敬佩”。但也有萨尔曼·拉什迪①通过自我调侃，对于这项调查的谴责：“我是埃莱娜·费兰特，就像在说‘我就是斯巴达克斯’一样。通过这么下作的手段曝光费兰特身份的第二天，世界上每位作家都应该这样做。”我们已经听到了对这位

① 1947年6月生于孟买，作家。其作品风格往往被归类为魔幻写实主义。——译者注

重磅新闻记者的批评，“昭然的性别歧视”，还有他想把费兰特和她的作品诋毁为谎言的企图。这位记者成了众矢之的，“报复心重”“小题大做”，美国译者安·戈尔茨坦①用这两个词揭露了他的居心。二十世纪初，澳大利亚作家埃塞尔·弗洛伦斯·林赛·罗伯逊用男性笔名亨利·汉德尔·理查森创作了《莫里斯客人》和其他小说，但在一九二九年，笔名背后的身份被揭露，她的曾孙女说：“我明白埃莱娜·费兰特的感受……因为我的曾祖母以前也感到特别不安。”[5]

大海波涛汹涌，一切都被拖曳其中。对于隐私的合法维护和不分青红皂白期望“不可侵犯”搅和在一起，就好像把一部吸引了全球目光的文学作品，贬低为猎奇，或者一句坏话。毫无疑问事情并不是这样，笔名并不是一堵墙，让人借探求真相的名义想方设法攻陷，就好像这是一种花招。笔名可以承载许多东西，有很重要的文学功能。在玛丽亚·鲍迪诺的书中，对关于笔名的有趣现象有充分的分析：它可以是必要的防卫，以免他人审查，或自我审查；也是一种调整自我或作品的方式；一种重生的方式，作家用以通过一个笔名，寻求新艺术生涯；可以体现作者人格的一个方面，来增强叙事的表现力；或是一块屏幕，保护作者形象，避免一些不正当的好奇心，或是令人难以忍受的偏见。[6]而所有这些都绝对是合情合理的。

在费兰特身份事件发酵的那几天，能感觉到一种强烈的不安，让人害怕努力维护了二十五年的“另一个自

---

① 1949 年出生于美国，“那不勒斯四部曲”的英文译者。——译者注

我”毁于一旦，可能会破坏写作“作坊”，而在这个作坊里，无论是仆人还是主人，化名都有自己的一片天地。埃莱娜·费兰特不再是个幌子、面具，而是位真真正正的“文学形象”，用这个名字写作的人和它有着密切的关系，比和一个提线木偶之间那种机械、粗暴的关系要更复杂。因此，对于作者身份的揭露，就如同一头发疯的大象进了布满镜面的长廊，横冲直撞。

其实，这种多重身份的浮现，也会让我很不安。也就是说，这些“化身”并不服帖，他们具有自己的个性，会在字里行间流露出来。我们可以看到佩索阿的“多重身份”，这些人物从天而降，就像马格里特①画中的小人，在各个方面，这些“异名”之间差异很大，他们被赋予完全不同的身份，他们彼此之间或和创造者之间，有时是一致的，有时又是相互矛盾的。比如，原名为罗曼·卡谢夫的罗曼·加里的惊人之举，一九七五年，他第二次斩获龚古尔奖。在《如此人生》这本书中，他用了笔名埃米尔·阿雅尔，打破了不能多次获奖的规则。在他去世之后，这本小说背后的真实身份才显现出来：一九八〇年，在向头部开枪自杀的前三天，加里完成了《埃米尔·阿雅尔的生与死》的草稿，[7]这本书揭露了他作为角色进入小说世界，完成了文学身份的蜕变。

我的想象有些离奇，有些戏剧化。我想象费兰特很难妥协、无比愤怒，她威胁着要彻底退出文学舞台，而她的肉身会陷入悲伤，等待暴风雨的退去。不，笔名

① 1898年11月生于比利时，比利时画家。——译者注

并不是游戏，或是出版推广的手段，它蕴含着更多东西，或许代表着平行的生活。那几天，洛雷达娜·利佩里尼①犀利地提出，匿名是“一种自由选择”，希望人们关注“创作内容本身，而不是作者的知名度、年龄、身材、姿态和亲属关系”。[8]

毫无疑问，暗潮涌流中，最有意思的是读者的反应。如果文学界认为作家有权维护创作过程，那些读者，无论男女都不愿了解埃莱娜·费兰特的身份，他们在保护什么？难道不是他们自由想象的权利吗？那些喜欢费兰特小说的人，似乎根本没从对作家身份的揭示中获益，相反，他们觉得自己可能受骗了。如果埃莱娜·费兰特只存在于作品中，那么读了她作品的人，很容易和她感同身受，与她的故事产生共鸣，仿佛是在读自己的故事。扯下面纱，意味着就像是《绿野仙踪》中看到魔法师面目的桃乐丝、稻草人、胆小狮、锡樵夫一样：有的人物想变得更勇敢，有的期待变得美丽，有的希望有自己的脑子，或是期望一个火球，但这位魔法师只是个小人物，有激发幻想的危险爱好。再见了，有点儿像索拉雅，又有点儿像艾娃·加德纳②黑头发女士，[9]她用古希腊语，和那不勒斯湾的塞壬对话；她出生在贫穷昏暗的小巷中，刻苦读书，将自己从黑暗的城市底层拯救了出来，但仍保留了野性和女性魅力；她的母语尽管粗鄙，却十分有力，对人类的情感有着直接、深刻的

---

① 1956年11月生于意大利罗马，记者、作家和电台主持人。——译者注

② 1922年12月生于美国，20世纪40年代的美国女演员。——译者注

感知，而她作品中渗透出的真实力量正来源于此，她的写作直白赤裸，如同刀刃闪着光芒。

除此之外，费兰特常说：“如果没有这些作品，我又是谁？只是无异于其他女性的普通女人。其实抛开作家，你们所热爱的——如果值得热爱的话——只是他们笔下的故事。”[10] 但背后真正的女作家，她的生平与埃莱娜·费兰特所描述的完全不同，她的真实经历在某种程度上会破坏她打造的形象。在日积月累的塑造中，这个形象基本已经成型，收录在《碎片》这本访谈文集中的自传信息，也经不起推敲了。

无论你是喜欢还是厌恶，加蒂的调查粉碎了一切猜想。阿妮塔·拉雅：译者、罗马欧洲图书馆前馆长，一九五三年出生于那不勒斯，但并未在那里长大。她父亲是那不勒斯地方法官，母亲是德语教师，波兰裔犹太人，为躲避种族屠杀，逃到意大利。阿妮塔还有个兄弟马里奥，是位备受赞誉的爵士乐手。后来阿妮塔·拉雅和多梅尼科·斯塔尔诺内结婚，后者也经常被误以为是费兰特。阿妮塔的个人信息与费兰特并不匹配，至少是和费兰特透露的信息不一致：[11] 她不是裁缝的女儿，没有一个经常讲方言的母亲，没有逃离那不勒斯，在外面谋生，没有将自己从一个又爱又恨、充满困扰和生命力的故乡中解放出来。这些“个人背景”：那不勒斯贫民区度过的童年、占有欲强烈的父亲、作为裁缝的母亲，似乎都来自另一个人——多梅尼科·斯塔尔诺内的经历。这让人想到一个共享的创作世界，在那里，这个笔名有了自己的模样，愉快地过着自己的生活。

因此，天真的男女读者，想要在现实中寻找费兰特，都是白费力气。因为这位作家和她的自传都是虚构的，只是出于想象，如同小说人物的生活。火热的争论已经过去了，大家有这样一种感觉。我想，这位知名女作家的存在就是：费兰特并没有把自己投射到角色中，她也是角色中的一员。她就在小说中，这不是现在流行的自我虚构，在那些作品里，作者并没有“进入”小说，而是从小说中“出来”，发表公开言论，仿佛是小说叙述的补充和延伸。埃莱娜·费兰特就像一些画家，乐于站在画面的边缘，披着笔下人物类似的服装，过着相似的生活。但现在这位女作家成了演出的一部分，她与写作之手间相隔的距离是必不可少的，不然会威胁到讲述的声音。这几天我一直在思考：到底是出于什么样的原因，费兰特不得不承受这种无用的“火刑”？已经快到圣诞节了，我出发去了那不勒斯，通常我很乐意去圣格雷戈里奥·阿尔梅诺街，买些装点耶稣诞生场景的物件。那年我买了贝尼诺雕像，那是十八世纪的民间表演中，耶稣诞生之时在一旁熟睡的牧羊人：耶稣诞生图上，就放着这个睡着的男孩。他正做梦，梦见的场景正是我们现在所看到的，如果没有贝尼诺，耶稣诞生的场景就会消失，不复存在。过去我就在想，在费兰特的小说中，叙述者都有相似的功能。我问自己：她之后又将如何脱身而出？

在这里，很值得回顾一下路易莎·梅·奥尔科特，这位女作家的长篇小说《小妇人》给费兰特带来了深刻影响，但奥尔科特一生都在隐瞒另一个身份：她以A. M. 巴纳德的笔名写恐怖小说和哥特故事。在去世之前，她将那些可以暴露此事的文件全部烧毁了。她一直希望没有任何东西能影响她在《小妇人》中塑造的形象，她的生活应该符合她描述的一切。有近五十年时间，大家都不知道这件事，直到她的第二张面孔通过一些付款收据浮现出来，这是她外甥，也是她最后一位秘书，忘记烧毁的文件。[12] 这同费兰特所做的并没有太大区别，她让作者与作品相符合：她的自传就来自作品。

十九世纪中叶，《利特雷词典》重新规划了庞大的姓名库，区分了三种类型的假名，至今依然有效：假名，只是用来掩护身份的名字，如同面具一样可以随意选择；隐名，或作者真名的变形；异名，可以说是与作者完全不同的人物，会借用别人的传记，或捏造虚假的自传。[13]

可以肯定的是，二〇一六年十月的那个周日早晨以来，费兰特就以不同的姿态出现在人们面前，已经很难将费兰特当成一个掩护自己身份的名字。根据《利特雷词典》的分类，我认为她是一个“文学形象”，有自己想象的生活和思想，而名字背后那个写作的人，也必须紧紧抓住这些因素，以便不会失去立场，还有特殊的语气，这就像她的举止、情绪、特质。随着时间的推移，这个“文学形象”已经和莱农达到了几乎重合的地步：一个成为作家的政府门房的女儿。莱农，“那不勒斯四部曲”的叙述者，向我们讲述了一段持续了半个世纪的女性友谊，它开始于战后阴暗却充满活力的那不勒斯，在火车站和帕斯科内的池塘间的街区里，面对沼泽，河流三角洲前面，或许古老的“塞贝托”或“修梅提埃洛”河就在水泥下汩汩作响，会淹没日本建筑师丹下健三设计的“蒂雷松纳勒中心区”停车场。

乔伊斯·卡罗尔·欧茨很懂笔名的使用，因为她本人就经常用笔名。她写道：“根本上来说，塑造一个笔名，和塑造一个逼真的叙事者没什么不同，因为任何文字作品背后都需要叙述者的声音，使作品变得独一无二、不可模仿。”[14] 最后的结果可能是，叙述者变得甚至比作者更强大，成为另一个自我。费兰特的传记信息和那个真实的、有血有肉的人之间的对应，会变成一种遥远的回音，就像贝壳里的海声。

不久之后，费兰特将迎来写作生涯的三十年纪念，在这段时间里，她谈论的自己，足以催生一个传奇：调查、评论分析、猜想都丰富了这个形象，补充了细节。在战后二十世纪五十年代初期，一位出生于那不勒斯的女性，裁缝的女儿，成长在贫民区中；在和母亲形象的残酷对抗中，她获得了母亲的洞察力；她成为一位古典学者，会多种语言，从事翻译和教学，但她知道，真相就像方言，直接且刺耳；她成为通俗小说作家、女权主义知识分子，协调着她本人“缺席”的文学崇拜。或者都不是，他可能是个男人：一位多面作家，在两个键盘上写作，就像有四只手。我想把这位女作家被撕裂的衣服再缝起来，拼起一个虚构的传记，这个冲动促使我坐上了第一趟去那不勒斯的火车。我想去了解小说中的“群岛”，这些地方滋养了埃莱娜·费兰特，让她实现蜕变。这是一部伪经、一个诱人的想象。

也许，我一直都想写一本有关费兰特的传记，但我一直无法下定决心。或许这个想法是从一九九五年开始的，当时主编桑德拉·欧祖拉代表E/O出版社打电话给我，说这位女作家不会回答我提的一系列问题。她觉得这些问题“很好，很深刻”，但她却无法回答。那时马里奥·马尔托内根据《烦人的爱》改编的电影即将上映；埃莱娜·费兰特在写给桑德拉的信中写道：“我们现在要避免答应别人的采访，因为我还无法面对这些提问。可能过一段时间之后，我会学会接受采访，但我很确信，过段时间肯定不会有人再有采访我的想法了，因此，问题会从根本上得到解决。”[15]我们知道事实并非如此，但我从不怀疑这个答复的真诚：当时的费兰特还不是一个公众形象，七年后，她的第一次采访才出现在报纸上。而那时我的职业生涯已经发生了变化，不再考虑那次没有实现的采访。

那次简短的交流，属于费兰特的“史前时期”。当我翻阅着《碎片》，想要寻找埃莱娜·费兰特的自画像，当时的念头又浮现出来，我想探索她在小说中提到的地方，勾勒她的第一幅肖像。我只能从这本书开始，将这些年来费兰特对记者的零星回答进行整理。我画出来的是一幅浅色的铅笔素描，一个移动的人物。在《碎片》中，你会遇到三位费兰特：第一位是在一九九二年发表了一篇让人震撼的处女作，但希望保持匿名的费兰特；第二位来自十年后，她出版了《被遗弃的日子》，逐渐成为公众人物，开始回应记者的问题，构建自己作为作家和女性的故事；第三位费兰特，是有意识且成熟的作家，在二〇〇六年出版了《暗处的女儿》后，便开始规划长篇小说“那不勒斯四部曲”的写作，而这使她在世界上取得了巨大成功。

《碎片》给人一种阴暗潮湿的感觉，让人联想到沼泽地的痕迹、战争中坍塌的房屋、废墟和垃圾，还有池塘、漂浮的残骸、碎玻璃。这和作者出生那年的情景呼应，也和我后来在那不勒斯火车站后发现的城区相吻合，它在战争结束时就是这样。《碎片》这个标题也来源于此，让人想到“一片空气或者是水汽，都是废气，无限延伸开来，粗暴地向我展示它真正、唯一的内在。碎片是时光的堆积，没有故事或小说中的秩序。碎片是失去带来的感觉，当我们觉得一切都很稳定持久时，我们却看到生命得以依靠的东西，很快就和堆积的碎片融为一体”。[16]

这段话写于二〇〇三年，因此说出这些话，选择将《碎片》作为访谈集标题的是第二位费兰特。她刚刚写了《被遗弃的日子》，经历了内心秩序的崩溃瓦解，而这使她想到了母亲口中的“痛苦的词语”。那个支离破碎的世界，来自她母亲的经验；“Frantumaglia”（碎片）这个词来自方言，表示萎靡不振、突然流泪、头晕目眩、嘴里有铁的味道。“碎片”是抑郁症状，是写第二部小说所跨越的内心沼泽，这本小说是二〇〇二年出版的，主题是婚姻破裂如何击溃一位受过教育、思想进步的女人，她被丈夫抛弃，卷入了黑暗的旋涡，一股不受控制的力量从她体内升起。

“碎片”理论来自同一个旋涡，属于当时的创作时期。费兰特写道：它反映了前两部小说中人物的痛苦：被遗弃的妻子奥尔加；作为女儿的黛莉亚——她在童年时期的那不勒斯，追逐母亲的身影。为了聚焦这位作家的身影，我得追寻第一位费兰特的脚步，那就是《烦人的爱》中的她。发表第一部作品的费兰特，在作品封面折页上的作家介绍中说：她曾在那不勒斯生活了很长时间，后来移民到希腊。一九九五年，桑德罗·费里回忆道:“费兰特出生在那不勒斯，一直生活到二十、二十五年前。她遇到了一位来那不勒斯学习工程学的希腊人，当时，这个希腊年轻人和许多逃避军事独裁的同胞，都在那不勒斯生活，费兰特后来嫁给了他，并跟随他去了希腊。我在意大利见过费兰特，她是个漂亮的女人，不到五十岁，黑头发，高个子，眼睛很有神。”[17]这位女作家在写给出版社的第一封信中，就明确表示，她不会参与任何公开活动。她让人觉得，她做出这样的选择，是因为她作品中有自传的成分，有一些让人难以面对的事情，所以她渴望隐身。桑德罗·费里又回忆说，当《烦人的爱》送到出版社时，“出现了一个重要的问题：由于这本书涉及敏感的个人经历，作者不希望用自己的真名”。[18]

所有的一切都揭示出：这部小说具有强烈的自传性质，此外，她和书中的黛莉亚一样，是裁缝的女儿。事实上，裁缝作坊和写作作坊，是同一个东西。

其实，《烦人的爱》的主题就是为母亲脱去、穿上衣服。书中有一位六十多岁的女人，她溺死在明图尔诺镇的海里，也许是自杀，也许是一场谋杀，但她依然美丽，会激起强烈的情感。丈夫忌妒心很强，总是殴打她；“老情人”充满邪念，给她买了昂贵的内衣；女儿也带着抵触回到那不勒斯，在内心的黑暗角落里寻找有关母亲的记忆。在城区的地下室里，童年时期闪烁的火焰重新燃起：有一些性爱场景，不知道是真实经历过的，或者只是看到、梦到过的……费兰特的第一部小说的新奇之处，是对一个常规故事的颠覆：母亲身体散发的性感气息，会激起女儿深深的不安——而不是让一个儿子不安——因为在“伟大猛烈的原始之爱”面前，没有性别差异。[19]

一九九五年，《烦人的爱》翻拍成了电影，报社的采访也随之而来。费兰特开始寻找合适的姿态来回应记者的问题，但她没有寄出那些回复，而是在自己的抽屉里放了很多年。它们是作者在这个世界上存在的证明，多年之后，人们才开始了解作者的性格：“假如您不知道我的书，却知道我这个人，您会不会在短时间里联系我，对我进行采访呢？”笔名作为一道保护屏障，有了更精确的文学含义，作者缺席的主要原因是肉身没有那么重要。“我还认为，那些写出经典作品的作家，唯一能代表他们的是他们写的文字，他们的个人生活无关紧要。读者开始读这些书时，作者的个人生活也会化为烟云。举个例子来说，甚至是托尔斯泰，他和他笔下的人物安娜·卡列尼娜放在一起，也是一个无足轻重的影子。”[20]

法布里奇亚·拉蒙迪诺被认为是费兰特的第一位意大利女作家。女儿和母亲之间，难以理清的关系，女作家和无辜、腐败的那不勒斯之间的关系。埃莱娜·费兰特的处女作《烦人的爱》和拉蒙迪诺的《眼神》被放在一起进行比较。《眼神》中，城市既是“少女的眼睛”，也是“老妇人的眼睛”。[21]人们想象，费兰特和拉蒙迪诺同属那不勒斯的一个文化圈，导演马里奥·马尔托内也属于这个圈子，拉蒙迪诺和他一起写了《那不勒斯数学家之死》的电影剧本。也是她建议马尔托内阅读《烦人的爱》，这位大导演后来将这部小说翻拍成电影。这是拉蒙迪诺对费兰特的慷慨行为。艾尔莎·莫兰黛是拉蒙迪诺的精神导师，此时，文学谱系已经搞清楚了。

仍然有人注意到，在拉蒙迪诺去世后费兰特作品风格的重大变化。例如斯特雷加奖的发起人、“贝隆奇基金会”主任斯特凡诺·佩特罗奇确信，在“那不勒斯四部曲”中，可以感受到作者写作风格的变化，也许是“缺席”的分量在增加。还有那些地点和人物——都已经进入文学中——无法区分现实和文学的差别。我无法忘记，那天拉蒙迪诺在海中游泳后，心脏突然停止跳动，倒在了斯佩隆加和盖塔之间的海滩上，那是位于圣阿戈斯蒂诺平原，一片沿着弗拉卡路的白色沙滩。冬日的星期天，我经常看到她坐在斯佩隆加阳光普照的广场上，全神贯注地抽烟，感觉她很轻盈，就像一只长着羽毛的鸟。她去世的那段海岸线，我很熟悉，那旁边有石鼓状的瞭望塔。我的思绪飘向了那里，莫内塔山生机勃勃的岩石下是一片田野，曾遍地是蔬菜和玉米，也有甜瓜和李子。拉蒙迪诺就住在伊特里，岩壁的后方，六月的时候，她很喜欢那间靠海的房间，那是她租来的。那天早上，即便生命即将抛弃她，她仍然在等待咖啡之前，下海游了泳。

作家保罗·迪·斯特凡诺对于拉蒙迪诺之死的描述，让我感到不安，就好像事情在发生之前就已经写出来了。[22]二〇〇八年六月二十三日，法布里齐亚·拉蒙迪诺在海边逝世，就在她去世的第二天，她最后一部小说《路途》出版。“路途”在拉丁语中是“伊特尔”（Iter）指的就是“伊特里”（Itri）这个地方的名字，这是一九八〇年地震后，她离开那不勒斯之后选择居住的镇子。这里还有个细节：拉蒙迪诺最后一次游泳的海，也是《烦人的爱》中的那片海，从那儿往南二十千米处的海滩上，是大海把黛莉亚的母亲那令人爱恨交加的身体送回来的地方。拉蒙迪诺之死，场所和生活经历的交织，滋养了这个传说。

第一个费兰特对她写的东西带有某种忧虑。我们从她一九九五年写给戈弗雷多·福菲的一封从未寄出的信中，就可以了解这一点：……我会重现我经历过的场景，场景里有我以前认识的人。我重新构建一种“真实”的体验，但和现实中的情况不一样。我重新去营造那些“真实经历”留下的印象，或者是基于多年人生体验产生的幻想……因此我距离我的写作越远，它就越会成为自己—— 一部虚构的小说。我越靠近这部小说，进入这部小说，那些真实的细节就会占上风，这本书就不再是虚构的小说，它就会像一份不怀好意、肆无忌惮的备忘录，首先会伤害到我……我最后想告诉您的是，一个人在写作时，如果知道自己不必要为这部作品抛头露面，那就会非常自由。[23]

费兰特的性格很快就流露出来了，她多血质，很有个性，但同时也很害羞腼腆、容易情绪化、内向，她希望拥有自由，并保护她所爱的人。她很像其处女作中的主人公黛莉亚，至少那部小说中粗俗、感性的故乡和那不勒斯很像。值得注意的是，她最个人的信息都包含在那些从未寄出的信中，那是她写给出版社的信，也就是说，很长一段时间里，大众和收件人都不知道这些文字的存在。第一个阶段的埃莱娜·费兰特对精神分析很感兴趣，但没有任何经验，她培养了一种“有点儿神经质的无形渴望”，她说她无法接近那些引起她强烈情感的人，并且说宣称自己为女权主义者似乎也有些过火，因为她不觉得自己有女权主义者的“身体力行的勇气”。[24]

第二个埃莱娜·费兰特更准确地描述了她的作者形象。这些信息出现在写给出版社的信件中，那时出版社敦促她回答记者的问题，她在信中开门见山，谈论起了生活中“为了保护自己，出于情感、冲动”而说的谎言，但在书面上，谎言让人无法容忍，因为文学的虚构是特意为了“让人讲出真相”。因此只有“能达到文学的效果”时，她才会回复采访的问题。那么，埃莱娜·费兰特所说的关于自己的事——无论是现在还是将来——都是虚构的；她和小说人物之间的相似性，让作家的面貌出现在小说中，她本人的真实性也体现在文本中，这让读者产生错觉，认为她写的是真实生活、自传、回忆录。[25]

当她的采访终于在报纸上发表，收信人和公众也看到了她的答复。也就是说《被遗弃的日子》发行后，费兰特已经存在了十年，但在那本小说中，叙述者的身份似乎特别明显，因此，她自然不愿说出自己的身份。事实上，主人公让人们看到了没人愿意展示的东西，并不是资产阶级婚姻破碎的情景，而是一位充满激情的女性，意识到她在失去自我，经历迷失：她的声音将我们催眠，她一直在坠落，向下直到最深处，最后再次上升。

这就是为什么作者明确表示，远离自我是创作的必要，“我们要把我们生活中真实的样子和写作时的样子分开，这会让我们避免自我审查”。因为在文学的虚构中，需要真实，“甚至要达到一种让人无法容忍的地步”，并且“我们在写作时，写作的辛苦会触及身体的每个部位，当一本书结束之后，就好像一个人被强行搜身，毫无尊严可言，作者唯一希望的事就是回到完整状态，回到平时的样子”。因为这些原因，那个写作的人不能也不愿让人们认识她。对于读者而言，只存在叙述者的声音，我们毫不怀疑作者真的在谈论自己。第二个阶段的埃莱娜·费兰特表明她写了很多书，但发表得很少，这些书就像是把手指放在“还没有愈合的伤口上，没有产生安全距离”。[26]

费兰特拒绝回答有关她外表的提问，她引用卡尔维诺的话作为回应:“我不会给您任何我的个人信息，如果我给您讲的话，那也是假的，或者我每次给出的信息都不一样。您可以问您想问的问题，我也会回答您，但我从来都不会告诉您真相……”还补充道:“我可以告诉您我非常美，体型像运动员，长得像明星；或者我从青少年起就开始坐轮椅；或者我是一个非常害羞的女人，连看到自己的影子也会害怕；我可能会告诉您，我喜欢牡丹；我只在凌晨两点到五点之间写作；还有其他诸如此类的事。问题在于，我和卡尔维诺不同，我不希望用一连串的谎言回答一个问题。”[27]

但真的是这样吗？同年在一系列的采访中，费兰特做出了一些让步。“我大学毕业于古代文学专业。但大学专业经常和我们真正学到的——出自激情和需求学习到的——东西没太大关系。”甚至还提到了她的工作:“我做研究、翻译、教书。写作对于我来说不是工作，研究、翻译和教书也一样，这是我的存在方式，是我的营生。”以及她和那不勒斯的关系：“但那不勒斯其实很难摆脱，哪怕是我和它之间相隔大海，那不勒斯一直保留在我的动作、语言和声音里。”[28] 在希腊生活的经历没有具体化，反而消失了。人们猜测，这是因为她紧跟着丈夫，从一个地方转移到另一个地方；现在她的生活发生了变化，不再跟随别人的行动，这似乎暗示了婚姻上的变故，而这正是发生在她第二部小说的主人公身上的事。第二位埃莱娜·费兰特源于奥尔加，就像第一位源于黛莉亚，这是她内心的声音，她一脚踏入文本，一脚还在文本之外。

《碎片》中有段耐人寻味、带有意识形态的隐秘文字，这本文集的标题也源于此。当不再年轻的母亲自说自话，不由自主地哼些小曲儿时，当她忽然离开家，留下锅中的拌面酱在沸腾时，当她流下“碎片的眼泪”时，埃莱娜·费兰特写到了自己，说她有时会和奥尔加——《被遗弃的日子》的主人公一样，患有同样的疾病：“有时候我会觉得脑子里嗡嗡作响，过去和现在搅和在一起，形成一个旋涡：像一窝蜂一样，飞过一动不动的树顶，向我飞来，就像在流水上忽然转动起来的风车……但在这种情况下，我要说清楚我笔下两位女主人公的痛苦，我只能说：她们要面对内心的碎片。”[29] 在阅读《碎片》的过程中，我们像进入了作家的工作室，和她一起重读了《烦人的爱》中被删减的情节。例如，年幼的黛莉亚因为没有和母亲一样乌黑亮丽的头发，她用裁缝的剪刀把细软的头发剪得乱七八糟，母亲对女儿充满敌意的行为感到难过。这些激烈的文字，这场充满张力的决斗，作者毫不留情地舍弃了：因为女孩对母亲身上的女性特征，表现出的嫉妒过于明显，她自我毁灭式的行为，会造成意义的失衡。

费兰特前两部小说的主人公，有许多共同点，作为女儿的黛莉亚很不幸福，她很冷淡，但具有叛逆精神，这和身为母亲的奥尔加截然不同，后者非常狂热。黛莉亚就像贝尔特·包法利——《包法利夫人》中被爱玛忽视的女儿，福楼拜让爱玛在恼羞成怒的情况下，把她的女儿推到梳妆台，在她离开时，说：这孩子真难看。作者还是个孩子时，她也紧紧挨着母亲，而母亲也同样不耐烦。另一方面，奥尔加用裁纸刀将女儿武装起来，利用她来对抗幻觉，她告诉女儿："假如你看见我走神了，假如我没听你说话，你要用这把裁纸刀扎我。"[30]她们之间也存在敌对关系，但作者解释说，这种负面能量也可以接受，是很有用、很重要的。孩子"看守"着母亲，因为她不愿失去母亲——就像黛莉亚小时候一样，而不是因为和父亲一样妒忌。这像传染病一样，她也沾染上了，害怕母亲的背叛，害怕她委身于别人——某个情人。

在《碎片》中，第二个埃莱娜·费兰特运用了她对古典文学的了解，说自己研究古代文学，母亲是个裁缝。《被遗弃的日子》改写了腓尼基女王狄多的神话：埃涅阿斯引诱并抛弃了她。作者说：狄多也有缝纫的天赋，由此她才能获得土地，建立迦太基，她将一块牛皮裁剪成细细的长条，圈出了城市的边境。埃莱娜·费兰特讲到了她高中的经历，带着热情翻译狄多的故事，并赞美这位女王的策略。她从母亲那里知道，用针、线、剪刀、布可以做出任何东西。现在我们正处于"费兰特缝纫间”的核心：裁缝母亲是她虚构的传记的核心神话，因为写作就是裁剪和缝制，给那些人物穿上衣服。裁缝（或母亲）制造身体：“我总是觉得衣服不是空荡荡的，它们像迷惘的人一样，待在角落里，怅然若失。童年时期我穿过母亲的衣服，在这些衣服里我总是会找到一些美丽、高贵的女人，但她们都已经死去，我也会加入她们之中，我穿好衣服，上演她们的遭遇。”[31]

英国作家露丝·斯库尔在她研究费兰特的文章中写道：无论是否与作者具体的经历相对应，“裁缝的游戏”定义了埃莱娜·费兰特的文学身份。蒂齐亚娜·德·罗加蒂斯在《烦人的爱》中读到了穿衣的仪式，主人公的蜕变，成为女人是通过更换衣服来实现的：性感的红色衣物，是母亲阿玛利娅为女儿准备的生日礼物，让她变得更性感；而蓝色是母亲的旧衣服，最后女儿将其穿在身上，让它适应自己的身体，并重新接纳了母亲。[32]

在参观费兰特的“缝纫作坊”时，露丝·斯库尔分析了《烦人的爱》中删减的情节，里面讲述了黛丽亚少年时的一个梦，以及“很多和衣服相关的焦虑，还有母亲的裁缝工作”。在梦中，费兰特 / 黛丽亚面对一个男人，要脱去衣服，但却无法脱下，因为衣服是贴身缝上去的：于是她抓住胸口，想要使劲撕开，就好像那是件睡衣。费兰特说：“在我内部有一个活生生的女人，我只是另一个女人——一个陌生女人的裙子。”[33]这个陌生女人是谁？是每个少女即将成为但却尚未成为的女人？还是隐藏在人物之中的作者本人？马里奥·佩泽拉分析说，《碎片》是本“假日记”，不是“一本吹嘘真实的欺骗性自传，但在某种程度上，这本书正好相反。‘伪造日记’的读者永远无法确定这是不是一本传记，它是指向现实还是指向虚构。文字仍悬浮在想象和现实之间，没有偏向任何一边。但这并不是说读者被欺骗了。事实上，作品总是在巧妙地警醒着我们，此时我们正在真与假之间摇摆，无法确定”。[34]是的，我们就身处其中。

第三个费兰特随着二〇〇六年出版的《暗处的女儿》登上舞台，这部小说是“那不勒斯四部曲”的序曲。正如作者本人所说，如果没有那本“肆无忌惮”[35]的书，她就不会用六年时间，写出这个女性友谊的故事。《我的天才女友》直接来自这本书，这时的费兰特已经是位成熟、有自我意识的作家，但她仍然不完全了解自己，总是做一些莫名其妙的事，而故事叙述者总是和这种情绪完美匹配。

《暗处的女儿》的主人公勒达，年近五十，她研究外语，经历着艰难的学术生涯。她和丈夫离婚出于对生活的渴望，她离开了丈夫。她有两个已经成年、二十多岁的女儿，她们和父亲——加拿大一所大学的教授，一起生活。此时，这个形象已经很接近莱农：勒达和成年已婚的莱农——“那不勒斯四部曲”的叙述者很相像。勒达遵循内心的冲动，以及对独立身份的渴望，离开了丈夫，离开了这个强大家庭的保护范围。勒达自己一个人出去度假，被沙滩伞周围的一大家人所吸引，也不胜其烦。这些吵闹粗俗的那不勒斯人把她带回了家乡，她正是从这样的家庭中逃离，她再次想起了“缄默易怒”[36]的母亲和祖母。引发这个故事并推动情节发展的是位年轻母亲——她长得像印度人，一心扑在女儿身上，和那吵闹的那不勒斯家庭显得格格不入。小说的主题再次回到母女关系，这是《烦人的爱》的主题，勒达和这个年轻母亲建立了友好的关系，或许这是一种类似于母女的情感。但这一次两人互换了角色：成熟女人“学习”那位年轻女人的举止，而后者可能是她两个女儿的替身。

这种反转来自作者的个人经历，还有她在痛苦中获得的意识：母亲的中心地位是“绝对无与伦比，要么学会去接受她，要么可能会陷入病态”。费兰特解释说：“女儿和母亲的身份，在我的书中占着很重要的位子。有时候我想我一直都在写这个主题，我的所有不安都源于这里。怀孕、变形，感觉身体里居住着其他生命，让你很不舒服，但有时候让你觉得幸福，有时候又威胁着你，也会让你忘乎所以。这种体验和一种非常可怕的东西相关，就像最远古的人看到了他们的神。”[37]费兰特打开了一道通往古典文学的窗口，我们知道对费兰特来说，那不是古代世界，而是现代的一个维度。特别是在那不勒斯，过去的痕迹都隐藏在方言里，还有城市层层叠叠的古代废墟里。

在“那不勒斯四部曲”出版之前，费兰特的生平和她的叙事者比较一致。埃莱娜·格雷科采用了和作者一样的“埃莱娜”这个名字，她想成为作家。她成长在总是“受黑社会威胁”[38]的贫民环境中，按照学习到的东西采取行动。比如，为了摆脱母亲和祖母的处境，就必须离开：“只有逃离之后，才能清楚地看到女人的悲苦，感觉到这个男性城市对于女性的挤压，会为自己抛弃母亲感到懊悔，会学会爱她们。”费兰特诞生在这样的文化裂痕中，后来她几乎是箴言式清楚、写道：“只有离开，才能了解到自己的根源。”[39]随着时间的流逝，作者变得更自信，第一个埃莱娜是个羞涩的女权主义——正如我们所看到的，她变得有条不紊，成为“贯穿二十世纪的变化中最深入、最彻底的转变”的动力，这是二〇一五年她与编辑的对话中说的。因此“我写小说的经验，无论是没出版的还是那些已经出版的，都是在二十岁之后成型的，我尝试通过写作，讲出符合我的性别，体现女性不同之处的故事”。[40]一个知识分子的形象，和《我的天才女友》故事中的叙述者完美吻合；事实上莱农写了一篇批评父权文化的文章，揭示了在这样的文化背景中，很多女性形象只是“男性塑造的”。[41]

“那不勒斯四部曲”在国际上取得了成功，这自然使事情变得更加复杂。因为她需要回复记者的提问，她被要求公开露面、参加文学奖项的颁发、发表公民和政治立场，这些事情都在成倍剧增。因此给小说“安排一个作者形象”，并保持一定距离，成了件高难度的事。虽然对话中带有一丝布道的感觉，但埃莱娜·费兰特是在围墙里同我们对话，在那里，生命和季节都在静静流淌，人们讨论着书籍，摘掉放在阳台上的花草中的枯叶，效果就像是电影中空阔场景的画外音。三位埃莱娜并不是不同的作者，而是多年来同一位“文学形象”的演变。

后来一个循环结束，幕布被撕开，一切都变了。二〇一九年底，费兰特带着《成年人的谎言生活》回到了书店，此时，距离那个著名调查已经过去了三年，当时的调查，撕开了那个充满个性的笔名背后的秘密生活，指出阿妮塔·拉雅是笔名背后的人。此后，作者实现了一个飞跃，她在提供自传性信息时变得愈加谨慎，并以高超的手法从文本中脱身，将自己和小说的叙述者分开。这是二十世纪末一个年轻女孩的故事，不再是我们熟悉的“文学形象”。

正是费兰特本人向读者指出了这一点，在第一次有关新小说的多方采访中，她让人仔细阅读小说的序曲。这次叙述者的身份并不明确，不是主人公乔瓦娜，叙述者只是一个充当画外音的“人”，她把手放在“复杂痛苦”的“混乱”上，却难以解开那些结。费兰特指出：“故事中的叙述者，总是被认为与叙述的事实有一定距离。但当人们真的开始写作时，就会感到事实与叙述的故事相去甚远……乔瓦娜的故事也是这样，叙述的时间和事实发生的时间相去甚远，甚至有些难以讲述。而新的事实，对于我的故事来说，就是叙述者是不是乔瓦娜并不重要。”[42]

如今，作家和故事叙述者不再是同一个人，那个“人”是谁，仍然无法确定。这是一种文学手段，类似于丹尼尔·笛福在著名自传《摩尔·弗兰德斯》中使用的手法。这是一部女性冒险小说，一七二二年匿名出版，以第一人称讲述故事，是一个神秘人收集的一位奇女子的“回忆录”。[43]费兰特就这样从她的虚构传记中溜走，不再是不受宠爱、嫉妒母亲的女儿，或被抛弃的妻子，或是年迈女作家莱农，出现在文本中，回想起童年时期的誓言，那是她和最亲密的朋友一起树立的目标：写一本小说，挽救她们的生活，写一本像《小妇人》的小说。

传奇仍在继续。

鸣谢

在此，我十分感谢正文和注释中提到的所有人，以及愿意和我见面，分享回忆、故事、想法的所有人。档案馆和图书馆，这些宏伟的“时间机器”，让我能有机会回到过去，翻阅历史。

为此，我对那不勒斯国家图书馆、罗马国家中央图书馆、卡埃塔尼图书馆、国家电影图书馆、意大利历史研究所图书馆、那不勒斯国土历史学会、坎帕尼亚维拉·伦巴第抵抗运动历史研究所、比萨高等师范学院图书馆的工作人员心怀感激。

其次，特别感谢里卡多·卡本档案协会的莱蒂齐娅·德尔·佩罗、制革工业实验站图书档案馆馆长卡梅利娜·格罗索、伊斯基亚·卢西亚·安妮切利·迪·安东尼娅娜图书馆馆长、贝奈戴托·克罗齐图书馆基金会的苏西·塞巴斯蒂纳利、比萨高等师范学院档案中心主任马达莱娜·塔廖利、卢扎蒂区萨科拉家族教区档案馆馆长尼科拉·丹尼尔、维苏威安城基金会的菲洛梅娜·德·西蒙。同时，我也十分感谢科诺·阿尔多·巴纳，他为我指引了一条无与伦比的探索之路，感谢贝内德塔·森托瓦利、安德里亚·格拉齐奥希、帕特里齐亚·卡拉诺、阿米达·菲利佩利、劳拉·卡波比安利、西蒙娜·艾格尼丝·波罗。

最后我还想感谢保罗·扎尼诺尼、加赞蒂，因为如果没有他们，这次的“小小旅程”绝不会成为一本书，在与米歇尔·富西里、罗珊娜·帕拉迪索的合作中，我感觉很融洽，也感觉收获满满。

陈英　陈乐佳　王佳梅 译

参考文献

城区，去城区

1 Raffaele La Capria, *L'armonia perduta*, in Id., *Napoli*, Mondadori, Milano 2008, pp. 29-34 (ed. kindle).

2 Silvio Perrella, *Giùnapoli*, Neri Pozza, Vicenza 2009, pp. 109-113, 176.

3 Elena Ferrante, *La frantumaglia*, edizione ampliata, E/O, Roma 2016, p. 53 (ed. kindle).

4 Elena Ferrante, *L'amica geniale*, E/O, Roma 2014; Id., *Storia della bambina perduta*, E/O, Roma 2014, pp. 254-256.

5 Bruno De Stefano, *I boss della Camorra*, Newton & Compton, Roma 2007, pos. 7515 (ed. kindle).

6 Per le circostanze dell'arresto a Eurodisney di Vincenzo Mazzarella, morto in carcere il 4 novembre 2018, De Stefano, *I boss della Camorra*, cit., pos. 7279-7321 (ed. kindle). Per il profilo criminale: Gabriella Gribaudi, *Clan camorristi a Napoli: radicamento locale e traffici internazionali*, in Aa. Vv. (a cura di G. Gribaudi), *Traffici criminali. Camorra, mafie, e reti internazionali dell'illegalità*, Bollati Boringhieri, Torino 2009, pp. 189-210.

7 Roberto Saviano, *Gomorra*, Mondadori, Milano 2015, pos. 655-984 (ed. kindle). «Camorra è una parola inesistente, da sbirro. Usata dai magistrati e dai giornalisti. … Il termine con cui si definiscono gli affiliati a un clan è sistema: "Appartengo al Sistema di Secondigliano".»

8 Gaspare Tessarollo, *Memorie,* in *Primi Giuseppini*. Vedi anche *Territorio*, sito della parrocchia della Sacra Famiglia-Giuseppini del Murialdo, www.sacrafamiglia.na.it.

9 *Napoli. La visita di S.E. Il Capo del Governo. Lo sbarco dall'Aurora al Molo Beverello*, Archivio Cinecittà Luce, www.fondoluce.archivioluce.com. Vedere anche *Il duce a Napoli. 1931. Discorso*

di S.E. il Capo del Governo a Napoli alle forze fasciste adunate in piazza Plebiscito, Senato della Repubblica – Cinecittà Luce, www.senato.archivioluce.it.

10 L'episodio dei fischi a Mussolini è riferito da Diego Miedo e Davide Schiavon, *Palude. Gianturco, dal pantano all'industria e ritorno*, Monitor, Napoli 2016, p. 12.

11 Adam Smulevich, *Presidenti. Le storie scomode dei fondatori delle squadre di calcio di Casale, Napoli e Roma*, Giuntina, Firenze 2017, pos. 397-413 (ed. kindle).

南瓜变成马车的地方

1 *l Miracolo*, sito della parrocchia della Sacra Famiglia-Giuseppini del Murialdo, www.sacrafamiglia.na.it.

2 *La Chiesa*, *ivi*.

3 Gaspare Tessarollo, *Memorie,* in *Primi Giuseppini*, *ivi*.

4 Diego Miedo e Davide Schiavon, *Palude. Gianturco, dal pantano all'industria e ritorno*, Monitor, Napoli 2016, p. 5.

5 Elena Ferrante, *L'amore molesto*, E/O, Roma 1992, p. 97.

6 Elena Ferrante, *L'amica geniale*, E/O, Roma 2011, p. 70.

分身为二的女孩

1 *Culumbrina*, che in napoletano significa ragazza leggera, civetta, sta per Colombina, la maschera del teatro dell'arte.

2 Elena Ferrante, *L'amica geniale*, E/O, Roma 2011, pp. 29-30.

3 *Ivi*, p. 59.

4 Fino alla riforma del 1962, che introdusse la scuola media unica obbligatoria e gratuita per tutti fino a quattordici anni, in attuazione del diritto all'istruzione previsto dalla Costituzione, dopo le elementari si dividevano le strade: andavano alla scuola media solo i ragazzi che avrebbero prose guito negli studi alle medie superiori; per gli altri, c'era la scuola di avviamento professionale per l'accesso diretto al lavoro. Dagli istituti professionali si poteva eventualmente – come accade a Nunzia – rientrare nella scuola media superiore sostenendo un esame integrativo da privatista e co sì ottenere il diploma necessario all'accesso all'Università.

5 Ferrante, *L'amica geniale*, cit., p. 77.

6 Mario Martone, intervistato in *Ferrante Fever*, il documentario di Giacomo Durzi scritto con Laura Buffoni e prodotto da Malia e RAI Cinema nel 2017, sottolinea proprio questo: «Elena Ferrante non parla *a* te, parla *di* te».

7 Ferrante, *L'amica geniale*, cit., p. 106.

8 *Ivi*, p. 117.

9 *Ivi*, p. 106.

传播文化的使徒

1 «Il Mattino», 11 dicembre 1958.

2 Elena Ferrante, *L'amica geniale*, E/O, Roma 2011, pp. 43-45.

那不勒斯“小妇人

1 Susan Cheever, *American Bloomsbury*, Simon & Schuster, New York 2007, p. 16 (ed. epub).

2 Susan Cheever, *Louisa May Alcott. A Personal Biography*, Simon & Schuster, New York 2010, p. 26 (ed. kindle).

3 Harriet Reisen, *Louisa May Alcott. The Woman behind Little Women*, Picador, London 2009, pos. 168 (ed. kindle).

4 Louisa May Alcott, lettera a Louisa Chandler Moulton, n.d., citato da Anne Boyd Rioux, *Meg, Jo, Beth, Amy. The Story of Little Women and Why It Still Matters*, W.W. Norton & Company, New York 2018, p. 14 (ed. kindle).

5 Boyd Rioux, *Meg, Jo, Beth, Amy*, cit., pp. 115-134. In Italia, Lidia Ravera ha scritto nel 1986 un remake di *Piccole Donne*, *Bagna i fiori e aspettami*, et al./Edizioni, Milano 2012; il romanzo di L.M. Alcott ha ispirato Letizia Muratori, *Come se niente fosse*, Adelphi, Milano 2012, ed Emilia Marasco, *Volevamo essere Jo*, Mondadori, Milano 2016.

6 Elizabeth Janeway, *Meg, Jo, Beth, Amy and Louisa*, «New York Times Book Review», 29 settembre 1968, cit. in Madaleine B. Stern, introduzione a *The Selected Letters of Louisa May Alcott*, edited by Joel Myerson & Danieel Shealy, The University of Georgia Press, Athens and London 1995, p. XXVII.

7 La saga dei quattro romanzi di Louisa May Alcott (*Piccole donne*; *Piccole donne crescono*; *Piccoli uomini*; *I ragazzi di Jo*) è

stata pubblicata tra il 1868 e il 1871, ed è qui citata nell'edizione completa, *I quattro libri delle piccole donne*, traduzione di Luca Lamberti, Einaudi, Torino 2017, introduzione di Daniela Daniele. Desidero ricordare l'edizione di *Piccole donne* e di *Piccole donne crescono*, meravigliosamente riscritta e curata da Fausta Cialente, Giunti-Marzocco, Firenze 1977.

8 Elena Ferrante, *La frantumaglia*, E/O, Roma 2016, p. 52 (ed. kindle).

9 Rioux, *Meg, Jo, Beth, Amy*, cit., p. 49 (ed. kindle).

10 Elena Ferrante, *Storia del nuovo cognome*, E/O, Roma 2012, p. 401.

11 Tiziana De Rogatis, *Elena Ferrante. Parole chiave*, E/O, Roma 2018, pos. 700 (ed. kindle). Sull'epica nei romanzi scritti da donne: Laura Fortini, *Un altro epos: scrittrici del Novecento italiano*, in Paola Bono, Bia Sarasini (a cura di), *Epiche. Altre imprese, altre narrazioni*, iacobellieditore, Guidonia 2014, pp. 38-79.

12 Louisa May Alcott, *Little Women*, Random House, New York 2000, p. 9; Ferrante, *Storia del nuovo cognome*, cit., p. 253. Nella traduzione di Luca Lamberti l'espressione *niminy-piminy chits* è tradotta «smorfiose tutte perfettine»; qui è citata in lingua originale per non perdere l'effetto sonoro da paragonare alla corrispondente versione di Lila nell'*Amica geniale*: *gnegnè gnegnè*.

13 Sulla difficoltà, in epoca vittoriana, di distinguere maschile e femminile e quindi sulla rigida codificazione dei comportamenti che dovevano caratterizzare uomini e donne, si veda Martha Saxton, *Louisa May Alcott. A Modern Biography*, Farrar Straus and Giroux, New York 1995, p. 7, volume ora tradotto in italiano con il titolo *Louisa May Alcott. Una biografia di gruppo*, a cura di Daniela Daniele, Jo March edizioni, Città di Castello 2019.

14 Elena Ferrante, *L'amica geniale*, E/O, Roma 2011, pp. 308-309.

15 Alcott, *Piccole donne*, in *I quattro libri delle piccole donne*, cit., p. 154.

16 Alcott, *Piccole donne crescono*, in *I quattro libri delle piccole donne*, cit., p. 456.

17 Beatrice Collina, *L'amicizia geniale: origini di un successo. Louisa May Alcott e Elena Ferrante*, www.montesqieu.unibo.it/article/view/ 10044, p. 12. Ralph Waldo Emerson, *Fiducia in se stessi*, traduzione di Andrea Guarducci, Piano B edizioni, Prato 2015,

pos. 95, 169-231 (ed. kindle).

18 Rioux, *Meg, Jo, Beth, Amy*, cit., pp. 4-5.

19 Alcott, *I quattro libri delle piccole donne*, cit., p. 307.

20 John Matteson, *Eden's Outcast of Louisa May Alcott and Her Father*, W.W. Norton & Company, New York 2008, pos. 3657-3667 (ed. kindle).

当小说照进现实

1 Martha Saxton, *Louisa May Alcott. A Modern Biography*, Farrar Straus and Giroux, New York 1995, p. 13.

2 Louisa May Alcott, *Journals*, 26 agosto 1868, pp. 165-166, citato da Anne Boyd Rioux, *Meg, Jo, Beth, Amy. The Story of Little Women and Why It Still Matters*, W.W. Norton & Company, New York 2018, p. 19 (ed. kindle).

3 Louisa May Alcott, lettera ad Alfred Whitman, 25 settembre 1868, citata da Rioux, *Meg, Jo, Beth, Amy*, cit., p. 41 (ed. kindle).

4 May Alcott, lettera ad Alfred Whitman, 5 gennaio 1869, citata da Rioux, *Meg, Jo, Beth, Amy*, cit., p. 41 (ed. kindle).

5 Elena Ferrante, *L'amica geniale*, E/O, Roma 2011, p. 214.

6 Louisa May Alcott, *Journals*, 17 novembre 1868, p. 167, citato da Rioux, *Meg, Jo, Beth, Amy*, cit., p. 15 (ed. kindle).

7 *The Selected Letters of Louisa May Alcott*, edited by Joel Myerson & Danieel Shealy, The University of Georgia Press, Athens and London 1995, p. 125.

8 Louisa May Alcott, *Piccole donne crescono*, in *I quattro libri delle piccole donne*, traduzione di Luca Lamberti, Einaudi, Torino 2017, p. 491.

9 A proposito di *Mutevoli umori*, il primo romanzo di Louisa May Alcott, dell'opinione dell'autrice sul matrimonio e del difficile rapporto coniugale dei genitori, che toccò l'apice quando Bronson Alcott fondò con Charles Lane la comune vegetariana di Fruitlands, dove si prospettava anche il libero amore, si veda la citata biografia di Susan Cheever, *Louisa May Alcott. A Personal Biography*, Simon & Schuster, New York 2010, pp. 71-74 (ed. kindle).

10 Alcott, *Piccole Donne*, in *I quattro libri delle piccole donne*, cit., p. 114.

11 Louisa May Alcott, lettera ad Alfred Whitman, 6 gennaio 1869, in

Saxton, *Louisa May Alcott*, cit., p. 120.

12 Saxton, *Louisa May Alcott*, cit., p. 11. Sul rapporto tra il Collegio di Plumfield, al centro delle storie di *Piccoli uomini* e dei *Ragazzi di Jo*, e la Temple School di Bronson Alcott si veda quanto scrive John Matteson, *Eden's Outcast of Louisa May Alcott and Her Father*, W.W. Norton & Company, New York 2008, pos. 6998-7008 e 7918 (ed. kindle).

13 *Louisa May Alcott, Her Life, Letters, and Journals*, edited by Ednah Cheney, Little Brown and Company, London 1898, pos. 1060 (ed. kindle).

14 Daniela Daniele, *Piccole Donne o del travestimento*, introduzione alla saga di Louisa May Alcott, *I quattro libri delle piccole donne*, Einaudi, Torino 2017, pp. XII-XIII.

15 Sul periodo romantico di Louisa adolescente si vedano S. Cheever, *Louisa May Alcott. A Personal Biography*, Simon & Schuster, New York 2010, pos. 83-84 (ed. kindle) e L. May Alcott, *Her Life, Letters and Journals*, cit., pos. 694-717; sulla trasfigurazione della figura di Thoreau in *Mutevoli umori*, Saxton, *Louisa May Alcott*, cit., pp. 7-8.

16 Ferrante, *L'amica geniale*, cit., pp. 265-266.

17 *Ivi*, pp. 308-309.

18 Alcott, *Her Life, Letters and Journals*, cit., p. 47.

19 Saxton, *Louisa May Alcott*, cit., in *Introduction*, pp. XI-XIII.

20 Cheever, *Louisa May Alcott*, cit., p. 4. «Il libro», scrive, «sembra un memoir. In qualche modo, con la sua enfasi su un dramma familiare e una personale ricerca di salvezza, *Piccole donne* è la madre del memoir moderno.»

21 Ferrante, *L'amica geniale*, cit., p. 66.

22 Louisa May Alcott, *How I Went Out to Service*, in *An Intimate Anthology*, Doubleday, New York 1997, pp. 12-21, citato da Cheever, *Louisa May Alcott*, cit., pp. 99-101; Ferrante, *L'amica geniale*, cit., pp. 227-228.

23 Saxton, *Louisa May Alcott*, pp. 330-331; Elena Ferrante, *Storia della bambina perduta*, E/O, Roma p. 273.

莱农的高中

1 Ermanno Rea, *Napoli Ferrovia*, Rizzoli, Milano 2007.

2 Eduardo Nappi, *L'Albergo dei Poveri. Documenti inediti XVIII-XX secolo*, Arte Tipografica, Napoli 2001, p. 36. Paolo Macry, *Napoli. Nostalgia di domani*, Il Mulino, Bologna 2018, pos. 810 (ed. kindle).

3 Laura Guidi, *L'onore in pericolo. Carità e reclusione femminile nell'Ottocento napoletano*, Liguori, Napoli 1991.

4 Antonella Cilento, *Fantasmi*, in *Bestiario Napoletano*, Laterza, Roma 2017, pos. 2294 (ed. kindle). Tahar Ben Jelloun, *L'Albergo dei Poveri*, Einaudi, Torino 2007.

5 Roberto Andria ha raccolto i suoi ricordi di allievo sul sito, www.andriaroberto.altervista.org.

6 Ugo Criscuolo, *Antonio Garzya*, Società Nazionale di Scienze Lettere e Arti in Napoli, Napoli 2012; Paola Volpe, *Ricordo di Antonio Garzya*, Bollettino del Centro Studi Vichiani anno XLIII, n. 1-2, Edizioni di Storia e Letteratura, Roma 2013; Raffaella Calandra, inviata di Radio24, che si è laureata a Napoli con Garzya, ne ha scritto sul suo blog www.raffaellacalandra.blogradio24.ilsole24ore.com/2012/03/07.

7 Elena Ferrante, *Storia del nuovo cognome*, E/O, Roma 2012, p. 162.

8 Il progetto «Le fonti e la storia», con 65 ore di lavoro distribuite nell'anno scolastico 2017—2018 nell'ambito dell'Alternanza Scuola-Lavoro degli studenti del Liceo classico Giuseppe Garibaldi di Napoli, è stato realizzato in collaborazione con l'Associazione culturale «Viaggiatori» e ha pro dotto anche una mostra e un video con interviste a ex allievi.

9 Lina Sastri con Ignazio Senatore, *Mi chiamo Lina Sastri*, Guida editori, Napoli 2017, pp. 12-13.

10 Enzo Striano, *Giornale di adolescenza*, Mondadori, Milano 2012. Apollonia Striano, *La breve storia di questo romanzo*, postfazione a Striano, *Giornale di adolescenza*, cit., pos. 8320-8448 (ed. kindle).

11 Elena Ferrante, *L'amica geniale*, E/O, Roma 2011, pp. 186-193.

基亚亚街上的青少年

1 Lettera di Giorgio Napolitano in Dina Bochicchio, *L'Umberto di fuoco*, Esselibri, Napoli 2001; Paolo Franchi, *Giorgio Napolitano. La traversata da Botteghe Oscure al Quirinale*, Rizzoli, Milano

2013, pp. 43-44; Gaetano D'Ajello, *L'Umberto: tradizioni militari e scolastiche*, Istituto Grafico Editoriale Italiano, Napoli 1998, pp. 322-323.

2 Raffaele La Capria, *La neve del Vesuvio*, Mondadori, Milano 2015, pos. 1093 (ed. kindle).

3 Raffaele La Capria, *Come eravamo*, in *Napoli*, Mondadori, Milano 2015, p. 439 (ed. kindle).

4 Antonio Ghirelli, *Napoli Sbagliata*, Cappelli, Bologna 1963, pp. 10-11.

5 *Ivi*, pp. 10-11.

6 Elena Ferrante, *Storia del nuovo cognome*, E/O, Roma 2012, pp. 67-68.

7 Eduardo Milone, *Erri De Luca: gli anni del liceo Umberto? Vissuti come oppressione*, «Corriere del Mezzogiorno», 15 dicembre 2016.

8 Erri De Luca, *Il pannello*, Zoom-Feltrinelli, Milano 2012, p. 4 (ed. kindle).

9 *Ivi*, p. 6.

10 Domenico Starnone, *Il salto con le aste* 1989, Einaudi, Torino 2012, p. 4.

11 Annalena Benini, *Scrivo per raccontare mio padre e il suo dolore nel mio*, «Il Foglio», 17 luglio 2017. Intervista poi pubblicata in forma estesa in Id., *La scrittura o la vita. Dieci incontri dentro la letteratura*, Rizzoli, Milano 2018.

12 Simone Gatto, *Starnone-Ferrante: quando il senso di colpa genera doppi*, «Lo Specchio di Carta», rivista dell'Osservatorio sul romanzo italiano contemporaneo dell'Università di Palermo, 28 ottobre 2006, www.lospecchiodicarta.it.

13 Vittorio Del Tufo, *I giochi di Starnone e il segreto di Lila e Lenù*, «Il Mattino», 9 dicembre 2018.

如果费兰特是男的呢?

1 Elena Ferrante, *La frantumaglia*, E/O, Roma 2016, p. 298 (ed. kindle).

2 Aa. Vv., *Dell'ambivalenza*, saggio introduttivo delle curatrici Anna Maria Crispino e Marina Vitale, iacobellieditore, Guidonia 2016, p. 14.

3 Serena Guarracino in Aa. Vv., *Dell'ambivalenza*, cit., pp. 80-83.

4 Ferrante, *La frantumaglia*, cit., p. 271.
5 Elena Ferrante, *Storia di chi fugge e di chi resta*, E/O, Roma 2013, p. 323.
6 Ferrante, *La frantumaglia*, cit., p. 191.
7 *Ivi*, p. 255.
8 Domenico Starnone, *Denti*, Feltrinelli, Milano 1994.
9 Luigi Galella, *Ferrante-Starnone, un amore molesto in via Gemito*, «La Stampa», 16 gennaio 2005; Luigi Galella, *Ferrante è Starnone, parola di computer*, «L'Unità», 23 novembre 2006, dove si riferisce del programma elaborato da due fisici dell'Università di Roma La Sapienza, Vittorio Loreto e Andrea Baronchelli, che ha analizzato sequenze linguistiche confrontando testi di Elena Ferrante, Fabrizia Ramondino, Goffredo Fofi, Domenico Starnone, Erri De Luca, Michele Prisco; Simone Gatto, *Starnone-Ferrante: quando il senso di colpa genera doppi*, «Lo Specchio di Carta», 28 ottobre 2006, www.lospecchiodicarta.it.
10 Domenico Starnone, *Lacci*, Einaudi, Torino 2014; Elena Ferrante, *I giorni dell'abbandono*, E/O, Roma 2003. Ecco un saggio della voce femminile nel romanzo di Starnone: «Se tu te ne sei scordato, egregio signore, te lo ricordo io. Sono tua moglie. Lo so che questo una volta ti piaceva e adesso, all'improvviso, ti dà fastidio. Lo so che fai finta che non esisto, che non sono mai esistita perché non vuoi fare brutta figura con la gente molto colta che frequenti. Lo so che avere una vita ordinata, doverti ritirare a casa a ora di cena, dormire con me e non con chi ti pare, ti fa sentire cretino. Lo so che ti vergogni di dire: vedete, mi sono sposato l'11 ottobre del 1962, a ventidue anni; vedete, ho detto sì davanti al prete...; vedete ho delle responsabilità... Lo so, lo so benissimo» p. 5. Ed ecco la moglie abbandonata di Ferrante: «Parlare come? Mi sono rotta il cazzo di fare gnignì gnignì. Tu mi hai ferita, tu mi stai distruggendo, e io devo parlare da brava moglie educata? Vaffanculo! Che parole devo usare per ciò che combini con quella?... Ci fai tutte le cose che non hai fatto con me? Dimmi! Perché tanto io vi vedo! Io vedo con questi occhi tutto quello che fate insieme, lo vedo cento mille volte, lo vedo di notte e di giorno, a occhi aperti e a occhi chiusi! Però, per non turbare il signore, per non turbare i figli suoi, devo usare un linguaggio pulito, devo essere elegante!» p. 45.

11 Simone Gatto, *Una biografia, due auto fiction*, «Lo Specchio di Carta», 22 ottobre 2016; *Segui le tracce di Elena Ferrante e sei in via Gemito, casa Starnone*, «La Lettura – Corriere della Sera», 23 ottobre 2016; *Elena Starnone-Domenico Ferrante*, «La Lettura – Corriere della Sera», 23 dicembre 2018; Michele A. Cortellazzo e Arjuna Tuzzi, *Sulle tracce di Elena Ferrante: questioni di metodo e primi risultati*, in *Testi, corpora, confronti linguistici: approcci quantitativi e qualitativi*, a cura di Giuseppe Palermo, EUT, Trieste 2017, pp. 11-15.

艺术与生活的作坊

1 Domenico Starnone, *Autobiografia erotica di Aristide Gambía*, Einaudi, Torino 2011, p. 370.

2 *Ivi*, p. 373.

3 *Ivi*, p. 396 (corsivo dell'autore).

4 *Ivi*, p. 396. Il libro di Clara Sereni è *Il lupo mercante*, Rizzoli, Milano 2007.

5 Starnone, *Autobiografia erotica di Aristide Gambía*, cit., pp. 413-414 (corsivi dell'autore).

6 Elena Ferrante, *La frantumaglia*, nuova edizione ampliata, E/O, Roma 2016, p. 63, corsivo mio (ed. kindle).

7 Starnone, *Autobiografia erotica di Aristide Gambía*, cit., p. 414.

8 *Ivi*, p. 6.

9 Rachel Donadio, *An Open Letter to Elena Ferrante. Whoever you are*, «The Atlantic», 26 novembre 2019.

10 Starnone, *Autobiografia erotica di Aristide Gambía*, cit., p. 38.

11 *Ivi*, p. 136.

12 *Ivi*, p. 137.

13 *Ivi*, p. 139.

14 Ferrante, *La frantumaglia*, cit., p. 327.

伊斯基亚岛

1 Raffaele Castagna (a cura di), *Lacco Ameno e l'isola d'Ischia. Gli anni '50 e '60. Angelo Rizzoli e lo sviluppo turistico, cronache e immagini*, La Rassegna d'Ischia 2010, pp. 20-22; Gianluca Castagna, *Luchino Visconti e i suoi amici*, in Tonino della Vecchia (a cura

di), *Gli anni verdi. Luchino Visconti a Ischia*, Ischiaprint, Ischia 2001, pp. 35-43; Lara De Monte, *Di un senso profondo. Intervista a Suso Cecchi D'Amico*, *ivi*, pp. 49-53

2 Susana Walton, *La Mortella. An Italian Garden Paradise*, New Holland, London 2002; Fondazione William Walton, Giardini La Mortella, www.lamortella.org.

3 Truman Capote, *Ischia*, in *Ritratti e osservazioni*, Garzanti, Milano 2008, p. 53.

4 Erri De Luca, *Tu mio*, Feltrinelli, Milano 2013, pos. 40 (ed. kindle).

5 Gino Barbieri, *Ciak, si gira Ischia isola cinematografica*, Edizione Associazione Culturale «Cristoforo Mennella», Forio 2004.

6 *Gaetano Di Scala fotografo d'Ischia*, in Castagna (a cura di), *Lacco Ameno e l'isola d'Ischia*, cit., pp. 103-104.

7 Luigi Caramiello e Marianna Sasso, *Ischia tra sogni e bisogni. L'isola verde nel cinema e nell'immaginario*, Edizioni della Meridiana, Firenze 2009, pp. 60-63.

8 La definizione è di Adriano Aprà e Claudio Carabba, e si trova in *Neorelismo d'appendice: per un dibattito sul cinema popolare, il caso Matarazzo*, Gua-raldi, Rimini 1976. È qui estesa, per la sua immediatezza ed efficacia, a film popolari e un po'melò di altri autori dell'epoca.

9 Giorgio Belestriere, *Angelo Rizzoli. Zio d'America d'Ischia*, Imagaenaria, Ischia 2005-2011, pp. 16-17

10 Elena Ferrante, *Storia del nuovo cognome*, E/O, Roma 2012, p. 201. In quegli anni ci fu una polemica tra le amministrazioni locali e Rizzoli sul pagamento di tasse e concessioni. Enzo Biagi ne riferisce in *Dinastie*, Mondadori, Milano 1988: «Regalò un ospedale a Ischia, ma s'indignò quando volevano fargli pagare un'imposta sulle costruzioni».

电影一样的假期

1 Elena Ferrante, *La frantumaglia*, edizione ampliata, E/O, Roma 2016, p. 246 (ed. kindle), dove l'autrice spiega che «la poverella» è una figura della sua infanzia, «una donna deragliata» che per la prima volta compare nei *Giorni dell'abbandono* e che poi si reincarna in Melina, personaggio dell'*Amica geniale*.

2 Valeria Festinese, *La commedia Italiana degli anni Cinquanta: stili*

di regia, modelli culturali e identità di genere, Scuola Dottorale «Culture e trasformazioni della città e del territorio» sezione cinema, Università di Roma Tre, fornisce la filmografia completa sulla figura della domestica, prototipo della ragazza semplice che lascia la campagna per la città per guadagnarsi da vivere, nei film degli anni Cinquanta. Memorabili sono la servetta di *Umberto D*, il film di Vittorio De Sica del 1952 e la sequenza dei *Pappagalli* di Bruno Paolinelli del 1955, in cui il padrone di casa Alberto Sordi tenta di sedurre la domestica.

3 Raffaele Donnarumma, *Il melodramma, l'antimelodramma, la Storia: sull'Amica geniale di Elena Ferrante*, «Allegoria», n. 73, 2016, pp. 138-147. In questo saggio, dove si parla di un uso audace e «spudorato» dei meccanismi narrativi del melò, si trova anche una distinzione molto chiara tra il «tipo» da *feuilleton*, «incarnazione di alcune caratteristiche morali, passionali, sociali strettamente intrecciate e ridotte a unità» e la complessità, l'incongruenza, l'inattendibilità dei personaggi di Elena Ferrante.

4 Giorgio Balestriere, *A Ischia cercando Luchino Visconti*, Imagaenaria, Ischia 2004-2016, p. 67.

5 Michelangelo Buonarroti, *Rime*, a cura di E.N. Girardi, Laterza, Roma 1967, sonetto 235.

6 Elena Ferrante, *Storia del nuovo cognome*, E/O, Roma 2012, pp. 177-178.

7 Federico Vitella, *Vacanze a Ischia. Cinema, turismo di massa e promozione del territorio*, in «Comunicazioni Sociali», n. 2, Vita e Pensiero/Università Cattolica del Sacro Cuore, Milano 2013, pp. 259-268.

8 Ferrante, *Storia del nuovo cognome*, cit., pp. 195-197.

比萨高等师范学院的女生

1 Elena Ferrante, *Storia del nuovo cognome*, E/O, Roma 2012, pp.15-18.

2 Marco Santagata, *Elena Ferrante è...*, «La Lettura – Corriere della Sera», 13 marzo 2016.

3 *Ibidem*.

4 Marcella Marmo, *Il coltello e il mercato. La camorra prima e dopo l'Unità d'Italia*, L'Ancora del Mediterraneo, Napoli 2011.

5 Marcella Marmo, *La vita di Guido Sacerdoti (1944—2013) nella libertà di amare e di apprendere*, in www.guidosacerdoti.it.

6 Antonio Di Costanzo, *Io la misteriosa Ferrante? Sono creativa solo in cucina*, intervista a Marcella Marmo, «R.it – La Repubblica», 13 marzo 2016.

7 Santagata, *Elena Ferrante è...*, cit. Via Curtatone e Montanara era via XXIX Maggio fino all'inizio del 1968. Questo – con altri indizi – farebbe supporre che la memoria dei luoghi, nell'autrice, sia rimasta ferma ad anni lontani e mai più verificata. Rafforzerebbe questa ipotesi il fatto che la denominazione della strada è, oltre tutto, citata in modo sbagliato: come via XXIV e non come via XXIX Maggio. Lo stesso Santagata, però, considera la possibilità che quest'ultimo possa essere solo un banale errore di stampa.

8 Sandro Viola, *Oxford sull'Arno*, fotografie di Ermanno Rea, «Illustrazione Italiana», settembre 1962.

9 Maria Pia Paoli, *Percorsi di genere alla Scuola Normale 1889—1929/1952—1955*, testimonianza di Elena Guarini, docente di storia moderna all'Università di Cagliari e poi a Pisa, entrata alla Normale nel 1952, «Annali delle Università Italiane», n. 15, Clueb, Bologna 2011, pp. 285-287.

10 Giovanni Gentile, *La Regia Scuola Normale Superiore di Pisa e la preparazione dei professori per le scuole medie*, citato da Paoli, *Percorsi di genere alla Scuola Normale 1889—1929/1952—1955*, cit., p. 275. Testo integrale in *Opere complete di Giovanni Gentile*, a cura di H.A. Cavallera, vol. XL, Le Lettere, Firenze 1988, pp. 344-349.

11 La definizione è di Luigi Russo, direttore della Normale dal 1944 al 1948. Per la storia della Scuola Normale Superiore si fa riferimento ai due volumi di Paola Carlucci, *Scuola Normale Superiore. Percorsi di Merito 1810—2010*, Edizioni della Normale, Pisa 2010, pubblicato in occasione del bicentenario, e *Un'altra Università. La Scuola Normale Superiore dal crollo del fascismo al Sessantotto*, Edizione della Normale, Pisa 2012.

12 Cinzio Violante, *Normalisti di ieri e di oggi*, in «Normale», Bollettino dell'Associazione degli ex normalisti, n. 1, 1998.

13 Giorgio Pasquali, *Problemi Universitari*, «Belfagor», n. 3, 1948, pp. 326-344.

14 Paoli, *Percorsi di genere alla Scuola Normale 1889—1929/1952—*

1955, cit.

15 Gino Bandinelli, *Medea Norsa: gli anni giovanili (1877—1912)*, testimonianza di Maffio Maffii, in *Hermae. Scholars and Scholarship in Papyrology*, diretta da Mario Capasso, Giardini Editori e Stampatori, Pisa 2007, reperibile anche online, www.mnorsa.altervista.org.

16 Luciano Canfora, *Il papiro di Dongo*, Adelphi, Milano 2005, pp. 135-136 per l'*ostraikon* di Saffo e pp. 232-235 per il «papiro filosofico».

17 Dino Pieraccioni, *Ricordo di Medea Norsa, a dieci anni dalla morte*, «Belfagor», n. 17, 1962, pp. 482-485.

18 Canfora, *Il papiro di Dongo*, cit., pp. 177-178, 238-240, 252-255, 261- 262, 269-273.

19 Il regolamento e le regole interne si trovano nel fascicolo «Vita Interna», Archivio Storico Scuola Normale Superiore.

20 Lo scrittore Luciano Bianciardi, autore di romanzi importanti sull'Italia del boom economico come *La vita agra* e *Il lavoro culturale*, era stato allievo della Normale di Luigi Russo nell'immediato dopoguerra, e scrisse un articolo sul clima che si respirava nella Scuola all'inizio degli anni Cinquanta, pubblicato nell'aprile del 1954 dalla rivista di Adriano Olivetti «Comunità», n. 24.

21 Delio Cantimori, *Ancora sulla Normale di Pisa*, «Comunità», n. 27, ottobre 1954. L'intera polemica è stata ripubblicata con il titolo *Un dibattito del 1954—1955* sul Bollettino degli ex normalisti n. 1, 1999, pp. 25-37.

22 Carlucci, *Un'altra Università*, cit., p. 217.

23 Archivio Storico Scuola Normale Superiore, Fascicolo «Lina Zerboglio Biondi».

反叛的一代人

1 Elena Ferrante, *Storia della bambina perduta*, E/O, Roma 2014, p. 18.

2 Così dice Umberto Carpi, futuro preside della facoltà di Lettere, senatore e sottosegretario all'Industria, nella videointervista di Silvia Moretti in *Una Storia Normale*, montaggio di testimonianze di ex normalisti realizzato nel 2010 in occasione del Bicentenario della Scuola Normale Superiore.

3 Elena Ferrante, *Storia del nuovo cognome*, E/O, Roma 2012, pp. 335-336 e 403-444.

4 Archivio Storico della Scuola Normale Superiore, fascicolo «Vita Interna», verbali della discussione del Consiglio Direttivo, seduta del 17 luglio 1963, sui provvedimenti disciplinari relativi a quattro studenti che hanno infranto il regolamento. Il racconto di Sofri sui fatti si trova in Aldo Cazzullo, *I ragazzi che volevano fare la rivoluzione 1968—1978: storia di Lotta Continua*, Mondadori, Milano 2015, pos. 349-358 (ed. kindle).

5 Giovanni Nardi, *L'Immaginazione e il potere. Cronache del Sessantotto a Pisa*, Nistri-Lischi, Pisa 1982, p. 15.

6 Archivio Storico Scuola Normale Superiore, Fascicolo «Lina Zerboglio Biondi».

7 Stefania Fraddanni (a cura di), *Il mio Sessantotto. Storie raccontate dai protagonisti tra Pisa e Livorno*, testimonianza di Giuliana Biagioli, ex normalista e professore ordinario di Storia economica all'Università di Pisa, Books & Company, Livorno 2018, pp. 55-59.

8 Ferrante, *Storia del nuovo cognome*, cit., pp. 411-413.

9 Luisa Passerini, *Autoritratto di gruppo*, Giunti, Firenze 1988, p. 46. Intervista a Fiorella Farinelli, ex normalista e poi sindacalista, donna politica e assessore alle politiche educative del Comune di Roma con Francesco Rutelli sindaco.

10 Ferrante, *Storia del nuovo cognome*, cit., p. 47.

11 Passerini, *Autoritratto di gruppo*, cit., p. 52.

12 Giuliana Biagioli in Fraddanni (a cura di), *Il mio Sessantotto*, cit., p. 57.

13 Raffaele Donnarumma, *Il melodramma, l'antimelodramma, la storia. Sull'Amica geniale di Elena Ferrante*, «Allegoria», XXVIII, 73, 2016, pp. 138-147.

14 Paolo Brogi, *'68 Ce n'est qu'un début... storie di un mondo in rivolta*, Imprimatur, Reggio Emilia 2017, pos. 1697 (ed. kindle). L'autore, giornalista del «Corriere della Sera», in quei giorni era uno degli occupanti.

15 Rina Gagliardi, *L'impossibilità di essere Normale*, in «1968», supplemento di «il manifesto» n. 22, gennaio 1988, ripubblicato in Adriano Sofri, *Il 68 e il Potere operaio pisano*, Massari editore, Bolsena 1998, pp. 237-243.

16 Di Carla Melazzini, scomparsa nel 2009, suo marito Cesare More-

no ha scritto un intenso ricordo pubblicato in appendice al libro postumo che raccoglie gli scritti di lei, *Insegnare al principe di Danimarca*, Sellerio, Palermo 2011, pp. 255-258.

17 Francesco Durante, *Elena Ferrante è la storica Marcella Marmo. Ma lei nega: "Chiamatemi solo prof?"*, «Il Mattino» e «Il Messaggero», 13 marzo 2016, dove Marmo parla di Melazzini come di un'altra normalista napoletana e anche di una terza ragazza, di cui non ricorda il nome, presente a Pisa in tempi sfalsati rispetto a quelli della narrazione: potrebbe trattarsi di Maria Mercogliano, nata a Nola nel 1948, che risulta nell'anagrafe dei normalisti solo nell'anno accademico 1966—1967.

18 Maria Mimita Lamberti, *Lettera dalla Scuola a Paola Barocchi*, testo scritto in occasione del settantesimo compleanno di Paola Barocchi, Pisa, 2 aprile 1997, ripubblicato in «Studi di Memofonte», n. 19, 2017, pp. 9-16; Salvatore Settis, *Ricordo di Paola Barocchi*, Centro Archivistico della Scuola Normale di Pisa, 24 gennaio 2018, videoconferenza; Tomaso Montanari, in occasione della morte di Paola Barocchi, «la Repubblica», 25 maggio 2016.

福荫子孙的书香门第

1 Livia Cases, intervista ad Anna Maria Saludes Amat, in Anna Gabriella Di Lodovico e Alessia A.S. Ruggeri (a cura di), *Literaturas Ibéricas: Homenaje a Giuseppe Grilli*, Edizioni Nuova Cultura, Roma 2017, pp. 13-214.

2 Paolo Macry, *Ritratto dell'anima,* in *Contributi e ricordi*, www.guidosacer doti.weebly.com.

3 Annamaria Guadagni, *Levi, ritratti di famiglia*, «l'Unità», 13 agosto 1996.

4 Anna Foa, *La famiglia F.*, Laterza, Roma 2018, pp. 102-103. Il romanzo di Carlo Levi, *L'orologio*, che racconta la crisi del Partito d'azione e lo sfal damento del fronte antifascista subito dopo la fine della seconda guerra mondiale, fu pubblicato per la prima volta da Einaudi nel 1950.

5 Stefano Levi Della Torre, *Vita e pittura*, in www.guidosacerdoti.weebly.com.

6 Livia Cases, intervista ad Anna Maria Saludes Amat, in Di Lodovico e Ruggeri (a cura di), *Literaturas Ibéricas*, cit.

7 Marcella Marmo, *La città camorrista e i suoi confini: dall'Unità al processo Cuocolo*, in Maria Gabriella Gribaudi (a cura di), *Traffici Criminali. Camorra, mafie e reti internazionali della criminalità*, Bollati Boringhieri, Torino 2009, pp. 33-64. Per mettere a fuoco la metafora dell'ostrica e dello scoglio di Rocco De Zerbi, Paolo Macry, *Napoli, nostalgia di domani*, Il Mulino, Bologna 2018, pos. 738 (ed. kindle).

8 Marcella Marmo, *Civiltà contadina, arretratezza meridionale: il relativismo insicuro di Cristo si è fermato a Eboli*, «Meridiana», n. 95, *Borbonismo*, pp. 223- 246.

我到底有没有天分

1 Questa zona è altrimenti detta «La striscia di Gaza napoletana». Il «Secondo Rapporto Napoli Est» è stato realizzato dal Comitato di inchiesta «Le Voci di Dentro» presieduto da Sandro Ruotolo e reso pubblico il 19 giugno 2019.

2 Maria Gabriella Gribaudi, *Clan camorristi a Napoli: radicamento locale e traffici internazionali*, in Maria Gabriella Gribaudi (a cura di), *Traffici Criminali. Camorra, mafie e reti internazionali della criminalità*, Bollati Boringhieri, Torino 2009, p. 237.

3 Si veda, per esempio: Domenico Maria, *Oltre il Miglio d'Oro. Storie, ville, luoghi di delizie e residenze reali all'ombra del Vesuvio*, Intra Moenia, Napoli 2019. I tour per le scolaresche sono organizzati con il coinvolgimento di Associazione Trerrote, Maestri di Strada, Vasci Tour e con il patrocinio della Municipalità.

4 Carla Melazzini, *Insegnare al principe di Danimarca*, a cura di Cesare Moreno, Sellerio, Palermo 2011.

5 Sul sito dell'Associazione Maestri di Strada, www.maestridistrada.it, si trovano la storia, i documenti, i profili degli operatori e quelli dei sosteni tori.

6 Salvatore Pirozzi, intervento in occasione della presentazione del libro di Carla Melazzini alla libreria Feltrinelli di Napoli il 22 settembre 2011.

7 Paola Tavella, *Gli ultimi della classe. Un anno con i ragazzi e i maestri in una scuola di strada di Napoli*, Feltrinelli, Milano 2007, p. 35 (ed. ebook).

8 L'esperienza della Mensa dei bambini proletari è stata ricostruita

da Generoso Picone in *I napoletani*, Laterza, Roma 2005; Goffredo Fofi ne racconta la genesi in *La vocazione minoritaria, intervista sulle minoranze*, a cura di Oreste Pivetta, Laterza, Roma 2009, pp. 103-110. Alessandro Chetta, *Geppino Fiorenza: vi racconto la Mensa di Montesanto e i suoi bambini rivoluzionari*; *La Mensa di Montesanto? Storie da Dickens. Intervista a Peppe Carini*, «Corriere del Mezzogiorno», 10 e 11 aprile 2013.

9 Fabrizia Ramondino, *L'isola dei bambini*, E/O, Roma 2020, p. 36.

10 Tavella, *Gli ultimi della classe*, cit., pp. 31-60 (ed. ebook).

11 Cesare Moreno, Appendice a Melazzini, *Insegnare al principe di Danimarca*, cit., p. 258

12 Melazzini, *Insegnare al principe di Danimarca*, cit., p. 109.

13 Daniela Brogi, *Sé come un'altra. Su* L'amica geniale *di Elena Ferrante*, «Le parole e le cose», www.leparoleelecose.it: «L'espressione "geniale" a Napoli ha una pienezza semantica tutta sua: rimanda subito anche al modo di dire "non tenere genio", per intendere: non avere la voglia, l'istinto profondo. L'amica geniale, dentro questo sistema semantico, diventa anche l'amica più affine, la più prossima a quello da cui siamo stati generati (genio deriva dal latino "gignere": creare)».

14 Guido Favati, *Talento*, in *Enciclopedia dantesca*, Treccani, Roma 1970.

莉拉的机遇

1 Elena Ferrante, *Storia del nuovo cognome*, E/O, Roma 2012, p. 32.

2 Elena Ferrante, *L'amica geniale*, E/O, Roma 2011, p. 310.

3 Ferrante, *Storia del nuovo cognome*, cit., p. 118.

4 Per la differenza tra *scarparo* e *solachianiello*: Antonella Cilento, *Bestiario napoletano*, Laterza, Roma 2015, pos. 1333 (ed. kindle). Per la conoscenza del piede finalizzata a progettare scarpe: Enrico Lodi, *La calzatura. Elementi di tecnologia*, Editrice S. Marco, Ponteranica 1963. Sulla «scarpologia», A.J. Arfini, *Le scarpe parlano*, «La Conceria», n. 2364, 1951.

5 Ornella Cirillo, *Mario Valentino. Una storia tra moda, design e arte*, Skira, Milano 2017, p. 52.

6 Patrizia Capua, *Napoli, morto Mario Valentino dal rione Sanità a re della moda*, «la Repubblica», 1o febbraio 1991.

7 Cirillo, *Mario Valentino*, cit., pp. 36-39 e 55.

8 *Ivi*, pp. 20-30.

9 Ferrante, *Storia del nuovo cognome*, cit., p. 125.

10 *Ivi*, p. 135.

11 *Ivi*, p. 119.

12 *Ivi*, p. 120.

13 *Ivi*, p. 143.

14 La Stazione sperimentale per l'industria delle pelli e delle materie concianti, fondata con Regio decreto di Umberto I di Savoia nel 1885, si è nel frattempo trasferita a Pozzuoli, nel comprensorio Olivetti dei Campi Flegrei.

15 I dati sul calzaturiero sono citati da Patrizia Cotugno, Enrico Pugliese ed Enrico Rebeggiani, *La Campania*, in *Storia d'Italia. Le regioni dall'Unità a oggi*, vol. IX, a cura di Paolo Macry e Pasquale Villani, Einaudi, Torino 1990, p. 1167. Quelli del settore guantario e conciario sono citati in Enrico Simoncini, *Il problema guantario*, Arti Grafiche, Trani 1964, pp. 13-15 e in Alberto Simoncini, *Manuale dell'Industria Guantaria*, Arti Grafiche Ariello, Napoli 1969, pp. 13-15 e 28-29.

16 P. Botta, M. Fonte, L. Improta, E. Pugliese, F. Ruggiero, *La struttura del settore calzaturiero a Napoli*, in «Inchiesta», n. 6, luglio-settembre 1976.

17 Piero Vietti, *Per una storia dell'attività conciaria nel Mezzogiorno continentale d'Antico regime*, in *La conceria in Italia dal medio evo a oggi*, pubblicato da «La conceria», 1994 (ed. limitata).

18 Augusto De Benedetti, *Il sistema industriale 1880—1940*, *La Campania*, in *Storia d'Italia*, cit., pp. 470-474.

19 Antonello Branca, *Cartoline da Napoli*, trasmesso dalla RAI nel 1977, recensito sul «Corriere della Sera» del 1o aprile 1977 da Natalia Ginzburg e il 19 marzo 1977 da Giuliano Zincone, autore di una famosa inchiesta su cottimo e lavoro a domicilio.

20 I dati forniti dal documentario sono in parte tratti da Botta, Fonte, Improta, Pugliese, Ruggiero, *La struttura del settore calzaturiero a Napoli*, cit., e sono qui comparati con dati di fonte ISTAT.

21 Corte di Cassazione, sezione IV penale; sentenza 16 dicembre 1985, presentata da Raffaele Guariniello, «Il Foro Italiano», vol. 110, n. 6, giugno 1987, Società Editrice Il Foro Italiano, Roma, pp. 355-360.

工人小说

1 Elena Ferrante, *Storia del nuovo cognome*, E/O, Roma 2012, p. 441.

2 Mariella Pacifico, *Casalinghe in fabbrica. Una ricerca tra le donne della Cirio di Napoli*, Cooperativa universitaria editrice Sintesi, Napoli 1982, pp. 17-30. All'epoca l'azienda era di proprietà pubblica, gestita dalla SME.

3 *Ivi*, pp. 47-51.

4 *Ivi*, p. 72.

5 *Ivi*, pp. 63-66.

6 *Ivi*, p. 50.

7 *Ivi*, pp. 52-55.

8 Anna di Gianantonio, *Calze di seta o calze spaiate? Condizioni di vita delle operaie in fabbrica dal secondo dopoguerra a oggi*, in Aa. Vv. *Operai*, a cura di Stefano Musso, Rosenberg & Sellier, Torino 2006, pp. 203-237; *A colloquio con le operaie della Lebole*, «Rassegna Sindacale», n. 160, 14 maggio 1969, p. 148, citato in Gloria Chianese (a cura di), *Mondi femminili in cent'anni di sindacato*, Ediesse, Roma 2008, vol. II.

9 Maria Luisa Righi, *Il lavoro delle donne e le politiche del sindacato dal boom economico alla crisi degli anni Settanta*, in *Mondi femminili in cent'anni di sindacato*, cit., pp. 150-151.

10 Peter Signorini, *Come natura crea. Cirio una storia italiana*, Mondadori, Milano 2016.

11 Valerio Caruso, *Territorio e deindustrializzazione. Gli anni Settanta e le origini del declino economico di Napoli Est*, «Meridiana», n. 96, 2019, pp. 209-230. Le testimonianze seguenti sono raccolte dallo stesso autore in *La Palude. Deindustrializzazione e territorio di Napoli Est. Una prospettiva storica*, tesi di laurea magistrale in storia economica contemporanea, Università di Napoli Federico II, 2019.

12 Dante Basile, *Alle origini del made in Italy. I primi 150 anni della Cirio*, edizione Cirio 2006, p 109.

13 Luciana Viviani in *Atti Parlamentari*, Camera dei Deputati, III legislatura, seduta di mercoledì 9 gennaio 1963, pp. 36652-36653, disponibili sul sito della Camera dei Deputati e citati da Milena Morreale, *Un quadro sintetico sulla storia della fabbrica Cirio di San Giovanni a Teduccio*, in E. Morreale e M. Morreale (a cura

di), *Frammenti di storia della Società generale delle conserve alimentari Cirio. Sede sociale di San Giovanni a Teduccio*, Biblioteca Comunale Antonio Labriola di San Giovanni a Teduccio, ottobre 2015.

14 Elena Ferrante, *Storia di chi fugge e di chi resta*, E/O, Roma 2013, pp. 109-112.

15 *Ivi*, p. 149.

16 *Ivi*, pp. 150-151.

17 Maria Antonietta Macciocchi, *Fra le operaie della Cirio: la lezione di una vittoria*, «l'Unità», 21 dicembre 1968.

另一个埃莱娜

1 Elena Ferrante, *L'invenzione occasionale*, E/O, Roma 2018, p. 31.

2 *Ivi*, p. 32.

3 *Ibidem*.

4 Elena Ferrante, *La frantumaglia*, E/O, Roma 2016, p. 183 (ed. kindle).

5 *Ivi*, p. 51.

6 Elena Croce e María Zambrano, *A presto, dunque, e a sempre. Lettere 1955—1990*, a cura di Elena Laurenzi, Archinto, Milano 2015, note pp. 132 e 181. La notizia che Elena Croce aveva usato lo pseudonimo di Elena Ferrante su «Settanta», la rivista mensile di cultura da lei fondata, pubblicata dal 1970 al 1975, è stata ripresa dalle cronache dell'edizione 2015 del Premio Strega: Antonio Prudenzano, *La cinquina del Premio Strega in diretta e il racconto di Petrocchi sulla Ferrante*, «Il Libraio.it», 10 giugno 2015; Raffaella De Santis, *Premio Strega. La Ferrante entra in finale*, «la Repubblica», 11 giugno 2015. Ne parla con riferimento allo pseudonimo di don Ferrante, usato da Benedetto Croce, anche Paolo Mauri, *Maschera d'autore. Il libro del l'anno 2015*, «Treccani.it».

7 Elena Croce, *La patria napoletana*, Adelphi, Milano 1999, p. 18.

8 Benedetto Croce, *Storie e leggende napoletane*, Adelphi, Milano 1990, p. 17.

9 Benedetto Croce, *Taccuini di lavoro*, vol. 2: 1917—1926, Arte Tipografica, Napoli 1987, p. 503.

10 Elena Croce, *L'infanzia dorata e Ricordi Familiari*, Adelphi, Milano 2004, p. 110.

11 *Ivi*, p. 31.

12 *Ivi*, pp. 110-113.

13 *Ivi*, pp. 129-131.

14 *Ivi*, p. 19.

15 *Ivi*, p. 47.

16 Emanuela Bufacchi, *Elena e Alda Croce: modelli alternativi a «la femme comme il faut»*, in E. Bufacchi, E. Giammattei (a cura di), *Potere, prestigio, servizio. Per una storia delle élites femminili a Napoli (1861—1943)*, Guida, Napoli 2018, pp. 377-379.

17 *Ivi*, p. 397.

写作之手

1 Della nascita dello «Spettatore Italiano» Elena Croce parla in *Due città*, Adelphi, Milano 1985, pp. 43-51.

2 Allo «Spettatore Italiano» collaborarono, tra gli altri, Gabriele Baldini, Giorgio Bassani, Pietro Citati, Cesare Cases, Franco Fortini, Cesare Segre, Elémire Zolla.

3 Pietro Citati in Aa. Vv., *Elena Croce e il suo mondo. Ricordi e testimonianze*, CUEN, Napoli 1999, p. 99.

4 Tommaso Giartosio, *Conversazioni*, «Nuovi Argomenti», n. 69, marzo 2015, intervista a Benedetta Craveri sul suo libro *La Civiltà della conversazione*, Adelphi, Milano 2002, che dice: «Nel decalogo della buona conversazione rivolto alle signore, la romanziera [Mademoiselle de Scudéry] elenca: non bisogna parlare dei propri sogni, della propria psicologia, non bisogna parlare delle proprie ricchezze, delle proprie cose, delle persone importanti che si conoscono (il *name's dropping*); e così via. Ecco, se mi chiedi quello di cui si parlava nella mia famiglia, posso assicurarti che questo genere di conversazione era impensabile. Tutto quello che riguardava i soldi, le questioni materiali, le malattie, il cibo – argomento oggi sovrano! – era *off limits*».

5 Elena Croce, *L'infanzia dorata e Ricordi Familiari*, Adelphi, Milano 2004, p. 16.

6 Elena Croce, *Lo specchio della biografia*, De Luca, Roma 1960, p. 36.

7 *Ivi*, p. 10.

8 *Ivi*, pp. 16-17 e 22-23.

9 Elena Ferrante, *La frantumaglia*, edizione ampliata, E/O, Roma 2016, p. 154 (ed. kindle).

10 Benedetto Croce, *Frammenti di Etica* in *Etica e Politica*, a cura di Alfonso Musci, Edizione Nazionale delle Opere di Benedetto Croce, Bibliopolis, Napoli 2015, pp. 117-119.

11 Pietro Citati, *La malattia dell'Infinito*, Mondadori, Milano 2008, pp. 17-22 (ed. ebook).

12 Giammattei, *Biografia ed autobiografia. Le due scritture di Elena Croce*, in Aa. Vv., *Elena Croce e il suo mondo. Ricordi e testimonianze*, cit., p. 45. La definizione «antropologa della modernità» aderisce perfettamente allo spirito con cui Elena Croce scrisse *Lo snobismo liberale*, Adelphi, Milano 2004.

13 Giammattei, *Biografia ed autobiografia*, cit., p. 47.

14 Elena Croce, *Silvio Spaventa*, Adelphi, Milano 1969, p. 298. A proposito del «cerchio di gesso» e del suo significato si veda Emma Giammattei, *Il romanzo di Napoli. Geografia e storia letteraria nei secoli XIX e XX*, Guida, Napoli 2003, pp. 291-297.

15 Michel Foucault, *Che cos'è un autore*, in *Scritti letterari*, a cura di Cesare Milanese, Feltrinelli, Milano 2004, pp. 1-21, corsivo mio; Roland Barthes, *La morte dell'autore*, in *Il brusio della lingua. Saggi critici IV*, Einaudi, Torino 1988. Sul rapporto di Ferrante con lo strutturalismo francese si veda Isabella Pinto, *Elena Ferrante. Poetiche e politiche della soggettività*, Mimesis, Sesto San Giovanni 2020, pos. 4271-5212 (ed. kindle).

16 Barthes, *La morte dell'autore*, cit.

17 Ferrante, *La frantumaglia*, cit., p. 339.

18 Citati, in Aa. Vv., *Elena Croce e il suo mondo*, cit., p. 102.

19 Ferrante, *La frantumaglia*, cit., p. 197.

20 *Ivi*, p. 293.

另一个那不勒斯

1 Elena Croce, *Due città*, Adelphi, Milano 1985, pp. 11-12, 14-15, 18-19.

2 Ermanno Rea, *Mistero napoletano*, Einaudi, Torino 1995.

3 Elena Ferrante, *Storia del nuovo cognome*, E/O, Roma 2015, p. 356. «Nord e Sud», mensile liberaldemocratico e meridionalista, fondato da Francesco Compagna nel 1954 e pubblicato da Mondadori,

ebbe come collaboratori, tra gli altri, Giuseppe Galasso, Vittorio De Caprariis, Pasquale Saraceno, Rosario Romeo, Nello Ajello. «Cronache Meridionali», la rivista di orientamento social-comunista, nata nello stesso anno, era pubblicata da Macchiaroli e diretta da Mario Alicata, Gorgio Amendola e dal socialista Francesco De Martino, che poi se ne distaccò. Della redazione di «Sud», la rivista fondata da Pasquale Prunas che uscì dal 1945 al 1947, facero parte, tra gli altri, Luigi Compagnone, Giuseppe Patroni Griffi, Raffaele La Capria, Anna Maria Ortese, Vasco Pratolini, Francesco Rosi, Rocco Scotellaro, Tommaso Giglio, Domenico Rea. Il racconto di Anna Maria Ortese che determinò la rottura con gli altri è *Il silenzio della ragione*, in *Il mare non bagna Napoli*, Adelphi, Milano 1994, pp. 99-172.

4 Croce, *Due città*, cit., p. 20.

5 Elena Ferrante, *Storia della bambina perduta*, E/O, Roma 2014, pp. 105 e 120.

6 Elena Croce, *La lunga guerra per l'ambiente*, a cura di Alessandra Caputi e Anna Fava, La scuola di Pitagora, Napoli 2016, pp. 39 e 44. L'atto fondativo dell'associazione ambientalista Italia Nostra fu sottoscritto a Roma da Elena Croce, Desideria Pasolini dall'Onda, Pietro Paolo Trompeo, Giorgio Bassani, Luigi Magnani, Hubert Howard; la presidenza fu affidata all'archeologo Umberto Zanotti Bianco.

7 La battaglia per salvaguardare il nuovo piano regolatore di Napoli, quello precedente era stato manomesso per rendere edificabili aree agricole e verdi, è raccontata in Francesco Erbani, *Uno strano italiano. Antonio Iannello e lo scempio dell'ambiente*, Laterza, Roma 2002.

8 Croce, *Due città*, cit., pp. 63-64. Il gruppo di esuli spagnoli amici di Elena Croce era costituito dallo scrittore teatrale e poeta Diego de Mesa; dal poeta Enrique de Rivas, nipote del presidente della Spagna repubblicana Manuel Azaña; dal pittore e saggista Ramon Goya; dal poeta José Bergamín, che raggiungeva Roma periodicamente da Parigi e, naturalmente, dalle sorelle Zambrano.

9 Elena Laurenzi, *Un'amicizia essenziale*, introduzione a Elena Croce e María Zambrano, *A presto, dunque, e a sempre. Lettere 1955–1990*, a cura di E. Laurenzi, Archinto, Milano 2015, pp. 8-10.

10 Croce e Zambrano, *A presto, dunque, e a sempre*, cit., p. 160.

11 Ada Croce ed Elena Croce, *Francesco De Sanctis*, UTET, Torino 1964, p. 54.

12 Croce e Zambrano, *A presto, dunque, e a sempre*, cit., p. 136 (corsivo delle autrici).

13 *Femminismo* di Elena Croce, in «Lo Spettatore Italiano», n. 12, dicembre 1953. Elena Laurenzi ha presentato una sua relazione sul tema *Un altro modo di guardare. Elena Croce e il femminismo* alla Giornata di studi organizzata dall'Istituto italiano per gli studi storici in occasione del centenario della nascita il 9 novembre 2015. Si può ascoltare la registrazione su www.radioradicale.it.

14 Elena Ferrante, *La frantumaglia*, E/O, Roma 2016, p. 76.

15 *Ivi*, p. 235 (ed. kindle).

16 «Settanta» uscì mensilmente dal 1970 al 1975. Il primo direttore fu Leonardo Cammarano; il comitato di direzione era composto da Adolfo Battaglia, Leonardo Cammarano, Enrique de Rivas, Gustaw Herling, An tonio Maccanico, Licisco Magagnato, Giovanni Russo; la segreteria di redazione era affidata a Sandro Bonella, Ida Carboni, Cristiana Zegretti. Dopo il 1975 la rivista divenne «Prospettive Settanta» e, dal 1979, fu diretta da Giuseppe Galasso.

17 Croce e Zambrano, *A presto, dunque, e a sempre*, cit., pp.132, 180-181 e 190. La corrispondenza dell'acronimo E. Fer. con lo pseudonimo Elena Ferrante si trova citata per la prima volta nella nota n. 2 di p. 132 con la notizia che Elena Croce scrisse un articolo così firmato su «Settanta» del 7 novembre 1970, pp. 26-28. La stessa informazione ricorre nella nota n. 3 di pp. 180-181 a proposito della recensione di un libro di Maria Teresa Lé-on così firmata, sempre su «Settanta» n. 20-21, gennaio febbraio 1972. Infine a p. 190 del volume, nota n. 3, si spiega, a proposito di un altro dei tanti pseudonimi di Elena Croce, che articoli e interventi pubblici erano spesso firmati o siglati con degli alias: Elena Rossi, Elena Lidia Silvia, Angelo Avallone, Elisabetta Ferrarelli, che su «Settanta» venne siglato E. Fer o E.F. Questo repertorio di *nom de plume* era stato rivisto da Alda Croce, che riordinò l'archivio della sorella, prima della pubblicazione della bibliografia curata da Maria Rosaria Esposito per Aa. Vv., *Elena Croce e il suo mondo*, CUEN, Napoli 1999. Ma quel repertorio non è del tutto completo, manca per esempio lo pseudonimo Isabel de Maria con cui Elena Croce firmò alcuni racconti pubblicati sulla stessa rivista.

亡灵之城

1 Paola Modesti, *Le delizie ritrovate. Poggioreale e la villa del rinascimento della Napoli aragonese*, Olschki, Firenze 2014, pp. 1-10 e 71-123.

2 Elena Ferrante, *L'amore molesto*, E/O, Roma 1995, p. 24.

3 Elena Ferrante, *La vita bugiarda degli adulti*, E/O, Roma 2019, pp. 64-69 e 79-83.

4 Antonio E. Piedimonte, *I segreti della Napoli sotterranea. Storie e misteri della città parallela*, Intra Moenia, Napoli 2017, pp. 13-15. Si veda anche Giovanni Liccardo, *Napoli sotterranea. Storia, arte, segreti, leggende, curiosità*, Newton & Compton, Roma 2000. E per il culto delle anime purganti: Ulrich Van Loyen, *Napoli sepolta. Viaggio nei riti di fondazione di una città*, traduzione di Massimo De Pascale, Meltemi, Milano 2020.

5 Fondata nel 2006 al rione Sanità grazie all'impulso di don Antonio Loffredo, la cooperativa sociale La Paranza ha vinto nel 2008 il concorso per il recupero delle catacombe di San Gennaro, che oggi gestisce. Della cooperativa fanno parte anche archeologi, restauratori e storici dell'arte.

6 Tiziana De Rogatis, *Metamorphosis and Rebirth: Greek Mythology and Initiation Rites in Elena Ferrante's Troubling Love*, in *The Works of Elena Ferrante. Reconfiguring the Margins*, a cura di G. Russo Bullaro e S.V. Love, Palgrave Macmillan, New York 2016, pos. 3847 (ed. kindle).

7 Elsa Morante, intervistata da Michel David, «Le Monde», 13 aprile 1968, in *Opere*, a cura di C. Cecchi e C. Garboli, vol. I, Meridiani Mondadori, Milano 1988, p. LVII.

8 Cesare Garboli, *Il gioco segreto*, Adelphi, Milano 1995, pp. 57-58.

9 Morante, *Opere*, cit., p. LVI.

10 Elsa Morante, *Menzogna e sortilegio*, Einaudi, Torino 1975, pp. 23-25 e 31.

11 Domenico Starnone, *Fare scene. Una storia di cinema*, minimum fax, Roma 2010, pp. 52-60.

12 Simone Gatto, *Domenico Ferrante Elena Starnone*, «La Lettura – Corriere della Sera», 23 dicembre 2018.

13 *Ibidem*.

14 Gino Fornaciari, *Le mummie aragonesi in San Domenico Maggio-*

re di Napoli*, Divisione di Paleopatologia Università di Pisa, www.paleopatologia.it.

地中海女巫

1 Elsa Morante, *Diario Postumo 1952*, in Elsa Morante, *Opere*, a cura di C. Cecchi e C. Garboli, vol. I, Meridiani Mondadori, Milano 1988 , p. LXII.
2 Cesare Garboli, *Il gioco segreto*, Adelphi, Milano 1995, pp. 15-16.
3 Elena Ferrante, *La frantumaglia*, nuova edizione ampliata, E/O, Roma 2016, pp. 9-11 (ed. kindle).
4 *Ivi*, p. 333.
5 Elena Ferrante, *L'amica geniale*, E/O, Roma 2011, pp. 85-87.
6 Ferrante, *La frantumaglia*, cit., p. 244.
7 *Ivi*, p. 312.
8 Elena Ferrante, *I giorni dell'abbandono*, E/O, Roma 2003, pp. 140.
9 Ferrante, *La frantumaglia*, cit., p. 300.
10 lena Ferrante, *Storia della bambina perduta*, E/O, Roma 2014, pp. 158-162.
11 Elena Ferrante, *La figlia oscura*, E/O, Roma 2006.
12 Domenico Starnone, *La vita erotica di Aristide Gambía*, Einaudi, Torino 2011, p. 6.
13 Domenico Starnone, *Fare scene. Una storia di cinema*, minimum fax, Roma 2010, pp. 73-74.
14 Elena Ferrante, *La vita bugiarda degli adulti*, E/O, Roma 2019, p. 117.
15 Simonetta Fiori, *Devo mentire per dire la verità. Pensieri, parole, opere e (poche) omissioni*, intervista a Elena Ferrante, «Robinson – la Repubblica», 30 novembre 2019.
16 Adriano Sofri, *Gli ombrelli sono bellissimi quando si aprono*, in Goffredo Fofi e Adriano Sofri (a cura di), *Festa per Elsa*, Sellerio, Palermo 2011, p. 175.

一个可爱的女妖

1 Elena Ferrante, *La vita bugiarda degli adulti*, E/O, Roma 2019, p. 44.
2 *Ivi*, pp. 9-14.

3 Viviana Scarinci, *Il libro di tutti e di nessuno. Elena Ferrante, un ritratto delle italiane del XX secolo*, iacobellieditore, Guidonia 2020, pos. 1214 (ed. kindle).

4 Raffaele La Capria, *L'armonia perduta*, in *Napoli*, Mondadori, Milano 2015, p. 35 (ed. kindle).

5 Benedetto Croce, *Un paradiso abitato da diavoli*, a cura di G. Galasso, Adelphi, Milano 2006, pp. 11-27 e 83-114.

6 Paolo Macry, *Napoli. Nostalgia di domani*, Il Mulino, Bologna 2018, pos. 746-827 (ed. kindle); Mario Pezzella, *La città senza grazia*, in *Altrenapoli*, Rosemberg & Sellier, Torino 2019, pp. 9-31. Marco Demarco, *Bassa Italia, l'antimeridionalismo della sinistra meridionale*, Guida, Napoli 2009.

7 Croce, *Un paradiso abitato da diavoli*, cit., p. 93.

8 Pezzella, *Altrenapoli*, cit., pp. 17-19.

9 Elsa Morante, *Menzogna e sortilegio*, Einaudi, Torino 1975, p. 31.

10 Elena Ferrante, *L'amica geniale*, E/O, Roma 2011, pp. 69.

11 Tiziana De Rogatis, *Elena Ferrante. Parole chiave*, E/O, Roma 2018, pos. 1950 (ed. kindle).

12 Ferrante, *L'amica geniale*, cit., p. 326.

13 Ferrante, *La vita bugiarda degli adulti*, cit., pp. 163-165.

14 Antonella Cilento, *Bestiario napoletano*, Laterza, Roma 2017, pos. 224, 242-310 (ed. kindle).

15 Gianni Valentino, *Io non sono Liberato*, Arcana, Napoli 2018, p. 11.

16 *Ivi*, pp. 91 e 106.

17 Mirella Armiero, *Il ritorno di Elena Ferrante*, «Corriere del Mezzogiorno», 6 novembre 2019.

18 Elena Ferrante, *La frantumaglia*, nuova edizione ampliata, E/O, Roma 2016, p. 122 (ed. kindle).

19 Curzio Malaparte, *La pelle*, Adelphi, Milano 2010; Alberto Manguel, *Potenza dei luoghi mentali*, «Il Venerdì di Repubblica», 7 aprile 2017; Emanuele Trevi, *Il viaggio iniziatico,* Laterza, Roma 2013.

魔法与魔法散去

1 Paolo Di Stefano, *Quando Hrabal litigò con la monnezza*, «Corriere della Sera», 7 ottobre 2008; Gianfranco Tortorelli, *Il lavoro della*

talpa. Storia delle edizioni E/O dal 1979 al 2005, Pendragon, Bologna 2008.

2 Christa Wolf, *Cassandra*, traduzione e postfazione di Anita Raja, E/O, Roma 2009, pos. 1642 (ed. kindle).

3 Anna Chiarloni, *Christa Wolf, troppo reticente per essere una spia*, «Corriere della Sera», 4 giugno 1997; *Il cielo diviso* di Christa Wolf è stato pubblicato da E/O nel 1983, nella traduzione di Maria Teresa Mandalari.

4 Claudio Gatti, *Ecco la vera identità di Elena Ferrante*, «Domenica – Il Sole 24 Ore», 2 ottobre 2016.

5 Michele Serra, *Lasciate a Ferrante il diritto all'assenza*, «la Repubblica», 4 ottobre 2016; Salman Rushdie, *Rushdie si schiera con la scrittrice: «Io sono Elena Ferrante»*, «La Stampa», 6 ottobre 2016; Jeanette Winterson, *The Malice and Sexism behind the «Unmasking» of Elena Ferrante»*, «The Guardian», 7 ottobre 2016; Tara Abell, *Elena Ferrante Translator Ann Goldstein Comments on the Author's Totally Unnecessary Outing*, www. vulture.com, 9 ottobre 2016; Angela Neustatter, *I Know How Elena Ferrante Feels. My Great Aunt Was Outed Too*, «The Guardian», 4 ottobre 2016.

6 Mario Baudino, *Lei non sa chi sono io*, Bompiani, Milano 2017, pp. 26-47.

7 Romain Gary, *Vita e morte di Émile Ajar*, Neri Pozza, Vicenza 2016. Sui replicanti di Pessoa si veda Marzo Breda, *Il baule segreto. Uno, nessuno, 136 Pessoa*, «La Lettura – Corriere della Sera», 2 marzo 2014.

8 Loredana Lipperini, *Il più grande autogol giornalistico dei nostri tempi: su Elena Ferrante*, «Lipperatura», www.loredanalipperini.blog.kataweb.it.

9 Antonio d'Orrico, *Elena Ferrante, un'Ava Gardner che pare Goffredo Fofi*, «Sette», 18 aprile 2002.

10 Elena Ferrante, *La frantumaglia*, E/O, Roma 2016, p. 279 (ed. kindle).

11 Claudio Gatti, *La forza di Goldi Petzenbaum*, «Domenica – Il Sole 24 Ore», 2 ottobre 2016; Claudio Gatti, *Elena Ferrante, ironie e ipocrisie*, «Il Sole 24 Ore», 16 ottobre 2016.

12 Daniela Daniele, *Piccole donne o del travestimento*, introduzione a Louisa May Alcott, *I quattro libri di Piccole donne*, Einaudi, Torino 2017.

13 Baudino, *Lei non sa chi sono io*, cit., p. 34.

14 Joyce Carol Oats, *Success and the Pseudonymous Writer: Turning Over a New Self*, «New York Times Book Review», 6 dicembre 1987.

15 Ferrante, *La frantumaglia*, cit., p. 38.

16 *Ivi*, pp. 86-87.

17 Francesco Erbani, *Il mistero di Elena*, «la Repubblica», 5 aprile 1995.

18 Di Stefano, *Quando Hrabal litigò con la monnezza*, cit., ripubblicato in Id., *Potresti anche dirmi grazie*, Rizzoli, Milano 2010.

19 Ferrante, *La frantumaglia*, cit., p. 106.

20 *Ivi*, p. 35.

21 Fabrizia Ramondino, *Althénopis* [1981], Einaudi, Torino 2016, p. 376 (ed. kindle).

22 Paolo Di Stefano, *Ramondino, tutto il destino in un giorno. La morte in mare, il nuovo romanzo, l'addio all'amica Lea Ritter Santini*, «Corriere della Sera», 25 giugno 2008.

23 Ferrante, *La frantumaglia*, cit., p. 50.

24 *Ivi*, p. 47. I riferimenti sono in una lettera scritta a Goffredo Fofi nel 1995 e mai spedita. Quell'anno, Fofi, collaboratore della casa editrice E/O, pubblicherà il carteggio con Mario Martone, regista del film tratto da *L'amore Molesto*, sulla rivista «Linea d'Ombra» di luglio/agosto. Ed è sempre Fofi a pubblicare sette anni più tardi la prima intervista della scrittrice su un quotidiano, «Il Messaggero», 24 gennaio 2002.

25 Ferrante, *La frantumaglia*, cit., p. 63; Tiziana De Rogatis, *Elena Ferrante e il Made in Italy. La costruzione di un immaginario femminile napoletano*, in *Made in Italy e cultura*, a cura di Daniele Balicco, Palumbo, Napoli 2016, pp. 288-317: «Situandosi nella linea di confine tra fiction e memoir ed esplicitando il continuo travaso della prima nella seconda, Ferrante si è attualmente radicata in un'area che la rivista "Foreign Policy" ha definito nella sua graduatoria come "writing honest, anonymous chronicle"».

26 Ferrante, *La frantumaglia*, cit., p. 70.

27 *Ivi*, p. 74.

28 *Ivi*, p. 152.

29 *Ivi*, p. 87.

30 *Ivi*, p. 91.

31 *Ivi*, p. 133.

32 De Rogatis, *Elena Ferrante e il Made in Italy*, cit., pp. 288-317; *Metamorphosis and Rebirth: Greek Mythology and Initiation Rites in Elena Ferrante's Troubling Love*, in G. Russo Bullaro and S.V. Love (edited by), *The Works of Elena Ferrante. Reconfiguring the Margins*, Palgrave McMillan, New York 2016, pp. 120-138. Ruth Scurr, *Elena Ferrante: Game of Clothes*, «Times Literary Supplement», 16 novembre 2016.

33 Ferrante, *La frantumaglia*, cit., p. 139.

34 Mario Pezzella, *La nitidezza e il gorgo. Sulla Frantumaglia di Elena Ferrante*, «Tysm. Philosophy and social criticism», 30 ottobre 2017, www.tysm.org.

35 Ferrante, *La frantumaglia*, cit., p. 224.

36 Elena Ferrante, *La figlia oscura*, nuova edizione, E/O, Roma 2015, p. 70.

37 Ferrante, *La frantumaglia*, cit., pp. 192 e 222.

38 *Ivi*, p. 176.

39 *Ivi*, p. 193; Elena Ferrante, *"Felicità" è sempre tra virgolette*, «la Repubblica-Robinson», 29 agosto 2020.

40 Ferrante, *La frantumaglia*, cit., p. 235.

41 *Ivi*, p. 197.

42 Elena Ferrante, *La vita bugiarda degli adulti*, E/O, Roma 2019, p. 9; cit. «la Repubblica-Robinson», 29 agosto 2020.

43 «Written from her own Memorandums», Trascritte secondo le sue memorie, si legge sulla copertina dell'edizione del 1722 di *Moll Flanders* di Daniel Defoe.

著作权合同登记号：图字01-2023-0236

图书在版编目（CIP）数据

寻找天才女友埃莱娜 / (意) 安娜玛丽亚 · 瓜达尼 (Annamaria Guadagni) 著；陈英, 陈乐佳, 王佳梅译. -- 北京：中译出版社, 2023.9
ISBN 978-7-5001-7484-4

Ⅰ. ①寻… Ⅱ. ①安… ②陈… ③陈… ④王… Ⅲ. ①长篇小说 - 意大利 - 现代 Ⅳ. ①I546.45

中国国家版本馆CIP数据核字(2023)第165395号

寻找天才女友埃莱娜
XUNZHAO TIANCAI NÜYOU AILAINA

作　　者：[意] 安娜玛丽亚 · 瓜达尼
译　　者：陈　英　陈乐佳　王佳梅
出 版 人：乔卫兵
总 策 划：刘永淳
策划编辑：周晓宇
责任编辑：温晓芳
封面设计：远 · 顾
排版设计：北京杰瑞腾达科技发展有限公司

出版发行：中译出版社
地　　址：北京市西城区新街口外大街 28 号普天德胜主楼 四层
电　　话：(010) 68002926
邮　　编：100088
电子邮箱：book@ctph.com.cn
网　　址：http://www.ctph.com.cn
印　　刷：北京盛通印刷股份有限公司
经　　销：新华书店
规　　格：1230 毫米 × 880 毫米　1/32
印　　张：10.5
字　　数：220 千字
版　　次：2023 年 9 月第 1 版
印　　次：2023 年 9 月第 1 次

ISBN 978-7-5001-7484-4　　　定价：79.00元